STORY CRAFT
PUBLISHING

Teodora Smîntancă-Strugariu

PENTRU ELISE

O muză moare câte puțin în fiecare zi

STORY CRAFT
PUBLISHING

Coordonator: Daniel Zărnescu
Editor: Roxana Popa
Corectură gramaticală: Elena Alexuc
Concept grafic copertă: Roxana Popa
Coperta & DTP: Radu Octavian

Descrierea CIP a Bibliotecii Naţionale a României
SMÎNTANCĂ-STRUGARIU, TEODORA

Pentru Elise / Teodora Smîntancă-Strugariu.- Bucureşti: Storycraft Publishing, 2023

ISBN 978-606-95651-1-7

821.135.1

www.storycraft.ro

Pentru Geovana

Die Kunst! Wer versteht die? Mit wem kann man sich bereden über die große Göttin?[1]

Beethoven

1 Arta! Cine o înţelege? Cu cine se poate conversa despre marea zeiţă?

UNU

Degetele căutau cu disperare şnururile corsetului ce îi ţinea strâns abdomenul, întâlnind însă numai voalurile şi dantelele fustei pe care o purta. Trebuia să se dezbrace, trebuia să-şi găsească rochia, ascunsă undeva prin mormanele de haine aruncate în juru-i, şi trebuia să plece de acolo cât mai repede. Nu mai rezista. Simţea că se sufocă.

Paşi uşori se auziră pe coridor. Se opri brusc, ciulindu-şi urechile. Flacăra pâlpâindă a lumânării care ardea în încăpere trimitea umbre deformate pe pereţi. Aerul era îmbibat într-un iz firav de ceară. Mânerul se roti. Elise îşi muşcă buza, nemişcată, aşteptând. Uşa se izbi de perete.

"Aici erai!" strigă Josephine, respirând apăsat. "De ce-ai plecat aşa...?"

Elise se întoarse cu spatele, aplecându-se asupra unui vraf de rochii, ignorând-o. O umilise o dată, nu-i putea permite să o facă din nou.

"Viganò te cheamă. Trebuie să înceapă al doilea act, nu vrem s-o dăm în bară și de data asta."

Țipete neinteligibile răsunară brusc pe coridor. Elise închise ochii, înghițind în sec. Capul îi pulsa cu putere, iar vârfurile degetelor o furnicau abia perceptibil. Era sătulă până peste cap de aceleași vorbe false, spuse pe tonuri mieroase. O auzi pe Josephine cum își drege glasul și, precipitată, Elise își înfipse adânc pumnul în mormanul de haine.

"Aș vrea să spui pur și simplu *nu vrem s-o dai în bară*. E-așa de greu? Știm amândouă că asta credeți toți, că eu stric totul. De ce trebuie să fii mereu așa de ipocrită?" vorbise dintr-un foc, fără să se întoarcă spre ea.

"Dar nu asta am vrut să..."

"Scutește-mă!"

Elise se ridică brusc, izbind cu cotul unul din scaune, care căzu cu un bufnet pe podea. Trase adânc aer în piept. Își dădu de pe frunte un fir de păr ce i se desprinse din coc, lăsându-și mâna suspendată în aer. Gândurile i se înfășurau ca în jurul unui mosor, încâlcindu-se și contopindu-se unele cu altele. Uitase ce avea de gând să facă.

"Știi că vreau doar să te ajut. Mereu am vrut."

"Am zis să mă scutești de perorațiile tale altruiste."

Rochia lui Josephine foșni în spatele ei, apoi mai multe glasuri se auziră de partea cealaltă a ușii, părând că se apropie. Își scutură capul, încercând să-și vină în fire.

Doar pleacă, ce-i atât de greu? obișnuia să-i spună

Matthias. Într-adevăr, ce era atât de greu? Trebuia pur și simplu să plece.

Adunându-se, întinse mâna și apucă prima pelerină pe care o văzu, punându-și-o pe umeri. Suflă în lumânare și, pe măsură ce întunericul le învăluia pe amândouă, se întoarse și-și făcu loc pe lângă ea, îmbrâncind-o ușor. Ușa scârțâi deschizându-se, iar lumina portocalie a flăcărilor lumânărilor o izbi în față.

Niște degete calde o prinseră de încheietură. Își întoarse mecanic capul, întâlnind privirea lui Josephine, peste care o fâșie de lumină lucea gălbuie, făcându-i un ochi să pară mai albastru decât celălalt. Ceasornicul de pe perete ticăia molcom, torcând secundele într-un fir subțire de timp, care le învăluia pe amândouă. Se holbau una la alta, albastru pierzându-se în negru și negru pierzându-se în albastru, formând o punte între ele, legându-le. Elise încercă să clipească, dar ceva o împiedica – răceala metalică a ochilor din fața ei o hipnotizase. Un nod i se formă în gât.

"Chiar îmi pare rău pentru ce ți-a spus Viganò, dar..." începu Josephine, fâstâcindu-se vizibil.

"Dar avea dreptate," spuse Elise, încercând să îi imite glasul. "Ai încurcat mișcările, era să cazi în timpul piruetei și ai dărâmat-o pe Ilse. Ai fost un eșec, ca întotdeauna. Hai spune-o, știu că vrei s-o faci. Tuturor vă place la nebunie să-mi reamintiți mereu ce eșec am ajuns."

Elise se sforță brusc, trăgându-și mâna din acea strânsoare delicată. Toată ura ei pentru Josephine îi bolborosea în stomac – ar fi vrut să i-o scuipe în față, dar nu reuși decât să pufnească șters și, întorcându-i iar spatele, porni către ieșirea din capătul coridorului.

"Wallner, oprește-te!" se auzi în spatele ei vocea baritonală a unui bărbat.

Viganò, își zise, *a simțit că vorbim despre el.* Elise grăbi atunci pasul, ținându-și privirea ațintită în pământ.

"Du-te în culise," îl auzi pe Viganò adresându-se cuiva, probabil lui Josephine. "Vin și eu imediat."

Un forfot de pași deranjă pentru scurt timp liniștea coridorului, dar fu curmat brusc de sunetul unei uși închizându-se. Pantofii ei se izbeau ritmic de podeaua de marmură, acoperind gâfâielile bărbatului, care venea în urma ei. Lumânările de pe pereți pâlpâiau molcom, trimițând umbre diforme peste tot în juru-i, făcându-i picioarele să nu-i mai pară picioare, mâinile să nu-i mai pară mâini, pereții să-i pară un simplu labirint din sânul căruia trebuia să evadeze.

Câteva acorduri disonante răzbăteau până la urechea ei din sala teatrului – pesemne orchestra își acorda instrumentele, încălzindu-se pentru începutul actului al doilea. Oftă apăsat. Trebuia să găsească ieșirea, trebuia să plece de acolo. Aerul închis, fierbinte de la focul atâtor lumânări, încărcat cu o combinație dezgustătoare de parfumuri ieftine și mucegai, i se îngrămădea în nări. Îi venea să vomite. *Unde e ușa aia nenorocită?* se întrebă și pufni nervoasă din nări.

Își lipi mâna de perete, simțind cum răceala lui îi invadează întreg corpul. Mai mersese prin acele coridoare de atâtea ori, mai atinsese peretele acela cu atâtea ocazii, ghidându-se după firavele flăcări ale lumânărilor, mai căutase scăparea din acel teatru sufocant...

Inima începu să îi bată mai cu putere. Dinţii i se încleştară. Privirea i se înceţoşă – acel teatru în care nu se mai simţea acasă, acel teatru unde nimeni nu o mai primea cu braţele deschise. Buricele degetelor mâinii stângi continuau să o furnice. Îi venea să urle.

"Trebuie să sune gongul! Ai dansat prost, Elise, asumă-ţi!"

Elise strânse din pumn, înfingându-şi unghiile în carnea palmei ei, dar continuă să meargă înainte, aparent nederanjată, indiferentă.

"Hai Elise, Principele Elector e în lojă în seara asta, avem nevoie de corpul complet. Doar nu credeai c-am făcut marele efort de-a trimite să te caute prin... speluncile alea ale tale, doar aşa, pentru că voiam să te văd," pufni Viganò cu un dezgust evident în vocea gâtuită.

Elise avu pentru o clipă impresia că e chiar în spatele ei, că îi poate simţi respiraţia izbindu-i ceafa. Ar fi vrut să se întoarcă spre el şi să îl scuipe drept în faţă. Dar nu îndrăzni. Începu, în schimb, să alerge. Aerul devenise brusc mai rece. Simţea că uşa nu e departe.

"De ce fugi mereu, pentru numele lui Dumnezeu? Ţi-e la fel de greu să-ţi priveşti problemele în ochi, aşa cum ţi-e şi să memorezi o nenorocită de coregrafie!" îi auzi limpede dezgustul din glas, parcă bătut în cuie şubrede de fiecare cuvânt.

Mai făcu o sforțare, adunându-și toată puterea rămasă în ea, și se avântă înainte, sătulă de tot, aruncându-și câte un picior în fața celuilalt, săltându-se mai degrabă decât fugind.

"Dracu' să te ia!"

Dar vocea lui se auzi distantă, ca și cum i-ar fi vorbit de foarte departe, ca și cum între ei ar fi căzut o cortină grea, imposibil de traversat.

Ticăitul ceasului încă mai ajungea până la urechea ei. Gongul bătu asurzitor. Publicul izbucni într-un torent de aplauze, urmat de explozia vijelioasă a orchestrei. Îl auzi ca prin vis pe Viganò oprindu-se, încă gâfâind ușor. Ea își prinse rochia cu ambele mâinii, aplecându-și corpul, fără să clipească. O durere pulsantă îi săgetă capul, dar nu se opri – ușa era chiar în fața ei, ușa pe care o căutase până atunci.

"Dacă ieși acum pe ușa aia, nu mai ai ce căuta în compania mea de balet!" urlă el, dar Elise abia dacă îl mai auzi.

Aerul nopții de noiembrie o izbi din plin în față, intrându-i năvalnic prin păr, prin cusături, pe sub haine, șfichiuindu-i pielea. Ploaia cădea mărunt. Tropotele cailor, care pleoscăiau în goana lor în bălți, acompaniate de strigătele oamenilor, se ridicau către cerul acoperit de nori. Dinăuntru, acordurile unei suite de vioare se auzeau slab. Era o noapte tristă, rece, fără lună.

Își băgă mâna în buzunarul mantalei străine și simți înțepătura acului unei broșe, iar apoi, mângâindu-i degetele, răceala metalică a câtorva monede. Elise inspiră adânc, zâmbi în sinea ei, coborî grăbită treptele laterale ale teatrului, strângându-și mai bine pelerina în jurul său, și o porni prin întunericul unei străduțe laterale.

DOI

Elise împinse uşa de lemn a tavernei, sperând să scape, odată pentru totdeauna, de răcoarea insuportabilă a nopţilor timpurii de iarnă.

O masă incandescentă de lumină, de un galben uşor toxic, cădea ca o ceaţă peste întreaga încăpere, izbind-o în faţă, arzându-i, pentru o clipă, ochii. Simţi nevoia să îşi scuture capul – contrastul dintre întunericul de afară şi lumina dinăuntru era nimicitor. Expiră adânc şi îşi închise pleoapele, lăsând căldura apăsătoare, aproape ireală, din jurul ei să îi cuprindă tot trupul ca într-o îmbrăţişare eternă. Simţi cum începe să se dezmorţească. Muzica veselă zburda prin încăpere. Picioarele femeilor de pe scenă săltau zglobiu în aer. Ţipete stridente reverberau prin toată încăperea. Descheindu-şi lent nasturii mantalei, păşi înăuntru.

O undă luminiscentă încercuia tavanul de cărămidă al

încăperii. Zeci de lumânări stăteau agăţate de candelabrele din lemn, gata să cadă oricând, gata să dea foc întregii crâşme. Mirosul unei fripturi îi atinse nările, readucând-o la viaţă. Realiză brusc că nu mai mâncase de ceva vreme.

Urlete, râsete, grohăieli se auzeau din fiece locşor al încăperii. Hangiţa îşi etala zâmbetul perfect, aproape fals, întregii mulţimi. Elise ridică uşor mâna, salutând-o. Femeia îi răspunse fugitiv printr-o înclinare a capului, mişcare pe care Elise abia dacă reuşi să o observe. Ochii ei scrutau încăperea, căutând pe altcineva. Se agăţă cu o mână de una din grinzile de lemn şi se avântă înainte în inima petrecerii, printre oamenii care gesticulau cu emfază, ridicându-şi fie braţele, fie paharele, râzând şi iar râzând, fără niciun rost anume, fără niciun motiv, aşa cum îi venea şi ei să râdă.

"Elise!" se auzi de undeva de departe ţipătul bucuros al unei voci cunoscute.

S-a întors deci, gândi ea, în parte uşurată, în parte simţind cum părul de pe ceafa ei începe să se ridice – se întorsese, aşadar, în locul unde era sigur că urma s-o găsească. Matthias se ridicase de pe scaunul lui şi, fofilându-se printre bărbaţii precipitaţi ce mişunau prin tavernă, se apropia de ea, ţinând câteva cărţi de joc în mână, ridicate deasupra capului.

"Aici erai..." spuse ea.

"Unde-i primejdie, acolo sunt de faţă, răsar ca din pământ," răspunse Matthias râzând, aplecându-se spre ea, pierzându-şi vizibil echilibrul.

Ea se feri.

"Unde-ai fost?" îl întrebă.

Îl văzu pe Matthias încruntându-se abia perceptibil, dar revenindu-şi rapid la căutătura lui ironică, atât de cunoscută ei – doar cine avea să rămână supărat în marea aceea de veselie, care se ridica asemenea unui val, acoperindu-i pe toţi, încercând să îi tragă în adâncuri. Elise se simţi brusc mai uşoară. Era molipsitor.

"Nu fi supărată!" îngăimă el, cu un glas tremurat, prinzând-o de mână.

Elise tresări puternic – Matthias o trăsese spre el, lipindu-şi buzele de ale ei, încleştându-şi degetele fierbinţi de ceafa-i dezgolită. Simţi gustul alcoolului din gura lui, gust care îi mistui gâtul uscat. Amintirea senzaţiei de vomă îi răsări iar în minte. Se desprinse subtil din sărut, dornică să ia o gură de aer care, deşi nicidecum proaspăt, era mai bun decât mireasma pestilenţială de rom şi tutun din respiraţia lui Matthias.

"Mi-a fost dor de tine," murmură el, ţintuind-o cu privirea, încolăcindu-şi degetele cu ale ei.

"A, serios?" zise ea, ferindu-şi ochii, sperând să găsească pe cineva la adăpostul căruia să se ascundă, dar ştia că nu are pe cine: de când îl cunoscuse, fuseseră tot timpul doar ei doi, ea şi Matthias. "Dacă ţi-ar fi fost dor cu adevărat, nu ai fi plecat în primul rând."

"Dar m-am întors. Trebuie să conteze şi asta într-un fel."

Elise râse, un râset amar, care o arse pe gât. "Nu după ce mi-ai făcut, nu după cum m-ai lăsat."

Matthias îşi lăsă ochii în pământ şi începu să îi mângâie mâna.

"Îmi pare rău," îi zise, mai mult în şoaptă.

"Ştiu, întotdeauna îţi pare."

Pianul se opri brusc. Un huiduit înfundat începu de undeva de lângă ei, propagându-se rapid prin toată mulţimea, voci de bărbaţi şi de femei amestecându-se în acelaşi reproş unanim al omului de rând care cere arta. *Arta*, râse Elise în mintea ei, *conceptul pe care nu îl înțelege nimeni, dar pe care toți îl cer.* O durere o săgetă în mijlocul pieptului, pe măsură ce întrebarea iminentă îi răsări în minte: *ce e arta?* Își scutură capul încercând să-și alunge gândurile – nu era momentul.

Pianistul se ridică grăbit de la masa lui şi, făcând o plecăciune adâncă, se aşeză din nou în faţa pianului, începând să apese clapele. O romanţă dansantă îi zbură de sub degete, ca şi cum el ar fi ţesut notele, care se materializau treptat, fiecare pe cont propriu, dar formând un întreg împreună, în aerul închis al tavernei. Câteva femei urcară imediat pe scena improvizată, începând să ţopăie, toate cu zâmbete pe buze. Lui Elise îi păru brusc rău, fără să ştie exact de ce. Își muşcă buza, simțind în gură gustul metalic al unui firicel de sânge.

"Hai cu mine la masă", o scoase Matthias din gânduri, "aproape am mâna câştigătoare, ai să vezi. Ne întoarcem acasă cu banii în mână. Aşa mă pot revanşa şi eu."

O mai sărută o dată fugitiv şi o trase grăbit către separeul improvizat. Elise nu ripostă, ci se lăsă trasă, moale ca o trestie în bătaia vântului. Simțea o nevoie disperată să se lipească de alţi oameni. Nu voia să meargă atunci acasă cu el, şi-ar fi dat viaţa să prelungească acel moment, prinsă fiind în eterul fierbinte, mult prea luminos, al vieţii semenilor ei. O durea să recunoască faptul că aceia erau atunci semenii ei, dar acest adevăr îi fusese înfipt în inimă, asemenea unui pumnal, de prea multe ori.

Matthias îi prinse şoldul cu una din mâini. Elise îşi muşcă buza. O durere mocnindă îi izbucni în coapsă, pulsând şi extinzându-se până la nivelul genunchiului. Se foi puţin, încercând să îl îndepărteze de lângă ea.

"Ce-ai păţit?" îi şopti el, scuipând-o puţin în ureche. "N-am de gând să-ţi fac nimic, linişteşte-te!"

"N-ai de gând să-mi faci nimic încă..." murmură ea, dar realiză că Matthias nu o mai asculta – se aşezase deja pe scaunul uşor şubred, trăgând-o în poala lui, apoi îşi adânci capul în cărţile din mână.

Elise îşi întoarse capul în spate, întâlnind alte câteva feţe cunoscute. Matthias se încordă sub ea. Îşi aruncă privirea peste masă, dar nu întâlni altceva decât cărţi de joc franţuzeşti – pentru ea, cel puţin, nu erau altceva decât cărţi de joc. Îi era greu să înţeleagă cum Matthias putea câştiga plata ei pe o lună într-o singură seară. Oftă apăsat – îşi amintise de ameninţarea lui Viganò. Spera doar să nu fi vorbit serios.

"N-aveai un balet azi?" întrebă Matthias, parcă auzindu-i gândul. Elise îi prinse capul cu mâinile, înfigându-şi degetele în părul lui auriu. Întotdeauna reuşea să simtă ce gândeşte, întotdeauna îi ghicea intenţiile. "Ce s-a întâmplat, de ce-ai plecat...?" continuă el, dar începu să râdă. Elise ştia că voia să zică *iar*, dar nu îndrăznise. Nici ea nu îndrăznea să îi reproşeze.

“De ce-am plecat...” spuse şoptit şi îşi lăsă obrazul să i se lipească de creştetul capului lui. Matthias o sărută pe gât, pe locul unde, ascunsă de stratul gros de pudră, o ardea încă o vânătaie mică, gălbejită, de forma unui deget. “Pentru c-am dat-o-n bară, de asta. Am dat-o-n bară rău.”

El râse.

“Nu-i amuzant, Matthias. Am dat-o-n bară cam de prea multe ori în ultimul timp. Cine ştie ce-ar...”

“Şi cui îi pasă c-ai dat-o-n bară?” o întrerupse el, şi se întinse în faţă, aruncând pe masa de joc o carte.

“Lui Viganò...”

“Să se ducă dracului, el şi cu toţi snobii ăia ai lui. Ăştia nu-s buni la nimic altceva decât să judece, să se plângă şi să cumpere.”

Muzica se oprise din nou. Mulţimea forfotea. Un clinchet surd, urmat de sunetul sticlei sparte îi ajunsese până la urechi – întorcând capul, văzu că hangiţa spărsese un pahar. Matthias îşi mişcă mână în sus, mângâindu-i şoldul, prinzându-i talia. Buzunarul mantalei ei zornăi slab.

“Ce-i asta?” întrebă el, băgând mâna-n buzunar, scoţând broşa micuţă, argintată. “Măi să fie, ce-ai cules tu aici?”

Cineva de la masă strigă pe neaşteptate, trântind pe masă un teanc de cărţi. Matthias scăpă broşa din mână şi înjură pe sub barbă, lăsându-şi şi el, alături de ceilalţi jucători, cărţile jos. *Pierduse,* gândi Elise. Un urlet de disperare se zbătu pentru o clipă în pieptul ei. Îşi strânse în mână poalele pelerinei, frământând-o printre degete.

"Cât trebuie să-i dai?" îl întrebă, dar el doar îi aruncă o privire încruntată. Albastrul din ochii lui părea că fierbe.

Elise înghiți în sec, privindu-l cum scoate din buzunar 5 creițari, și dădu să se ridice.

"Unde crezi că pleci?" o întrebă el, ușor răstit, trăgând-o înapoi. Capetele celor de la masă se întorseseră spre ei.

Elise se sforță din strânsoarea mâinii lui. Pelerina îi alunecă de pe umeri. Cineva fluieră insinuant. Ea îl săgetă cu o privire în care speră să concentreze întreaga ură arzătoare pentru ei. Fu întâmpinată cu o ridicare impertinentă din sprâncene.

"Avem o balerină printre noi!" strigă câștigătorul, un bărbat ușor puhav, rânjind și etalându-și dantura știrbă cercului de prieteni. "Ăsta are, până la urmă, o balerină, și ne-a adus-o și nouă s-o vedem." Elise simți cum Matthias scrâșnește din dinți.

Ușa se deschise, o rafală turbată de vânt forțându-se înăuntru, alunecând printre ei, alungând pentru o clipă căldura, făcând lumânările de deasupra capului lor să pâlpâie. Matthias o împinse de pe el și se ridică de pe scaun.

"Ce-ar fi să te duci să dansezi pentru noi pe scenă, drăguță? Acolo, între celelalte fete frumoase. Te-ai potrivi de minune," continuă altul, gesticulând cu mișcări largi către scena din centrul tavernei.

Elise se aplecă, ridicând pelerina și îmbrăcând-o înapoi, încercând să ascundă de ochii lor flămânzi rochia subțire, mult prea scurtă, de un alb sidefiu, ce îi acoperea trupul.

Matthias își suflecă tacticos mânecile cămășii murdare, devenită de un galben prăfuit, trăgându-și bretelele pantalonilor mai bine pe umeri, fără să își desprindă privirea de la ceilalți.

“Ce stai așa, nu vrei să faci niște piruete pentru noi?” reveni primul, făcându-i din ochi.

Pianistul își reluă iar cântecele. Un rând de aplauze se stârni în apropierea scenei. Lumea scanda. Matthias trase aer în piept și se avântă înainte, cu pumnul ridicat, izbindu-l de falca bărbatului, care se prăbuși pe jos. Ceilalți săriră de la locurile lor, înconjurându-l pe cel lovit.

Matthias își întinse mâna ușor pătată de sânge către masă, apucând toți banii uitați de ceilalți, apoi se întoarse către Elise, cu gura ușor întredeschisă, cu o sclipire turbată în ochi. Totul în jurul ei păli. Se prinse de un scaun și își mușcă limba. Umbra unei dureri trecute îi înfășură tot corpul, ca o pânză. Nu voia să plece cu el, cel puțin nu atunci, când se vedea limpede că mânia din el i se prelingea prin toți porii.

“Hai să mergem,” mârâi el către ea. “Am terminat aici.”

“Poți să pleci singur,” îi răspunse rece, trăgând aer în piept și întorcându-i spatele, încercând să își ascundă teama. Una din mâini îi tremura abia perceptibil. “Eu chiar vreau să mă duc să dansez, ai ceva împotrivă?”

Bărbații de lângă ei începură să țipe. Matthias o apucă de mână și o trase, din nou, după el, de data aceasta afară din separeu, către ieșire, intensificându-și strânsoarea cu fiecare pas pe care îl făceau.

"Ai să vii cu mine!" spuse, dar Elise abia dacă îl auzi. Își făceau loc cu greu prin mulțimea ce se strângea în jurul lor, separându-i de bărbații venind către ei. Cineva scosese un țipăt. Pianistul se opri din cântat. Elise întoarse grăbită capul, văzând cum unul dintre ei scosese un pumnal, a cărui lamă luci batjocoritor în lumina lumânărilor.

Matthias o mai smuci o dată, îmbrâncind hangița, care scăpă pe jos tava plină cu sticle, halbe și pahare.

"N-o să scăpați așa ușor, tu și curva ta! Numai să-ndrăznești să vă mai arătați fețele pe-aici!" strigă bărbatul, mai roșu și mai umflat la față decât fusese cu câteva clipe înainte.

Ajuns în dreptul ușii, Matthias se opri. Elise abia dacă își mai simțea degetele zdrobite în pumnul lui.

"Trebuie să mă întorc să-i mai dau una," spuse, mârâind printre dinți.

"Vrei să mori?" Elise fu, de data aceasta, cea care începu să îl tragă după ea, fugind afară din încăpere, în aerul nimicitor al nopții.

"N-ai auzit că ăia te-au făcut *curvă*?"

Elise îl auzi slab, din cauza vântului care vâjâia în jurul lor, dar nu încetini, în ureche încă tunându-i amenințările bărbatului, pierdute în torentul asurzitor al tavernei. Ploaia se oprise. Norii se împrăștiaseră pe cer, scoțând la iveală câteva stele, care își reflectau timid lumina în bălțile de pe stradă.

Tu m-ai făcut una din ele! gândi, fără să aibă, însă, curajul să și articuleze gândul.

"Hai să mergem acasă," fu tot ce reuşi să spună, simţind strânsoarea caldă a lui Matthias slăbind, iar pe el alergând lângă ea.

TREI

Două zile trecuseră de la noaptea aceea dezastruoasă, două zile în care nu auzise nimic de la Viganò. Nu știa dacă avea să o dea afară sau dacă avea să o mai primească să danseze pentru el, chiar și în spate, în ultimul rând, unde să n-o vadă nimeni.

Nu-și putea permite să piardă locul din corp. Aveau nevoie disperată de bani. Și totuși, acum era în întârziere, fugind de-a lungul caldarâmului, încercând să ajungă la serata unde fusese invitată să danseze. Se avânta înainte, nepăsându-i de cei pe care-i îmbrâncea pentru a-și face loc prin mulțime, de trăsurile și călăreții pe care reușea să îi evite în ultimul moment.

Cineva strigă după ea, înjurând-o. Elise zâmbi în sinea ei, dar nu se opri din fugă. Soarele stătea să apună în spatele șirului de clădiri pe lângă care trecea.

Era aproape. Dacă își menținea ritmul, avea să ajungă fără o întârziere prea mare, iar prințesa von zu Guttenberg avea poate să o înțeleagă. Pufni pe sub barbă – să fie înțeleasă de o aristocrată plasată în vârful societății vieneze, care trebuia să întrețină o petrecere selectă, fără a avea cu ce, căci atracția principală întârzia, era ceva inimaginabil. Elise știa că femeia o ura. Dar pur și simplu nu putea înțelege de ce încă o invita să danseze la seratele ei.

Își strânse mai bine șalul în jurul umerilor. Vedea casa impozantă înaintea ei, de partea cealaltă a străzii. Își suflă rapid în mâinile înghețate și se avântă înainte, încercând să se strecoare prin aglomerația vieneză.

Elise, în goana ei, nu mai vedea nimic din ce se întâmpla în juru-i. O trăsură veni din direcția opusă, abia reușind să o evite.

Țipătul vizitiului acoperi, pentru o fracțiune de secundă, nechezatul speriat al calului, care se ridică pe picioarele din spate, făcând trăsura pe care o trăgea să se clatine. Capete înfofolite în șaluri și eșarfe de mătase răsăriră prin geamurile micuțe; alte trăsuri se opriră brusc în spatele aceleia, din cauza cailor speriați de rumoarea ce pusese stăpânire pe intersecție.

O ploaie măruntă începu să cadă din norii pufoși ce acopereau cerul de un gri spălăcit al serii. Elise își duse săculețul cu pantofii de balet deasupra capului și, adunându-și puterile, făcu câțiva pași mari, ajungând în dreptul ușii sculptate de mahon. Întoarse pentru o clipă privirea către haosul pe care îl lăsase în urmă – vizitiii încă încercau să își calmeze caii care nechezau ca turbați, fluturându-și cozile, scuturându-și capetele, dezvelindu-și dinții, antrenați de țipetele mulțimii oprite să admire întregul tablou - și, apăsând grăbită pe mâner, păși precipitată înăuntru.

Primi cu o bucurie copilăroasă căldura dulceagă a acelui lux arhaic, dar fu urmată de frigul necruțător de afară, care i se prinsese de haine, de păr, de întreg trupul. Se grăbi să închidă ușa și, întorcându-se brusc, dădu să urce scările către salonul unde era, cu siguranță, așteptată. Ținându-și ochii în pământ, însă, se lovi cu forță de spatele masiv al unui bărbat.

"*Lieber Himmel*[2]!" strigă el, vizibil luat prin surprindere, întorcându-se către ea.

"A, îmi cer mii de scuze!" murmură ea, încercând să se culeagă de pe jos. "Mii, mii de scuze, Herr..."

"Beethoven," îi răspunse bărbatul cu o voce puternică, ușor răgușită, întinzându-i mâna și zâmbindu-i, un zâmbet larg, ușor strâmb, ca al unui copil ștrengar.

"Domnișoară Wallner!" strigă gazda, răsărind din spatele bărbatului și ridicându-și mâinile către tavan. "În sfârșit!"

Elise își dădu șalul de pe umeri, fixându-și privirea asupra lui Beethoven. Nu mai văzuse un aristocrat atât de prost îmbrăcat, cu gulerul strâmb, cu nasturii cămășii încheiați pieziș, cu fracul decolorat și peticit în multe locuri. Dar, până la urmă, Beethoven nu era un aristocrat. *E unul de-ai*

2 O, cerule! (trad. din germană)

mei, gândi ea și îi zâmbi la rându-i. Cu părul asemenea unei coame de leu, cu ochii sălbatici, care o priveau insistent, cu buzele întredeschise, ușor vineții, arăta ca un animal neîmblânzit, scăpat de la grădina zoologică a palatului Schönbrunn. Radia o căldură stranie, plutind deasupra aerului încăperii, încununându-i capul masiv ca o aureolă.

Se simți brusc mai mică, mai neînsemnată; părea că bărbatul își purta renumele scris în frunte, în note muzicale, aceleași care îi aduseseră faima, care îl consacraseră în rândul celor nemuritori. Prezența lui era aceea a unui zeu, cu toate că el nu arăta ca unul, mic și oarecum îndesat, cu capul prea mare, cu chipul disproporționat. Dar oamenii măreți sunt rareori și frumoși, așa îi spusese acum mulți ani tatăl ei. Acesta este tributul pe care trebuie să îl plătească fatalității.

O ușă se deschise brusc, lăsând un chip bălai de fetiță să se ivească și câteva acorduri de pian să ajungă la ei.

"*Maman*, cât mai durează? Domnii au devenit nerăbdători. Întreabă dacă pot trece în camera de biliard."

"Imediat, imediat!" răspunse prințesa von zu Guttenberg, și se întoarse către Beethoven, continuând cu un glas tremurat, în care se simțea o urmă de mândrie: "E pupila mea, o dulceață de copilă."

Ușa se trânti cu o bufnitură, iar gazda, plescăind din buze, își întoarse atenția asupra lui Elise. O rază firavă, lăptoasă se strecură în cameră, odihnindu-se pe pielea mâinii ei. Elise își feri privirea, frământând între degete șnururile aspre ale săculețului pe care îl avea în mână. Se simțea ca un copil mic, certat de părinții lui.

"Domnişoară Wallner," începu prinţesa, "mi-aţi putea spune de ce aţi întârziat? Toată lumea este înăuntru, vă aşteaptă... inclusiv pianistul! Adineauri ameninţa să plece..."

"Ştiu, ştiu, dar nu este vina..."

Beethoven o întrerupse cu un râset înfundat, şi începu să îşi frece uşor stomacul, privind-o complice.

"Eleonore, Klein ameninţă întotdeauna să plece. Trebuie să-i dai o sticlă de vin şi e-al tău," îi sări în ajutor lui Elise, făcându-i cu ochiul. "Nu înţeleg de ce nu m-ai lăsat pe mine să cânt până la urmă. Ar fi fost un plus adus seratei tale, ar trebui să recunoşti."

"Nu contest, dar îţi spun acum, cum ţi-am tot spus, ai nevoie din când în când şi de câte-un moment de răgaz, nu crezi?"

"Poftim? De ce am nevoie?" întrebă Beethoven, apropiindu-şi capul de buzele prinţesei.

"De un moment de răgaz!" îi strigă ea în ureche.

Beethoven zâmbi şters şi dădu din cap, deschizând gura, pesemne să spună ceva, dar închizând-o repede la loc. Elise îl privi oarecum preocupată. Se întrebă de ce artistul ar avea nevoie de răgaz. Arta avea vreodată? Şi dacă nu are arta răgaz, artistul de ce ar avea atunci? Şi de ce ar avea, oricum, nevoie de răgaz, dacă arta este viaţa lui? Poate cineva să oprească, chiar şi pentru o secundă, cursul vieţii, pentru a lua o gură de aer?

Simţi privirea lui Beethoven aţintită asupra ei. Un fior o străbătu prin tot corpul, făcându-i degetele mâinii stângi să o furnice. Artistul pierde arta dacă stă prea mult departe de ea; oare de aceea şi-o pierduse şi ea pe a ei?

"Lacheu!" strigă Frau von zu Guttenberg către una din uşile întredeschise. "Vino, te rog, şi ajut-o pe domnişoara Wallner să se dezbrace. Herr Beethoven, dumneavoastră urmaţi-mă în salon. Iar tu," continuă ea, şoptindu-i printre dinţi lui Elise "ai face bine să te grăbeşti."

Femeia îl apucă pe compozitor de braţ şi deschise cu o mişcare delicată uşa salonului. Un miros de fructe şi de marţipan ajunse până la ea, îmbiindu-i nările şi amintindu-i de seratele copilăriei, date de tatăl ei pe când încă mai era în viaţă. Un hohot de râs colorat, asemenea clinchetului unui clopoţel, zburdă în aer şi se pierdu la fel de repede cum izbucnise. Şoapte şi iar şoapte, încununate din când în când de chicoteli firave, erau tot ce se auzea. *Distracţia înaltei societăţi,* gândi Elise, râzând în sinea ei.

Frau von zu Guttenberg îi mai aruncă o privire încruntată după umăr, închizând uşa în urma ei. Flacăra lumânării ţinute de lacheu dansa molcom. Un strop de ceară căzu pe podeaua de lemn, chiar lângă ea. Scoţându-şi grăbită din săculeţ pantofii de mătase, rupţi pe alocuri, murdari în altele, se aplecă să şi-i pună în picioare. Îşi scutură capul, încercând să-şi dea un fir negru de păr din ochi.

Văzu atunci o altă uşă, mai mică şi mai modestă, lăsată întredeschisă; înăuntru ardea o altă lumânare masivă, pusă într-un sfeşnic argintiu sclipind ademenitor către ochii ei flămânzi. Lacheul îşi drese glasul, pesemne dorind să o zorească. Elise simţi cum colţurile gurii i se ridică uşor. Închise ochii şi inspiră adânc: trebuia să se abţină. Trebuia să reziste tentației. Nu își putea permite să piardă și acest prilej, oferit ei printr-o bunătate a providenței, de a mai câștiga câțiva bani. Dacă l-ar fi pierdut, ce i-ar fi făcut Matthias? Ce s-ar fi întâmplat cu ei? Aveau nevoie disperată de bani, de toți pe care i-ar fi putut primi.

Privirea i se încețoșă brusc. Inima îi turbă, părând că i se înnodase în piept. Gândul de care îi era frică îi săgetă mintea cu o viteză amețitoare, înfigându-se acolo ca o săgeată în trupul unui animal: dacă Viganò avea să se țină, de această dată, de cuvânt?

PATRU

Beethoven se foi pe canapeaua moale tapițată cu mătase din spatele camerei, încercând să slăbească strânsoarea prințesei von zu Guttenberg, care își încolăcise brațul în jurul brațului lui. Focul ardea molcom în șemineul de lângă, căldura flăcărilor arzându-i cotul uneia dintre mâini. Eleonore îi întinse un platou cu fructe confiate, acoperite cu un strat gros de zahăr. Refuză. Mirosul coloniei bărbatului de lângă el întâlni mireasma dulceagă a fructelor, persistând în aer, acoperindu-i capul ca un văl, intrându-i în nas și în gură. Își duse mâna la guler, trăgând de el; simțea că nu mai poate să respire.

Prințesa își trase grăbită brațul, spre marea lui ușurare, și începu să aplaude. Toată încăperea începu, de fapt, să aplaude. Aplaudă și el. Balerina, domnișoara Wallner, făcu o plecăciune adâncă, aplecându-și capul, dezvelindu-și curbura albicioasă a gâtului. Lui Beethoven i se păru că arăta ca o lebădă.

Pianistul plonjă asupra pianului, zdrobindu-şi degetele de clapele albicioase, peste măsură de ademenitoare pentru Beethoven. Îşi mişcă mâna în gol, simţindu-şi degetele reci, amorţite. Elise îşi îndreptă trupul şi, ridicându-şi încet genunchiul până la nivelul coapsei, îşi dezveli glezna. Surâse candid, de parcă ar fi fost ruşinată de această obscenitate, apoi lăsă piciorul jos şi se avântă într-un salt înalt, elegant. Klein continua să atace clapele. El continua să audă doar un sunet slab, înfundat. Mişcările fetei, prelungi, mlădioase, calme ca valurile Dunării, erau pentru el doar o pantomimă sublimă. Simţi că se încruntă. Camera căpătă o nuanţă comună de gri. Stătea mult prea departe.

Eleonore se apropie de el, făcându-l să realizeze că ea era vinovată, că ea îl convinsese să stea împreună, în intimitatea colţului salonului. Ceilalţi musafiri stăteau îngrămădiţi aproape de scena improvizată, martori la cum arta unei balerine se deschidea în faţa lor, asemenea unui boboc de floare în lumina răsăritului. Toţi, în afară de el, blestematul, infirmul.

Vru să se aplece mai în faţă, sperând să audă mai bine, dar se opri la jumătatea mişcării – nu voia ca ceilalţi să-l suspecteze. Se uită în jurul lui, băgându-şi pumnul strâns sub picioare. De ce oare acceptase acea invitaţie? Îi vedea pe toţi în jurul lui zâmbind, vorbind unii cu alţii, privind fascinaţi către pianist şi balerină. Camera începu să se învârtă în juru-i.

Bărbatul de lângă el se aplecă pe la spatele lui, șoptindu-i pesemne prințesei ceva ce Beethoven nu auzi. Râseră amândoi. Alți câțiva invitați din jurul lor se alăturară și ei ilarității.

"Dar încetați odată cu taclalele voastre fără sens!" zise el, nereușind să se mai abțină. "Vreau să aud muzica. Și țin să cred că nu sunt singurul."

Eleonore îl mângâie pe umăr, dându-i o privire pe care el o percepu compătimitoare. Se simți pus la punct, așa că, trecându-și mâna prin păr, își întoarse capul către partea cealaltă a camerei, unde Elise începuse o serie de piruete.

Îi privi trupul plăpând, rochia albicioasă, părul de abanos, și oftă. Rotindu-se în jurul pianului, cu brațele ridicate în aer, părea un fulg. Beethoven simțea cum fiecare tresărire a corpului ei plăpând, fiecare piruetă, fiecare salt, fiecare mișcare bruscă a piciorului, a mâinii, a capului, fiecare fluturare din gene, fiecare zâmbet diafan care îi încununa buzele – simțea cum toate acestea erau note, note, *note!* scrise cursiv de mâna divinității într-o cerneală invizibilă pe ea, pe trupul ei.

Nici nu mai încerca să distingă ce cânta Klein. Auzea doar muzica lui Elise, muzica ce o vedea picurându-i de pe volanele rochiei, de pe firele de păr răzlețe, de pe vârfurile degetelor. Ceva în stomacul lui începu să bolborosească. Își duse mâna către frunte, frecându-și sprâncenele. Oare îi mai auzise numele undeva?

"Ai spus că o cheamă Wallner?" o întrebă el pe prințesă. "Îmi sună cunoscut, dar nu-mi pot da seama de unde."

"Da, Elise Wallner, fata lui Johann von Wallner, sigur ai auzit de el. A fost capelmaistru la curtea regală. Fratele lui Therese von Friesen," îi răspunse, trăgându-l, printr-o mişcare bruscă, mai aproape de ea.

Beethoven o privi cu coada ochiului pe Elise. Era frumoasă, frumoasă cum nu mai văzuse.

"Johann a murit acum ceva timp, nu?"

"Da, tristă afacere," interveni şi bărbatul din dreapta lui. "Therese a câştigat custodia asupra ei după aceea."

Beethoven se încruntă, deranjat de intervenţia vecinului său. Prinse din zbor câteva acorduri răzleţe. Îi venea să zâmbească, dar, în schimb, se abţinu şi spuse:

"N-am văzut-o niciodată la Therese. Sau, cel puţin, ea nu mi-a prezentat-o niciodată."

"Fata a fugit de-acasă cu câţiva ani în urmă. Au vrut să o căsătorească cu van Otto, moşierul, iar ea, ei bine... n-a vrut. Acum trăieşte cu un bărbat fără să fie căsătorită cu el," îi spuse ea.

Beethoven rămase surprins. Mai privi o dată făptura din faţa lor, care avea în ea ceva din puritatea florilor de tei. Deşi nu îi venea să creadă, ce auzise îl făcuse să o placă mai mult. Eleonore îşi lipi buzele umede de urechea lui şi continuă: "Lumea o crede acum o femeie de moravuri uşoare. Dacă mă-ntrebi pe mine, chiar este."

Dezgustul care curgea de pe buzele femeii, alături de cascada de vorbe, îi era evident.

"O urăşti, aşa-i?" o întrebă, de data această mai şoptit, atât de şoptit încât nici chiar el nu auzi.

Ea nu răspunse nimic, ci își mută privirea către Elise care tocmai făcea un salt. Își făcu griji că, poate, nici ea nu reușise să audă, dar continuă:

"Atunci de ce o inviți aici? Am auzit că nu e prima oară."

Eleonore plescăi din buze, încruntându-se. "I-am promis lui Therese," zise, și tăcu.

Beethoven închise ochii și trase adânc aer în piept – avea să întrebe, așa cum întrebase de multe ori de-a lungul anilor, și avea să aibă parte probabil de o altă dezamăgire, așa cum tot avusese întreaga lui viață. Un gust dulce-amărui venea cu acel gând: avea, cel mai probabil, să fie cunoscut posterității, nu doar ca un mare compozitor, ci și ca bărbatul veșnic îndrăgostit și veșnic refuzat. Dar nu se putea abține. Îi mai rămânea doar să spere că de această dată va fi diferit.

"Crezi că ai putea să ne faci cunoștință... în mod corespunzător?" începu el, încercând să își ascundă fâstâceala. Nu îi venea să creadă că cere o asemenea favoare altei persoane decât celor mai intimi prieteni ai lui.

Elise făcu un salt înalt, arcuindu-și spatele, lăsându-și mâinile să îi plutească pentru câteva clipe în aer. Câteva firicele i se desprinseseră din părul prins strâns la spate. Pielea pieptului îi lucea în lumina timidă a puzderiei de lumânări împresurate prin întreaga încăpere. Ea totuși își emana propria lumină.

Eleonore își fixă ochii asupra lui, țintuindu-l cu o privire în care se citea mirarea. *De ce ai vrea să faci cunoștință cu ea?* părea să îl întrebe.

"Uite-o cum dansează!" exclamă el, puțin mai tare decât

ar fi dorit. Capetele celor din jurul lui se întoarseră către el, încruntate. "*Entschuldigung!* Dar e... e ceva ce n-am mai văzut demult, Eleonore! Mă face să simt ce mă face să simt și muzica. Dansul ei e muzică."

Acum Elise făcea iar piruete. Inima lui Beethoven îi tremură în piept pentru o clipă. Atâta frumusețe, atâta emoție, atâta viață! Îi venea să se ridice de pe scaun și să o ia în brațe; dar nu îndrăznea să îi întrerupă momentul.

"Are geniu, simt asta!"

Prințesa se apropie de urechea lui și chicoti.

"Dacă are *geniu*, atunci de ce e doar balerină de corp? De ce nu e solistă? Ar trebui să o vezi pe Josephine Gottfried, solista de la Burgtheater – m-a făcut odată să plâng. Acolo geniu."

Beethoven scutură din cap, prinzând-o pe Eleonore de încheietura mâinii.

"Ți se pare că vienezii au vreo idee despre ce e ăla geniu? Nu ar recunoaște geniul nici dacă ar sta în fața lor. Recunosc că e artă doar ceea ce li se spune că este."

Femeia surâse, un zâmbet care lui i se păru că ascunde o umbră de zeflemea.

"Crezi ce vrei."

"E artă ceea ce e frumos, Ludwig. Asta știm și noi să ne dăm seama singuri," spuse ea, întorcându-și capul din nou către Elise.

"Ți se pare că ce compun eu e frumos? Nu, nu încerca să mă contrazici, n-am nevoie de lingușelile tale. Arta e ceea ce te face să simți ceva. Orice!" strigă, și își aruncă mâinile în aer, ca şi cum le-ar fi cerut lămuriri tuturor celor prezenţi, ridicându-se sub o ploaie de priviri scânteietoare. Elise se oprise şi îl privea direct în ochi. "Chiar şi ură. Dezgust. Revoltă," urlă ultimele cuvinte, scuipând puţin în jurul lui. "Mai ales astea!"

Mă cred nebun, gândi. *Să mă creadă.*

CINCI

"Ești sigură că nu vrei să rămâi la cină?" mai întrebă o dată prințesa von zu Guttenberg, pe un ton care lui Elise i se păru cam în silă.

"Nu, e în regulă," răspunse ea, trăgându-și pelerina peste haina de blană cu care era deja înfofolită. Gândul că era din nou nevoită să iasă în frigul necruțător al toamnei nu îi surâdea deloc.

Gazda dădu ușor din cap și tăcu, întorcându-i spatele. Elise ar fi vrut să o întrebe, înainte să plece, când va fi următoarea serată. Ceva îi spunea, însă, că așa ceva ieșea din discuție. După seara aceea, nu credea că va mai fi invitată prea curând în casa ei. Femeia se depărtă de ea, ușa se trânti, iar ea rămase din nou singură.

Își înfășură șalul în jurul umerilor și se întoarse pe călcâie, dorind să plece. Ceva o ținea, însă, în loc. Văzu, în oglinda de pe perete, acea ușă care o chemase mai înainte, încă rămasă întredeschisă, în care flacăra lumânării încă ardea, mai vie, mai ademenitoare. Niște tentacule întunecoase păreau că ies din camera misterioasă, târându-se pe podea, venind ostentativ către ea, înfășurându-se în jurul picioarelor ei, în jurul taliei, în jurul brațelor, trăgând-o, smucind-o. Ochii îi rămâneau fixați pe argintul lucitor, a cărui reflexie pulsa violent în fața ochilor ei.

Ești singură, gândi, *ce mai aștepți?* Dar nu erau nici vocea, nici cuvintele ei. Erau ale lui Matthias.

Picioarele i se adânciră în podea. Mâna începu să îi transpire. Voia să o facă, dar, în același timp, nu. Se uită la cei câțiva florini din mâna ei, oferiți de prințesă aproape cu dezgust și, fără să îi numere, știa deja că îi erau suficienți pentru următoarele câteva săptămâni.

Dar nu sunt de ajuns! urlă vocea lui Matthias în mintea ei, zbătându-se, bătându-i cu pumnii în craniu. *Așa o oportunitate... Și știi că bătrânul te așteaptă, nu i-ai mai dus de câteva săptămâni nimic.*

Palmele începură să îi transpire. O rază de lună alunecă pe bustul de pe măsuța din fața ei, care îi rânjea superior. Trase adânc aer în piept. Oricum era singură... singură, singură, singură!

Se desprinse de la locul ei, ridicându-și greoi picioarele. Nu avea să piardă o asemenea oportunitate.

Atinse în grabă mânerul, răceala lui metalică străfulgerându-i mâna ușor transpirată, și deschise silențios ușa. În fața ochilor îi apăru o bibliotecă enormă, atingând tavanul, adâncită într-un întuneric gros, ca de păcură. O singură lumânare ardea pe măsuţa de lângă divan, împrăştiind în juru-i un cerc slab de lumină, care cădea strâmb pe cel mai apropiat perete. Luna curgea înăuntru ca într-o cascadă de argint, prinsă şi apoi propulsată înapoi în aer de cristalurile candelabrului aninat de tavanul înalt.

Elise păşi în faţă. Atinse divanul, simţind asprimea materialului în buricele degetelor. Tresări, amintindu-şi-l pe tatăl ei, întins pe o canapea asemănătoare, alb la faţă, scăldat şi el în lumina lunii, cu doctori în jurul lui. Înghiţi în sec şi îşi strânse cu putere ochii, încercând să alunge priveliştea aceea odioasă.

Trecutul încercând să dea buzna peste noi în prezent, gândi. *Chiar şi atunci când noi de acum ne-am schimbat atât de mult încât suntem alţii, şi nu mai vrem s-avem nimic de-a face cu el.*

Oftă şi îşi scutură capul, mutându-şi privirea pe sfeşnicul care o adusese acolo. Lângă el, o broşă îşi radia lascivă, ca o aureolă, propria strălucire palidă, diamantină.

Mâna i se duse mecanic înspre ea, fără să ezite măcar o clipă. O ridică uşor, cântărind-o în mână, devorând-o din priviri.

Ştiam eu că poţi, o felicită Matthias în mintea ei. *Ţi-am zis că poţi să faci orice. Acum ai grijă să nu te prindă.*

Respirând greoi, cu degete tremurânde, o băgă în săculeţul ei, într-unul din pantofii de balet. Era vremea să plece acasă.

Cineva îşi drese vocea în spatele ei. Lui Elise i se opri

inima în loc. Văzu craniul unui cerb prins pe perete, undeva deasupra șemineului, privind-o mort, deși fără ochi, râzând către ea.

"Domnișoară Wallner!" exclamă aceeași voce groasă, care reverberă răgușită prin toată camera. "Ce surpriză!"

Elise se întoarse către el, prinzându-și mai bine săculețul în mână.

"Herr Beethoven!" fu tot ce reuși să exclame. Era pierdută! Oare cât timp stătuse acolo, fără să zică nimic?

"M-am întors pentru bastonul meu," spuse, fluturând în aer mâna în care îl ținea. "Pe dumneavoastră ce vă aduce... aici?" întrebă, dar, fără să o lase pe Elise să răspundă, continuă, părând să explodeze, de parcă ar fi ținut vorbele închise cu un lacăt într-un borcan prea mic: "Știți, dansați extraordinar!"

Elise, surprinsă, se dădu un pas mai în spate, lovindu-se puternic cu spatele coapsei de colțul măsuței de lemn, care i se adânci în piele. Sfeșnicul se clătină în spatele ei, lumânarea pâlpâi, stând să se stingă. Beethoven se apropie repede de ea, prinzându-i cotul. Ea tresări, trăgându-și-l din mâna lui.

"Îmi cer scuze... n-am vrut!" spuse el, vizibil afectat. Elise zâmbi în sinea ei, văzând scânteia sălbatică, aproape demonică, din ochii lui domolindu-se pentru un moment.

"Sunt bine, sunt bine! Ar trebui să mă depărtez de orice lucru fragil care s-ar putea sparge. Nu vreau ca Frau von zu Guttenberg să creadă că în secunda în care m-a lăsat singură aici eu m-am și apucat să îi distrug casa."

Îl privi drept în ochi, ţinându-şi respiraţia. Vântul şuieră prin horn, răscolind cenuşa din şemineu. Beethoven râse.

"Mă bucur că v-am prins, totuşi," urmă el, aparent nederanjat. "Îmi cer scuze că v-am întrerupt momentul... divin de dans," spuse *divin* lungind i-urile, ca şi cum îşi desfăşura cuvântul din jurul limbii, aşa cum ai desfăşura un fir de aţă din jurul unui mosor. "Sunteţi aşa frumoasă!" exclamă el brusc, luând-o pe Elise prin surprindere.

În pieptul ei ceva se dezumflă – toată admiraţia pe care o simţise până atunci pentru el se transformă rapid în dezgust, aşa cum se întâmpla de fiecare dată când un bărbat îi făcea complimente. Murmură un mulţumesc grăbit şi dădu să treacă pe lângă el, fără să îl privească măcar în ochi, căutând să evadeze din tăcerea straniu de familiară care căzuse peste ei.

"Domnişoară Wallner!" îi auzi vocea în momentul în care ajunsese la uşă. "Înainte să plecaţi din cauza indecenţei mele, vă... vă rog să mă ascultaţi!"

Îi auzi respiraţia greoaie, asemănătoare unui gâfâit.

"Baronul von Braun, directorul de la Theater an der Wien, vrea, cu ocazia împlinirii a zece ani de la apariţia baletului meu, *Creaturile lui Prometeu*, să refacă producţia lui în anul ce urmează. Au început... audiţiile pentru rolurile principale," spuse, ca dintr-un foc, aproape scuipând afară cuvintele.

Flacăra lumânării se stinse brusc. Un ţipăt entuziasmat se auzi firav din încăperile vecine, făcând-o pe Elise să ciulască urechile. Trebuia să plece mai repede de acolo.

"Și ați vrea să dau audiție?" îl întrebă.

"Nu... nu, în niciun caz."

Chipul lui avea o alură cadaverică în întunericul filtrat în argintul lichid al nopții. Elise zâmbi, zâmbet întâmpinat, ca într-o oglindă, de altul. Beethoven continuă:

"*Vreau* să fii solistă. Fără audiție. E, până la urmă, baletul meu..."

"Dar, Herr Beethoven..."

"...pot să fac ce vreau," continuă el, de parcă nici nu ar fi auzit-o. "Am auzit că dansați în corpul de la Burgtheater. Auzi, doar în corp, când ea are stofă de solistă!"

Elise se tulbură. *Nu-i lăsa să te calce în picioare,* îi spusese odată Matthias. *Și ce dacă nu ești solistă? Mai bine în anonimat, decât în cușca faimei.*

"Vreau să fiți solista *mea,*" adăugă el, rotunjind ultimul cuvânt. Elise simți un gust acru în gură.

"Vă rog să îmi permiteți să vă refuz."

"Voi vorbi cu coregraful, nu trebuie să vă faceți grijă de formalități. Salvatore Viganò, sigur ați auzit de el."

Elise căscă ușor gura și, fără să se poată abține, îi scăpă un hohot de râs, sincer, straniu de prelung. Craniul de cerb de pe perete râdea în continuare de ea, mort, distant.

"Dacă e vorba de Viganò, e o încercare sortită pierzării. Cine v-a spus că fac parte din corp, sigur v-a spus și de ce. Dacă nu, vă va spune însuși el, când vă va refuza, așa cum voi face și eu acum. N-am nevoie de roluri oferite din mila nimănui, mai ales dintr-a dumneavoastră."

Elise văzu, cu o ușoară satisfacție, cum scânteia din ochii

lui Beethoven se întorcea încet-încet. Se apucase cu mâna de mânerul divanului, pe care îl strângea puternic – chiar și prin vălul confuz de semiîntuneric, Elise putea să îi vadă pumnul albit, încordat. Îl enervase.

"Acum, dacă mă scuzați, mă voi retrage, așa cum vă sfătuiesc și pe dumneavoastră. Nu vreau ca prințesa să creadă că îi folosim camerele pentru propriile noastre interese," spuse ea, apăsând pe mânerul aurit.

"Dumneavoastră mă sfătuiți să plec, iar eu vă sfătuiesc să înapoiați ce ați luat. Din câte îmi amintesc, era o broșă pe măsuța asta astăzi, broșă la care Eleonore ține incredibil de mult. Nu am vrea să îi observe dispariția."

Elise simțea fierbințeala privirii lui Beethoven reușind să treacă de straturile de haine de pe ea, sfredelindu-i pielea, trecând și de aceasta, găurindu-i mușchii, oasele, ajungându-i până la inimă. Nu îndrăzni să se întoarcă, nu îndrăzni să înfrunte furtuna mâniei lui. Doar strecură mâna în săculeț și, dibuind broșa cu vârfurile degetelor, o scoase, lăsând-o să alunece ușor, prin spatele ei, pe o comodă.

"Dacă vreți totuși să acceptați, știți unde să mă găsiți. Toată Viena știe," vorbi el, dar ea abia dacă mai băgă de seamă ce spusese.

Ceva o împingea de la spate, făcând-o să vrea să fugă. Se împinse cu putere în ușă și, fără să se uite înapoi, traversa holul, dorind cu disperare să ajungă în stradă.

ȘASE

Elise stătea dreaptă în mijlocul camerei, ţinând telegrama încă sigilată în mâna tremurândă. Matthias, aşezat pe scaunul mâncat de carii de lângă fereastra largă, îşi ţinea coatele pe genunchi, capul aplecat, palmele încolăcite în jurul gâtului. Respira apăsat, uşor fornăit, respiraţie de om care, aşteptând ceea ce e mai rău, încearcă să se pregătească din timp pentru orice şoc.

Lumina cădea piezişă pe plicul gol, complet alb în afară de sigiliul roşiatic care îi păta suprafaţa imaculată, asemenea unei pete de sânge pe zăpadă. Afară, ploaia ropotea pe pervazul de lemn, înăuntru, câţiva picuri cădeau, prin fisurile din tavan, direct la picioarele ei. Întreg corpul îi tremura, ca şi când ar fi fost prins într-o criză convulsivă. Se întrebă, pentru a mai trage de timp parcă, când făcuseră ultima oară focul în şemineul micuţ din colţul camerei.

Nu-şi mai putea aduce aminte. Oftă apăsat. Îi era teribil de frică de ce se afla în telegramă.

"Ai de gând să citeşti odată?" o întrebă Matthias ridicându-şi ochii albaştri, vizibil tulburaţi, către ea. "Cu toate că eu aş prefera s-o ignorăm. N-ar fi mai bine dac-am ignora-o?"

Se ridică de pe scaun şi se apropie de ea, luându-i bărbia între degete şi mângâind-o uşor. Apucă în cealaltă mâna colţul plicului şi trase către el.

"Ne putem preface că nici n-ai primit-o. Nu mai avem nevoie de alte veşti proaste."

"Nu," spuse Elise, împingându-l cu umărul puţin în spate şi furându-i un sărut rapid, uscat. "Trebuie să ştiu ce este."

Matthias scutură din cap, arătându-şi dezaprobarea, dar tăcu. Elise rupse plicul şi, prinzând-o între degetele-i uşor vineţii, scoase foaia.

Pentru o clipă nu reuşi decât să se holbeze la cele două rânduri scrise cursiv, elegant, şi la amprenta neagră din colţ, semn că mai trecuse prin mâinile cuiva. Literele începură să se învârtă în faţa ochilor ei, răstălmăcindu-se, legându-se între ele, căzând într-o spirală întunecată la picioarele ei. Inima i se zbătea ca o pasăre sălbatică prinsă într-o colivie prea mică. Matthias îi luă foaia din mână şi îşi drese glasul.

"În urma unei consultări asidue cu stimatul coregraf Salvatore Viganò, am luat decizia de a vă încheia numaidecât colaborarea cu teatrul nostru," citi el, mai mult bolborosind cuvintele, decât vorbindu-le.

Elise îl privi drept în ochii brusc întunecați, ca apele Dunării după ploi abundente, și simți că stă să se prăbușească în ei, înecându-se. Rămase cu gura întredeschisă, respirând sacadat aerul rece al încăperii.

"Ai spus că ai avut iar probleme..." Matthias îndrăznise să spună cuvântul odios, acel *iar,* care suna mai curând a blestem decât a cuvânt. Înghiți în sec – oricât de mult detesta s-o recunoască, avea dreptate. "...dar n-am crezut că au fost chiar așa de grave. Nu m-am gândit că e ceva ce nu se poate rezolva ușor."

El își mușcă buza. Chipul lui se lumină brusc. Elise văzu limpede că se abține cu greu să nu izbucnească într-un hohot de râs. Ea simțea că cerul tocmai se spărsese cioburi deasupra capului ei, căzând la o viteză amețitoare peste ea, gata să o înjunghie, gata să o ucidă. Iar lui îi venea să râdă.

"O problemă mai puțin pe umerii tăi, acum," zise el.

Elise se apropie de geam, dornică de o gură de aer proaspăt, dar întâlni aceeași veșnică umiditate vegetală și dezgustătoare care îmbiba întreaga încăpere. Deși nu vedea, simțea în spatele ei pulsând rânjetul lui, alături de hainele aruncate peste tot pe podeaua murdară, umedă din cauza apei de ploaie ce cădea prin tavan, alături de vasele goale și de mâncarea puțină din camera cealaltă, alături de rochiile modeste din dulapul ce stătea să cadă, alături de patul dintr-un metal ruginit, de salteaua de paie, de păturile din lâna aspră, găurite în prea multe locuri – atât de multe încât abia dacă mai țineau de cald.

Se prinse cu mâinile de măsuța micuță din fața geamului.

Își coborî privirea către floarea portocalie din vaza ciobită, probabil furată cu mult timp în urmă, de pe care smalțul se dusese.

De ce ți-ai dat luxul vieții din copilărie pe jegul vieții de acum? păreau să o întrebe petalele veștede, aplecate. Același lucru se întreba și ea. Același lucru se întrebase în nenumărate rânduri de-a lungul anilor.

Simți o atingere caldă, apăsată, pe umăr. Se întoarse precipitată către Matthias, ai cărui ochi, acum de un albastru înghețat, limpezit, își împingeau fără rușine valurile către stâncile sterpe ale sufletului ei.

"Hai, revino-ți, ce-i cu mutra asta?" o întrebă el, cu o ușoară urmă de amuzament în glas.

Un gând fierbinte, ca o mâzgă negricioasă, îi coborî din minte și, înfiorând-o, începu să îi curgă prin vene, pompat de inima obosită, care spera să se poată odihni curând.

"Asta e, treci cumva și peste asta," continuă, și își dezveli dinții cu reflexii gălbui.

O salivă vâscoasă îi invadă gura lui Elise, explodând într-un gust fetid, de apă stătută. Mânia începu să îi bolborosească în stomac, văzând indiferența lui față de problemele ei. Avu impresia că un ciob de cer i se înfipse drept în creștetul capului. Nu se mai putu abține.

"Uneori chiar cred că numai tu ești de vină. Pentru tot. Pentru absolut tot!" scuipă ea afară, urlând ultimele cuvinte către fața blondă a lui Matthias, care se întunecă odată cu zâmbetul ce îi păli de pe buze.

"Ce-ai spus?" mârâi către ea.

Elise, întărâtându-se mai tare, își propti mâinile în pieptul lui și îl împinse în spate. Lacrimi i se îngrămădiră în spatele ochilor. Bărbia îi tremura. Urlă cât o țineau rărunchii:

"Am spus că totul e doar din vina ta!"

Matthias își puse palma pe locul unde îl atinseseră mâinile lui Elise, încleștându-și, în același timp, maxilarul.

"Vina mea zici? De ce? Că îți descui cușca de fiecare dată când te-nchizi singură în ea?"

Făcu un pas mai aproape. Își trecu mâna prin păr, ciufulindu-l, ridicându-și mâneca până aproape de cot, scoțându-și la iveală venele proeminente. Elise înghiți în sec, mișcându-se puțin într-o parte, departe de fereastră.

"Că-ți dau o viață?" Mai făcu un pas. "Că te-nvăț să trăiești? N-ai fi nimic fără mine Elise, nimic! Eu te-am făcut cine ești."

Elise se dădu un pas mai în spate, lipindu-se de perete. Își simțea pielea transpirată fierbinte, iar obrajii umezi înghețați. Îl văzu pe Matthias cum calcă cu picioarele sale goale pe unul din pantofii ei de balet ca și cum nici nu ar fi fost acolo, fără să își desprindă privirea din privirea ei.

"Fetiță răsfățată cum erai atunci, n-ai fi rezistat nici cinci minute în lumea pe care ai căutat-o *tu* singură. Lume despre care-ai crezut c-o să fie paradisul, întruchiparea libertății de-ți lipsea în partea cealaltă."

Elise suspină prelung, un suspin care îi izbucni ca o explozie din plămâni, arzând-o pe gât.

"Ei bine, țin să-ți spun că te-ai înșelat. De ce-ar fi vina

mea că tu ai crezut că sărăcia-i frumoasă?"

Un strop de ploaie o picură pe păr, care îi atârna desprins pe umeri. Câteva fire îi căzuseră pe față, încâlcindu-se cu genele lungi, grele din cauza lacrimilor. Își îmbrățișă trupul cu mâinile. Tot ce spunea el acum suna ca o reproducere înfiorătoare a discursurilor lui Therese.

"Și, până la urmă, ce rău ți-am făcut eu acum? Tu ești cea incapabilă să-și mențină o poziție la teatru. Eu ar trebui să fiu cel supărat pe tine, din vina ta avem acum și mai puțini bani! Dar, treacă de la mine. Și-așa te plângi încontinuu de tot ce se întâmplă pe acolo, de Viganò, de Gottfried, de toți. Ai putea măcar să te bucuri acum că s-a terminat totul, nu să cauți să dai vina pe mine."

"Cum aș putea să mă bucur când mă transform în tine?"

Matthias se opri în loc, la câțiva centimetri de ea, nedumerit, cu sprâncenele stufoase încruntate către centrul frunții. Elise rămase și ea ușor surprinsă, nereușind să-și amintească când gândise acele vorbe, dar, acum că le spusese, deveniseră atât de palpabile, atât de adevărate, atât de potrivite. Trase aer în piept până îi veni să tușească, expirând apoi și veninul din plămânii ei, prinzându-l în mână, pregătită să îl arunce în el.

"Zău că am impresia că tu ești cel care vrea să mă transforme în tine. O versiune mai poleită a artistului jegos și eșuat," spuse ea, și își întinse mâinile în față, într-un gest disperat, ca și cum i-ar fi dat lui toată suferința din ea.

Matthias o apucă de încheieturi și, făcând un salt, se lipi de ea, adâncind-o în perete, ridicându-i mâinile deasupra capului. Elise scoase un vaier prelung, gâfâit, necontrolat.

"Te rog să repeți, doar ca să-ți dau o șansă să-ți retragi cuvintele," zise, strângându-i încheieturile, apăsându-și degetul mare pe venele ei, prin care în acea clipă, în loc de sânge, pulsa o durere înțepătoare, interminabilă.

Ea își deschise ochii și, printre lacrimile ce îi blocau vederea, reuși să îi vadă fața roșie, congestionată, mereu urâtă în acele momente.

"Nu vreau să ajung ca tine, Matthias. Nu mai vreau," murmură ea, sleită de puteri, zdrobită de durerea strânsorii lui.

Imaginea mâinii ei palide, separate de corp prin pumnul lui vinețiu, îi dansa prin minte, mai vie, mai reală decât trupul vlăguit, pironit de perete. Un fior îi străbătu oasele degetelor, prin care păreau că mișună mii de vietăți, încercând să mai țină membrul în viață, încercând să-l salveze.

"Nu vezi ce-ai făcut din mine? Nu vezi unde m-ai adus? Nu vezi că m-ai pus să fur pentru tine, până a ajuns să-mi placă? Că mi-ai ucis și mie arta, ca să ai ce să îngropi alături de a ta?"

Matthias o scuipă în față, dându-i drumul mâinii. Elise se prelinse pe jos, părul ei negru împrăștiindu-se în jurul-i. Matthias călcă pe el, trăgând-o de câteva fire. Își izbi cu putere pumnul în masă.

"Nu vrea să o transform în mine... I-am ucis arta. Am pus-o să fure pentru mine. Ce-ar fi dacă le-am spune tuturor că domnișoara rebelă din înalta societate, balerina cândva faimoasă, nu e acum nimic altceva decât o hoață care zace în spelunci și care-a uitat să danseze? Ce s-ar întâmpla atunci cu tine, dac-ar afla toți că furi?" spuse el, în timp ce își trăgea ghetele în picioare și haina pe umeri. "Probabil n-ar mai avea niciun rost acum, ești oricum deja terminată."

Elise își trase picioarele sub ea, băgându-și genunchii, gambele și tălpile sub rochia de lână cu care era îmbrăcată. Își închise ochii și își lipi mâinile de urechi, strângându-și părul între degete. Nu mai rezista să mai vadă haosul infect ce se deschidea în jurul ei, nu mai rezista să îl vadă la față, să îl audă. O cioară începu să croncăne afară, pe pervaz. *Da, da, ai auzit bine*, ar fi vrut să îi spună. *Ești terminată.*

Ușa se trânti, zguduind întreaga încăpere. Mâna îi amorțise ușor. O durere profundă îi zguduia pieptul.

Nu își putea da seama dacă îl ura sau dacă încă îl mai iubea cu o poftă nebună. Începuse, de la o vreme, să nu mai facă diferența – deveniseră același lucru, o masă incertă, fără formă, care îi lipea plămânii, sugrumând-o.

Scoase un urlet animalic, făcând cioara să zboare, izbind cu aripa în geamul subțire. Deși știa că e singură, îl simțea pe Matthias încă lângă ea, stând rânjind deasupra capului ei, de parcă ar fi știut că se gândește la el.

"Vreau să mă lași în pace... te rog, te rog, cruță-mă," spuse, fără să deschidă ochii.

ȘAPTE

Lumânările candelabrului de deasupra capului ei pâlpâiau fantomatic, împrăștiind o lumină palidă, ca de vis, peste salonul mătușii ei, încăperea care rămăsese în toți acei ani neschimbată: măsuțele de lemn de cireș din fața șemineului impozant, flancate de fotolii mari, de un azuriu asemenea valurilor mării. Covorul oriental, cu modele și spirale alambicate, cu o istorie vie, ușor prăfuită. Ceasul de argint cu pendul mare, greoi, pe care obișnuia să îl privească ore în șir până vertijul punea stăpânire pe ea. Bibelourile albe de ceramică, micuțe balerine cu chipuri ca de nimfe, ascunse în spatele florilor nelipsite, indiferent de vreme, indiferent de anotimp.

Privind totul, Elise tresări: era ca și când timpul suflase asupra acelei case și asupra lui Therese, înghețându-le pe amândouă în țesătura vremii.

O umbră alunecă, parcă de nicăieri, peste umerii ei, mângâindu-i obrazul, bărbia, gâtul, atingând-o gentil pe spate. Auzi un râset cristalin, mort, ca de fetiță, zburdându-i în jurul capului, jucându-se cu urechile ei, împletindu-se cu firele ei de păr. Avu impresia că vede două codițe la fel de negre ca ochii zburdalnici pe care îi încadrau. Niște degete reci îi trecură prin păr, dezmierdându-i scalpul.

Therese sună din clopoțel. O ușă se deschise. Elise, smulsă din lumea reveriei, realiză că își ținuse până atunci respirația. Expiră încet, simțind cum, deși aerul îi ieșea din plămâni, trupul ei încă rămânea rigid, având mușchii contractați, părul de pe brațe ușor ridicat, vârfurile picioarelor îndreptate spre ușă – arăta ca un prădător pregătit să pornească în goana după prada mult dorită.

Arăt mai degrabă ca însăși prada așteptând să fie încolțită, pufni în gând și își ridică privirea către majordomul bătrân, străin ei, care îi întinse tava cu ceai.

Își încolăci arătătorul în jurul toartei uneia dintre cești, neslăbindu-l din ochi, rugându-l în sinea ei să o salveze. Fu întâmpinată de un surâs aproape plictisit și de întrebarea inevitabilă dacă dorește și zahăr. Dădu din cap în semn că nu și sorbi silențios din ceaiul negru, amărui.

"Ești sigură că nu vrei să te dezbraci?" o întrebă Therese, așezându-și ceașca de ceai pe măsuța de abanos de lângă fotoliul în care stătea. "E teribil de cald aici."

"Nu, mi-e bine."

Nu voia ca mătușa ei să vadă cum era îmbrăcată, nu voia ca ea să simtă, din nou, groapa neagră, adâncă, a sărăciei în care alunecase.

Un buştean trosni sonor în şemineu. Sticla geamului trosni şi ea. Aerul se lichefiase parcă, curgând peste ele. Mirosea puternic a stânjeneală şi regret. Pe Elise o ardeau nările.

"Când ai venit ai pomenit de o telegramă..." începu Therese, sărind prima la atac.

Elise îşi băgă mâna în buzunarul mantalei, lăsând materialul aspru să îi zgârie pielea uscată, crăpată de la frigul de-afară, şi scoase telegrama mototolită. O cântări o clipă, apoi îşi mută privirea pe focul care râdea oarecum batjocoritor din spatele grilajului argintat al şemineului. Trase adânc aer în piept şi întinse telegrama către Therese.

"Cred c-ar fi mai bine s-o citeşti tu," spuse, închizând imediat ochii. Îşi muşcă interiorul obrazului şi aşteptă.

Auzi bolboroselile mătuşii ei, acoperite, din când în când, de vâjâitul firav al pendulului ceasornicului, sunet care încă o făcea să ameţească. Îşi frecă genunchii, trăgându-şi mai bine haina peste ei, încercând să acopere rochia ieftină cu care era îmbrăcată. Therese îşi drese glasul. Elise deschise ochii, văzând-o cum îşi ia ochelarii de pe nas şi se lasă pe spate în fotoliul catifelat, albastru.

"Când ai primit-o?" întrebă, cu o undă pe care Elise o simţi indiferentă. Strânse cu putere mânerul fotoliul.

"Azi."

"Şi ce-ai vrea să fac eu?"

Elise se încruntă, nedumerită. Nu înţelegea rostul întrebării.

“Ce-ai făcut de fiecare dată.”

“De data aceasta e diferit,” spuse, întinzându-i telegrama înapoi.

Auzi, ca din camera cealaltă, câteva acorduri de pian. Simţi cum cineva fuge pe lângă ea, izbindu-se de umărul ei, făcând-o să tresară. Capul i se învârtea, ca în timpul unei secvenţe de piruete, văzând ba sala, ba decorul scenei, fiind nici într-o parte, nici în alta. Trecutul şi prezentul o trăgeau, fiecare de câte o mână, ameninţând să o sfârtece în două. Detesta să vină acolo, detesta să stea în preajma mătuşii ei.

“De ce?” întrebă ea, pe un ton mai răspicat decât se aştepta se.

“Pentru că pur şi simplu nu vreau să fac ce-am tot făcut de fiecare dată până acum.”

O linişte apăsătoare căzu, asemenea unei cortine, între ele. Una din draperii flutură puţin, făcând-o pe Elise să-şi amintească de vremea când obişnuia să se ascundă în spatele lor, ca mai apoi să sară din ascunzătoare, speriindu-i pe ceilalţi ai casei. Îşi trecu limba peste dinţii de sus, pufnind din nări. Therese se ridică în picioare, îndreptându-se către uşă. Strigă după majordomul care le adusese ceaiul.

“Zici asta mereu,” mârâi Elise în barbă, urmărind-o cu privirea, aşteptând să se întoarcă, să sară la ea. Fusese o invitaţie la duel.

“Domnişoara Wallner va pleca acum,” îi spuse Therese majordomului.

“Domnişoara Wallner nu va pleca până când problema nu va fi concret dezbătută,” spuse şi Elise, rotunjind vocalele asemenea mătuşii ei.

Se aşeză mai comod în fotoliu, arătându-i că nu avea, încă, nicio intenţie să plece. Îşi puse mâna pe perniţa de pe mâner. Două buze aspre, uscate îi plasară un sărut tandru pe vârfurile degetelor; Elise căscă ochii mari, trăgându-şi mâna mai aproape de ea, lipindu-şi-o de gât.

Therese oftă, lipindu-se de peretele pe care era atârnată o tapiserie mare, reprezentând moartea unui călăreţ şi a calului lui, în mijlocului unui câmp de luptă înzăpezit, sângeros.

"Dumnezeule Elise, nu te-ai schimbat deloc," începu ea, o urmă de zâmbet apărându-i pe faţă.

"Ai fi surprinsă."

Elise îşi ridică ceaşca la buze, întorcându-şi capul către peretele de care stătea atârnat tabloul tatălui ei. Auzi foşnetul rochiei lui Therese care, apropiindu-se, se opri în spatele fotoliului din faţa ei.

"Pentru mine încă ai rămas copila încăpăţânată de altădată... chiar dacă ai plecat, chiar dacă te întorci doar rar, fără nicio tragere de inimă. Dar, până la urmă, este doar alegerea ta," zise, punându-şi palmele pe spătar.

"N-am făcut-o de plăcere, să ştii."

"Ce-a fost, a fost, Elise, nu putem schimba trecutul. Doar putem trăi cu el."

Pe Elise o gâdila pe ceafă un suflu cald, ca al unei respiraţii. *Sau putem fugi de el*, ar fi vrut să adauge. *Ne face la fel de rău.*

"Important este că decizia a fost luată. Dacă ai fugit de

mine atunci...”

“Aş fugi de tine şi-acum, dacă mi-ar fi dată ocazia,” interveni Elise.

“... nu poţi acum să te întorci când vrei şi să negociezi cu mine favoruri ca şi cum ai merge la *spelunca* ta. Nu genul acesta de favoruri, nu aşa des, oricum. Am şi eu demnitatea mea.”

“Ca orice snob, de altfel,” spuse Elise, simţind cum capul stă să îi plesnească.

“Ar trebui să înveţi să îţi rezolvi singură problemele, mai ales când ai atât de multe. Sunt sătulă de câte ori te-am ajutat, de câte ori mi-ai promis că e ultima oară, de câte ori am avut aceeaşi discuţie.”

“Nu-l pot controla pe Viganò. Tu însă poţi. Tu poţi controla pe oricine.”

Therese râse amar, sunet care răsună cu ecou în urechile lui Elise, lungindu-se, răstălmăcindu-se, continuându-se cu un altul de bărbat, mai vechi, mai îndepărtat, mai înspăimântător.

“Pe tine nu te pot controla. N-am putut niciodată.”

“Şi intenţionez să rămână aşa şi pe viitor.”

Therese strânse din buze şi, desprinzându-se de la locul ei, înaintă spre Elise. Se aşeză pe vine, apoi îi mângâie încet obrazul, privind-o în ochi. Elise îşi feri capul, închizându-şi ochii.

“Nu-mi permit să mai vorbesc cu Viganò să-ţi mai dea o şansă. Trebuie să recunoşti că ţi-a dat de-a lungul timpului prea multe, iar tu nu ai profitat niciodată de ele,” spuse

Therese. "În schimb, aş putea să-ţi dau nişte bani. Câţi vrei?"

Elise pufni amar, lăsându-şi capul pe spate, văzând pentru o fracţiune de secundă întreaga cameră cu susul în jos. "Stai liniştită, nu mai am nevoie de nimic de la tine. Nici de bani, nici de *favoruri*, cum le-ai numit tu. Mă întorc la spelunca mea, fără să-mi fi pierdut nădejdea, totuşi, dacă asta sperai. Am şi alte propuneri..."

"Ştiu, mi-a spus deja Herr Beethoven, dar l-am sfătuit să renunţe încă de la început. Baletul lui e mult prea serios şi mult prea important. Iar din câte am auzit şi... văzut..." spuse în şoaptă, dar Elise auzi şi, scrâşnind din dinţi, se ridică de pe fotoliu. "... tu nu dansezi prea bine. Nu-i de tine-aşa ceva."

Elise, trecând pe lângă ea, îi aruncă o privire plină de ură şi, fără să mai zică nimic, deschise uşa, ieşind val-vârtej din încăpere, jucând între degete bibeloul mic, în formă de turturea cu cioc de aur, pe care apucase să îl ia de pe o măsuţă.

OPT

Dunărea curgea pe lângă ea, țesând din stropii înghețați un susur molcom, abia perceptibil. Elise pășea cu grijă pe strada pavată cu pietre cenușii, umede. Aninată de văzduhul întunecat, care se desfășura deasupra lumii asemenea unui văl de mătase, luna era doar o fâșie subțire, palidă, incompletă, a cărei reflexie unduia molatec pe valurile liniștite. Părea că îi zâmbește, ușor compătimitoare, cum zâmbește tuturor oamenilor care își oferă tristețea tribut nopții.

Pe un geam deschis zbură până la ea cântul suav al unei viori, care explodă într-o ploaie de note și se contopi cu murmurul apei. Făcu un salt înalt, urmat de o piruetă, primind pulberea lucitoare a lunii, hrănindu-se cu împletitura de note. Își înălță brațele, ca într-un gest de reverență pentru nemărginirea cerească, și se opri în loc, îndoindu-și genunchii, aplecându-se până la pământ.

Oftă și se ridică, înfășurându-și mai bine pelerina în jurul corpului zgribulit, biciuit din toate părțile de frigul parcă lichid, care părea că se prelinge pe ea. Strada era goală, doar ea, mergând mână în mână cu Dunărea, rupea țesătura nopții, răzbea toamna.

Trecu prin dreptul unei cârciumi, din care râsetele și muzica și tropăielile dansatorilor, îngânându-se, se auzeau chiar și prin ușa închisă. Cu siguranță ar fi fost cald înăuntru, ademenitor de cald. Lui Elise nu îi ardea, însă, nici de oameni, nici de veselie.

Distracția e moartea sufletului, gândi și își duse involuntar mâna către pieptul pe care îl simțea gol. Între coaste doar inima îi mai flutura mecanic, doar plămânii i se mai dilatau, doar durerea mai izbucnea violentă.

În fața ochilor îi apăru chipul creponat al fostei ei profesoare de balet, cu părul ei alb, meticulos aranjat într-un coc prea strâns, cu buzele întotdeauna albăstrii, cu ochii bulbucați. Simți atingerea șfichiuitoare a arătătorului pe care îl purta întotdeauna cu ea. Auzi tropăielile celorlalte fetițe. Simți mirosul înecăcios al pudrei, care se ridicase în jurul lor asemenea unui nor. Lumina lunii trecu prin țesătura prezentului, vărsându-și argintul peste sala de repetiții, peste trupul ei de copil, peste fața congestionată a femeii. Țipa. Mereu țipa.

Arta e nectarul tău, Elise, îi spusese, ridicându-i bărbia. *Du cupa la gură și soarbe din ea, soarbe până peticești găurile provocate de distracție. Soarbe până trăiești din nou.*

Și dacă nu am cupa? întrebase ea, cu ochii plini de lacrimi, privindu-și piciorul rănit, dorind cu disperare o pauză. Un scâncet de copil îi zgudui întreg trupul.

Dansezi, fusese singurul răspuns primit.

Elise se împiedică de o ridicătură a străzii. Mirosul apei îi intră iar în nări, gâdilând-o. Îndemnul acela, *dansezi,* atât de simplu și totodată atât de nimicitor, i se rotea ca o gâză în jurul capului, bâzâind. *Dansezi, dansezi, dansezi.* Avea să danseze – luna și apa, apa și luna, învârtindu-se în jurul ei, luând-o de mână, când una, când alta, îi erau martore.

"Am să dansez!" strigă ea. Un fior dulce îi străbătu corpul, un gust strident de miere îi invadă gura. "Și-am să dansez bine! Am să dansez bine nenorocitul ăsta de balet!"

Drept răspuns primi un țipăt exultat, gros, de bărbat. Elise își încordă ochii, încercând să dea la o parte pătura de tenebre. Reuși să vadă, venind înspre ea, silueta cunoscută a unui bărbat, clătindu-se ușor, ținându-și, la rândul lui, capul ridicat spre cer. Elise merse înainte, nederanjată, simțind cum pâcla de întuneric se închide la loc în jurul lor, trăgându-i unul înspre celălalt, ca și când, prinși într-un joc straniu, nu aveau altă opțiune decât să se apropie. El își scutură capul, privind-o în ochi. Ea îi zâmbi, făcându-i cu mâna.

"Ce noapte frumoasă," zise ea, prinzându-l de mână pe Matthias care o sărută pe frunte și murmură:

Se alină chinul mut
"Într-o dulce contemplare."
Raza-ți strâng și îmi ascut

Ochiul ce pătrunde-n zare.[3]

Își ridică tremurând la gură sticla pe care o avea în mână, sorbind prelung lichidul arămiu, cu ochii închiși, cu un început de zâmbet pe buze. Elise îl privi, văzându-l atunci, prin pulberea stelară ce curgea din cer, semănând mai mult a statuie decât a om, palid, ireal, o bucată de marmură translucidă, o bucățică de astru căzută pe pământ. Îi mângâie pielea feței. El aruncă sticla acum goală, care se sparse cu un sunet asurzitor pe stradă. Valurile torceau lângă ei, îndemnându-i să le urmeze, să nu le lase singure.

Începură să meargă.

"Unde-ai fost?" întrebă Matthias, vorbind încet, greoi, privind în jos, la vârfurile ghetelor.

"La Therese," răspunse Elise.

"Cum a mers?"

Își sincronizaseră mersul, pășind în același ritm, ținându-și trupurile lipite, încât, din laterală, ai fi zis că sunt unul și același.

"Prost." Prost, așa cum îi tot mergea de ceva timp. Prost, cum probabil îi va merge și de acum încolo. "N-a vrut să m-ajute."

"Cotoroanță bătrână," exclamă Matthias, dându-și capul pe spate, înălțându-și strigătul în văzduhul care îi îmbrățișa pe amândoi.

"Mi-a oferit bani. Am refuzat."

"De ce?" Matthias respira greoi, haotic, lăsându-și greutatea pe umărul ei, făcând-o și pe ea să meargă înclinat.

3 J.W. Goethe - "Către lună"

Simetria se rupse. Elise strânse din ochi. "De ce-ai refuzat, când știai că avem nevoie disperată de bani?"

"Chiar vrei să depindem de ea și de mila ei? Să-mi scoată ochii că îi suntem datori? C-ar trebui să fiu mai recunoscătoare? M-am săturat de cât de des îmi spune asta oricum..."

Cotiră pe o străduță îngustă, lăsând în urmă Dunărea, ghidați în continuare de lună. Matthias o strânse mai tare de mână, trăgând-o, într-un mers șerpuit, de-a lungul zidurilor de piatră. Aerul devenise mai stătut, mai comprimat, strâns între casele îngrămădite, pierzându-se una în cealaltă. O siluetă întunecată se profila sub pervazul unui geam, lipită de un perete umed, lucios. Trecură de ea.

"Când ai de gând să te reîntorci la balet, totuși?" vorbi Matthias, ca trezit dintr-un vis, oprindu-se în loc.

"Tu când ai de gând să te întorci la scris?" îl întrebă și ea la rândul ei, ridicându-și mâna, atingându-i bărbia cu degetul arătător.

El îi prinse tandru încheietura, o ridică în dreptul buzelor, și o sărută încet pe locul unde, numai cu câteva ore înainte, degetele lui îi strânseseră flămânde pielea, stând să i-o frângă. Părea că își cere iertare pentru tot ce făcuse. Mereu își cerea iertare, mereu făcea totul din nou. *Dar măcar îi pare rău,* gândi.

"Probabil niciodată," pufni el, începând din nou să meargă, trăgând-o după el. "M-am depărtat prea tare."

Dansezi, dansezi, dansezi, răsună în mintea lui Elise. Nu avea cupa, o spărsese demult. Dar nici nu era prea departe.

Încă mai putea găsi cioburile. Încă le mai putea culege de pe jos. Pentru ea mai exista o speranță.

"M-am întâlnit cu Beethoven," începu ea, lipindu-și mâna de peretele unei clădiri, lăsându-și degetele să alunece de-a lungul pietrelor. "Vrea să fiu solistă în baletul lui."

Matthias nu răspunse. Înainta, împleticindu-și picioarele, puțin înclinat înainte, cu o mână în buzunar și cu cealaltă căutând un punct de sprijin. O lumânarea ardea într-unul din geamuri. Un chip se ivi de după o perdea, privind-o cu ochi mari, întunecați.

"Cred că am să accept," spuse, într-un final.

"Therese ce-a zis?"

"Că nu-i de mine."

"Atunci fă-o. Fă-o, ce naiba!" strigă el, râzând acum, plonjând, căutând-o, întinzându-și mâinile spre ea, luând-o în brațe. "Dacă nu-i încă de tine, înseamnă că trebuie s-o faci, că trebuie s-o birui. Și de ce n-ai început cu asta? De ce nu mi-ai zis din prima de-așa vești bune? Solistă, Elise, solistă! Doar gândește-te cât o să-ți dea pentru asta! Nici nu mai conteaz-acum că n-ai acceptat banii cotoroanței."

O săltă în sus, prinzând-o înapoi, începând să se rotească cu ea, vijelios. Picioarele lui Matthias se izbeau sonor de stradă, izbindu-se unele de altele, ducându-se când într-o parte, când în cealaltă. Picioarele lui Elise străpungeau aerul, fluturându-i în spate. Nu mai putea distinge nimic – nici cer, nici lună, nici geamuri, nici pietre. Lumea fusese redusă la un singur întreg, care se derula năvalnic în jurul lor, pierzându-se în infinit.

O cioară croncăni în zbor deasupra lor. Silueta pe care o lăsaseră în urmă începu să mormăie. Râdea și el, râdea și ea. Matthias își strânse mai tare mâinile în jurul taliei lui Elise, prinzând-o mai bine, atingându-i o vânătaie. Ea nici nu mai simți durerea.

Brusc, totul se opri. Elise atinse cu o bufnitură solul, prăbușindu-se toată la pământ. Matthias căzu lângă ea, cu fața întoarsă în partea cealaltă, începând să vomite, gemând din toți rărunchii. Elise strânse din pleoape. Mirosul alcoolului se înălță în aer.

Distracția e moartea sufletului și, deci, a artei, mai gândi o dată, în timp ce, ridicându-se, îl mângâie pe Matthias pe păr.

NOUĂ

Elise își desprinse mâna de pe balustrada lipicioasă a scărilor, pășind pe holul îngust al ultimului etaj al casei. Treptele rămăseseră în spatele ei, nesfârșite, spiralând în întuneric. Clinchet de pahare se auzea de cealaltă parte a ușii, acoperit de un glas precipitat, necunoscut ei. În surdină cânta pianul. Nu se așteptase ca Beethoven să aibă companie.

Își aranjă părul în oglinda micuță, pătată pe alocuri, agățată strâmb de perete, mai mult bâjbâind. Trase aer în piept și, ciocănind ușor, apăsă pe mânerul de lemn al ușii care se dădu în lături cu un scârțâit asurzitor.

Încăperea era scăldată într-o lumină puternică, ce curgea înăuntru prin ferestrele largi, fără perdele, dând locului o aură onirică, aproape ireală. Foi, manuscrise, partituri erau împrăștiate prin fiecare colț al încăperii. Totul părea îmbrăcat într-o peliculă groasă de praf: tablourile agățate pe pereții scorojiți, portretul de deasupra șemineului, polițele cu bibelouri ciobite, unele fără membre, altele fără cap. Era o frumusețe paradoxală în acea dezordine fără început și fără sfârșit, peste care trona Beethoven, izvorul și, în același timp, produsul acelui haos. Elise avu impresia că, pășind pragul, intră într-o altă lume, dominată de alte legi.

Doi bărbați o priveau de pe sofa, cu sprâncene ridicate.

"Wallner!" răsună sec, pe un ton surprins, vocea lui Viganò. Elise simți, urlându-i în piept, pornirea de a sări asupra lui, lovindu-l cu pumnii, înfingându-și unghiile în fața-i măslinie, smulgându-i părul negru.

Bărbatul de lângă el, mai înalt, cu chipul palid, ușor îmbujorat, ca acela al unui copil, bălai și zâmbitor, se ridică de pe divan și, dându-i mâna, spuse simplu:

"Ferdinand Ries, la dispoziția dumnoavoastră."

Beethoven își întorsese deja capul înspre ea, luminându-se la față. Elise simți cum privirea lui, pulsând și extinzându-se dincolo de granițele creștetului său, o învăluie de-a-ntregul, o trage spre el. O rază de lumină căzu piezișă pe masa închisă la culoare, pătată pe alocuri de cerneală, pe care trona o sticlă plină cu un lichid roșiatic, înconjurată de pahare aproape goale. Îl văzu cu coada ochiului pe Viganò întinzându-se după paharul lui și ducându-l la buze. Beethoven împinse într-o parte fotoliul violet din fața pianului, care alunecă pe podeaua de lemn cu un sunet strident.

"Ce mă bucur c-ai venit!" spuse el, într-un final, înaintând. Îi luă mâna în mâna lui și, frământându-i pielea cu degetele lui aspre, i-o sărută. "Stimați domni, vă rog s-o primiți în aplauzele cuvenite pe Elise von Wallner..."

Elise tresări la auzul particulei *von*, puntea dintre ea și trecutul ei, punte la care renunțase acum mult timp, zdrobind-o, privind-o cum se prăbușește, bucurându-se de golul lăsat în urmă de aceasta.

"... noua solistă a baletului meu!" încheie, ridicându-și brațele în aer, gesticulând cu emfază către ea.

Viganò scăpă din mână paharul care se sparse în cioburi mici la picioarele lui, scuipând vinul pe care îl avea în gură. Ries sări ca ars de pe divan, ridicând în aer un nor de praf. Elise rămase ca o stană de piatră, privind prin fereastra largă, fără perdele, la cerul albastru, imaculat. Știa că Viganò, deși sigur nu avea să fie de acord cu propunerea lui Beethoven, nu putea face nimic, absolut nimic împotrivă-i, decât să se zbată fără rost, să se consume în van. Zâmbi slab. Podeaua scârțâi sub picioarele lui Ries, care se așeză înapoi.

"Dar, Herr Beethoven, deja am o candidată pentru rolul de solistă... o candidată excepțională, aș putea zice," spuse Viganò, holbându-se insistent la Elise.

"Sunt sigur că nicio candidată nu este mai *excepțională* decât domnișoara Wallner."

"Te înșeli, dragul meu prieten... te înșeli amarnic."

Elise clipi apăsat, primind vorbele cu același stoicism mut cu care zidurile Vienei primiseră ghiulelele francezilor cu doar câteva luni înainte. Ries o privea cu capul puțin înclinat, cu pleoapele ușor căzute. Beethoven începu să o scuture.

"Arătați-le, domnișoară Wallner, arătați-le ceea ce am văzut și eu, arătați-le ceea ce sunteți cu adevărat. Voiam să fiu eu cel care îl convinge pe Salvatore, dar acum că sunteți aici, îi puteți arăta chiar dumneavoastră. Trebuie să vadă, trebuie, trebuie, trebuie! Nu am cum să mă înșel," strigă, desprinzându-se de ea.

Sări greoi aproape de pian și, așezându-se în genunchi, între teancuri de partituri și foi mototolite, își ridică manșetele pătate ale cămășii. Sorbi sonor din paharul de vin, care stătuse, până atunci, într-o echilibristică fabuloasă pe paginile unei cărți deschise, și își întoarse, încă o dată, capul spre ea.

"O să cânt ce-a cântat și Klein atunci, la serata lui Eleonore. Sunteți gata?" întrebă.

"Herr Beethoven, vă rog să mă cruțați," încercă Elise să se apere.

Nu avea de gând să danseze, nu la comandă, nu în acel context. Simți cum, cu fiecare secundă care trecea, își țesea în jurul corpului, asemenea unei omizi, un cocon protector de indiferență în jurul ei.

Nu face nimic din ceea ce te obligă, urla Matthias în mintea ei, *nu ești a lor să facă ce vor din tine.*

Continuă: "Signor Viganò îmi știe dansul de mult timp, poate de prea mult. Nu mai are nevoie de alte demonstrații."

Beethoven râse, dându-și jovial ochii peste cap, ca și cum ar fi luat totul ca pe o glumă proastă.

"Zău, Ludwig, chiar nu e necesar," spuse coregraful, călcând apăsat pe cioburile de pe podea.

“Ce rău ar face? De ce-ar strica un dans în plus? Un moment de puritate artistică nu strică niciodată nimănui. Mai mult,” spuse, făcându-i cu ochiul lui Ries, “Ferdinand nu te-a văzut niciodată şi observ că arde de nerăbdare să o facă.”

Ries roşi în vârful urechilor, dând energic din cap, de parcă viaţa lui ar fi depins de negarea acelei afirmaţii incriminatorii. Elise nu îl băgă mult în seamă. Se simţea zdrobită între pereţii unei camere strâmte, care se apropie încet de ea, gata în orice moment să se lipească unii de alţii, să o zdrobească. Ar fi vrut să plece, dar părea că podeaua se dilatase în jurul ei, prinzându-i picioarele, ţinând-o în loc.

“Pregătiţi-vă, încep acum.”

Spunând acestea, Beethoven se aplecă, în fine, deasupra pianului. Săltându-şi degetele de pe o clapă pe alta, începu să îşi legene trupul, când în faţă, când în spate, tăbărând asupra lui cu un patos uriaş. Părea că încearcă să despice pianul, să îl rupă în două, să îşi facă loc înăuntru. Părul, ciufulit, împrăştiat în toate părţile, îi flutura în spatele capului.

Avea o ruptură în cusătura cămăşii, chiar lângă umăr. O pată de transpiraţie i se întindea de la guler în jos, pierzându-se sub vesta gălbuie, aşezată strâmb pe spatele-i lat. Elise simţi în interpretarea lui o fărâmă din nebunia ce-i stătea cuibărită în ochi, ca şi cum, brusc lichefiată, ar fi curs pe clapele de os. Pianul începu să tremure. Un maldăr de hârtii se prăbuşi pe jos.

Ferdinand Ries, acum ridicat de pe divan, îşi muta

greutatea de pe un picior pe altul. Tot deschidea gura şi o închidea la loc, părând că vrea să spună ceva, dar răzgândindu-se în ultimul moment. Viganò râdea pe sub mustăţi, mijindu-şi şi mai mult ochii deja mici, migdalaţi, care se plimbau, neastâmpăraţi, de la o persoană la alta. Elise simţea că o mână invizibilă i se plimbă prin păr, ciocănindu-i drept în creştetul capului, fără oprire: *tac, tac, tac* în ritmul pianului, găurindu-i craniul. O durere puternică îi explodă în acel loc. De ce o obliga să danseze?

"*Maestro, maestro*!" începu Ries, părând că s-a hotărât, în sfârşit, să vorbească. "Domnişoara Wallner pare că nu vrea... aţi putea să vă opriţi..."

Beethoven, însă, părea că nu aude. Elise îşi smuci corpul, încercând să rupă coconul de neputinţă ţesut în jurul ei. Se desprinse din locul unde fusese pironită în tot acel timp, fugind către uşă, deschizând-o rapid, trântind-o la loc. Dacă îşi băteau joc de ea, avea pur şi simplu să plece. Pianul se oprise. Ea începu să coboare.

"Ţi-am zis că nu-i bună de nimic," auzi vocea lui Viganò de la jumătatea scărilor, urmată de un torent de ţipete şi de o bufnitură care zgudui pereţii întregii case.

ZECE

"Şi-o să fii de-acord, şi-o să lucrezi cu ea cum ai lucra cu orice altă balerină, şi-o să-ţi placă!" urlă Beethoven, tremurând din tot corpul, simţind cum inima îi tremură în piept, bătând atât de rapid încât avea impresia că stă să se oprească. "De altfel, îmi găsesc alt coregraf."

Viganò rămase, pentru o secundă, în pragul uşii, palid, cu ochii holbaţi, cu părul ciufulit, fără să facă nicio mişcare.

"Să nu-mi mai calci pragul până nu-ţi vii în fire. Şi tu," spuse cu un glas brusc molcom, întorcându-se către Ries, aşezat în aceeaşi poziţie pe marginea divanului, "pleacă, te rog, dragul meu, vreau să rămân singur."

Beethoven se întoarse cu spatele la ei şi începu să meargă de-a lungul încăperii, cu paşi mici, egali. Un sentiment de jenă îi zbuciuma sufletul, aşa cum i se întâmpla mereu când rămânea singur. Exagerase, aşa cum tot obişnuia să facă, şi acum, zdrobit sub povara regretului, voia să fugă, să se ascundă, să dispară pe vecie. Avea să meargă să îşi ceară iertare, să se aşeze în genunchi dacă era nevoie, să îi sărute picioarele, să plângă.

Îşi dădu o palmă peste frunte. Întoarse capul către uşă. Cei doi plecaseră, doar amintirea lor mai zăbovea încă în încăpere, imprimată pe pernele divanului, pe lemnul podelei, pe mânerul uşii. Era singur.

Se îndreptă spre una din ferestre, pe care o deschise larg, lăsând aerul rece să îi intre năvalnic în nări, curgându-i apoi lin prin tot corpul, ajungând până în cele mai întunecate adâncuri ale fiinţei sale, revigorându-l, făcându-l iar să se simtă om. Îşi dădu jos vesta. Îşi descheie nasturii cămăşii. Răsuflă prelung, simţindu-şi toţi muşchii cum i se relaxează. Îşi propti capul de pervazul geamului. Aerul îi zburda prin păr, mângâindu-i gâtul, intrându-i pe sub guler, alunecându-i pe şina spinării.

Închise ochii – inevitabil, chipul ei îi apăru în minte, dansându-i printre gânduri, făcând piruete, ameţindu-l. Nu auzea nimic, şi totuşi o vedea, vie, albă, serafică, întinzându-se la nesfârşit, frumoasă, dureros de frumoasă, inexplicabil de frumoasă, pe o partitură, zdrobită de foaia imaculată. Ochii ei negri, adânci ca ai unei madone în floarea fecioriei, luceau sălbatic, împrăştiindu-şi lumina asupra a tot, dar mai ales asupra lui, care avea, mai mult decât oricine, nevoie de ea. Rochia îi fâlfâia în bătaia unui vânt inexistent, părul îi stătea în jurul capului, asemenea unei aureole de întuneric.

De ce era așa frumoasă? era tot ce reușea să se întrebe, obsesiv, fără oprire. Trupul din mintea lui, scăldat în lumina lividă de afară, era din altă lume, adus de undeva din rai, dintr-un nimb moale, etern. *Frumoasă... violent de frumoasă.*

Mâna ei se întinse către el. Își întinse și el mâna, căutând-o, fără să o poată atinge, însă, căci începuse să se dezmembreze, să se piardă, să devină altceva. În ureche îi explodară pe neașteptate sunete care se țeseau din pielea ei, picurând pe foaia albă, pe care stătuse, până atunci, întinsă.

Sări ca ars, dând cu capul de cadrul ferestrei. Durerea îi înnegri pentru o clipă toată imaginea, amenințând să o piardă pe vecie, dar sunetul, prea puternic, răzbi pătura de tenebre. I se înfășurase deja în jurul timpanului, i se imprimase acolo. Își duse mâna la cap. Fugi către pian. Durerea fusese lăsată la fereastră, balerina birui, muzica îi curgea prin vene, spre vârfurile degetelor.

Atinse clapele pianului, simți cum renaște, cum răceala osului devine răceala mâinii lui, cum el devine pianul, cum nu mai știe de el, cum muzica, cândva în minte și în sufletul lui, e pe cale să devină palpabilă, universală. Iar rochia, și trupul, și părul, și ochii, devenind toate una, făcându-se când mici, când mari, se dezintegrau și deveneau note, note, *note!* curgând învolburate, ca într-o cascadă, când pe partitura albă, când pe clapele pianului.

Zâmbi amar. Gura îi era uscată. Buzele îl usturau. Mâna cu care scrisese îi amorțise, mâna cu care apăsase clapele pianului părea mai vie decât trupul lui în întregime.

Obosise. Notele se dispersau. În cameră frigul pusese stăpânire, declarându-se stăpân peste tot. Pieptul lui gol, ridicându-se fără oprire, era umed, transpirat.

Izbi cu pumnul în pian, făcând ca maldărele de foi să se prăbușească pe jos. Se uită, cu inima caldă și sufletul plin la cele câteva rânduri de note scrijelite pe portativ.

Se ridică să închidă geamul. Notele din mintea lui, alături de chip, alături de fată, dispăruseră. Avea însă să continue, avea să finalizeze compoziția, acum că procesul fusese început: Elise nu mai era Elise, Elise devenise muzica, iar muzica devenise Elise, iar amândouă erau, și vor fi pe vecie, ale lui.

UNSPREZECE

Matthias stătea într-un colţ al camerei, cu ochii mijiţi, cu o pătură pe umeri şi cu mintea înceţoşată, cufundată în confuzie: nu ştia ce să facă, nu ştia cum să se apropie de Elise, nu ştia cum ar putea să o ajute.

Ştia că e preocupată, ştia că nu dormise toată noaptea, stând ore în şir în capul oaselor, respirând greoi. Ştia că o frământă ceva – o văzuse toată dimineaţa, cu trupul mai plăpând, cu faţa mai albă, foindu-se încolo şi-ncoace, fără stare. O privea şi acum, în acel du-te vino neobosit, mişcându-se dintr-o cameră în alta, bolborosind încruntată, făcând, aparent, nimic.

Ştia că vrea să îşi ia mintea de la ceva. Doar că nu ştia de la ce.

Uneori şi-ar fi dat sufletul să ştie ce gândeşte Elise...

"Elise..." zise el molcom, dar ea păru că nu îl aude, stând

aşa, întoarsă cu spatele la el. "Stai locului," oftă.

Ar fi vrut să se ridice şi să o ia în braţe, să îi şoptească că o iubeşte, că îi poate spune ce o frământă. Să o ia în braţe, să îi rupă cămaşa de noapte şi să o sărute încet, pe tot corpul, odihnindu-şi apoi capul pe pieptul ei. Să îi asculte bătăile inimii, lăsând-o să îşi plimbe mâinile prin părul lui, simţindu-i respiraţia, ascultându-i vorbele. Să o ia în braţe, şi să o venereze, să o venereze la nesfârşit, aşa cum doar ea merita, aşa cum doar el ştia să o facă.

Oftă apăsat, privindu-i picioarele albicioase, aproape străvezii, lungi şi suple, ca ale unei nimfe, care păreau că îl cheamă, ademenindu-l prin curburile line ale coapselor, continuate, armonios, straniu de simetric, cu şoldurile mici, care îşi iveau conturul prin materialul ce le acoperea.Tot corpul ei era doar un continuum de linii curbe, sidefate, iar ea – creaţia divină a geometriei, copilul perfect al naturii. Întinse mâna după cartea de pe măsuţa de lângă, dar nu avea puterea să o deschidă. Şi-o puse în poală şi continuă să o privească, cu o admiraţie sinceră, cu un foc arzându-i în trup, cu o uimire de copil, aşa cum ai privi o statuie însufleţită de mâna providenţei, şi obligată să colinde pământul.

O bătaie puternică se auzi în uşa de lemn. El se ridică mecanic în picioare. Elise fugi într-acolo, deschizând-o, lăsând înăuntru un bărbat mic, urât, disproporţionat. Matthias îşi duse mâna la gură, în încercarea de a-şi ascunde rânjetul pe care îl simţea întinzându-i-se treptat pe chip. Întotdeauna îl fascinase ironia naturii care, de un sadism admirabil, se distra întotdeauna pe seama creaturilor ei.

"Herr Beethoven!" exclamă Elise, dându-se un pas mai în spate.

Matthias o simţi mai tulburată. O rază de lumină căzu pe trupul ei plăpând, făcându-l, să lucească mai tare. Noul venit o privea şi el, cu o sclipire flămândă evidentă în ochi. Matthias se ridică de la locul lui şi se apropie de Elise. Îi puse pătura pe umeri, dorind ca, acoperindu-i trupul, să o protejeze de priviri indiscrete, căci trupul ei era al lui şi doar al lui, să îl privească, să îl frământe între degete, să îl sărute.

Pe naiba, se auzi o voce în mintea lui, *a ta şi a partenerilor ei de balet, şi a tuturor celorlalţi bărbaţi care o văd dansând.* Îşi scutură capul, împingând gândul departe, afară din mintea lui, în neant.

"Beethoven?" vorbi el într-un final. "Compozitorul?"

Beethoven zâmbi, dând din cap.

"Matthias Brenner" se prezentă şi el, întinzându-i mâna. "Poetul?"

"Fostul poet," Matthias prelua zâmbetul celuilalt, descompunându-l, simţindu-l amar pe buze. Era ciudat să i se reamintească de trecutul lui, de ceea ce fusese cândva, iar el să fie nevoit să admită că nu mai este, să îşi recunoască decăderea.

Linştea coborî între ei, densă, nimicitoare, palpabilă ca o a treia persoană ţinându-şi mâinile pe gurile lor, împiedicându-i să vorbească. Beethoven se încruntă. Matthias îşi puse mâinile pe umerii lui Elise, trăgând-o mai aproape de el. Simţi cum muşchii ei se contractă, tresărind sub atingerea lui. Înghiți în sec.

"Ce vă aduce aici?" întrebă Elise, împingându-l cu coatele în spate. Matthias o strânse mai tare, lipindu-se de ea. "Cum... cum ne-ați găsit?"

"Credeam că ne-am ascuns destul de bine aici," adăugă el, pufnind.

"Prietenul meu, Ferdinand Ries, are metodele lui, metode care nu dau greș niciodată. Dar domnișoară Wallner, l-ați cunoscut ieri, sigur înțelegeți ce vreau să zic."

Privirea lui Matthias se încețoșă pentru câteva secunde. Capul începu să i se învârtă, gândurile îi spiralau haotic, iar el aluneca în străfundurile roșii, incandescente ale minții lui. Unde fusese Elise ieri? Și pe cine cunoscuse? Și de ce Beethoven îi vorbea atât de familiar? Își mușcă limba.

"Și, în legătură cu ziua de ieri..." continuă Beethoven, făcându-l pe Matthias să ciulească urechile, "am venit să îmi cer iertare pentru ce s-a întâmplat, pentru impertinența mea, pentru jena pe care v-am provocat-o..."

Matthias își simți fața mai fierbinte. Tot corpul începuse să îi ardă, de la creștetul capului, până la vârfurile degetelor, haine, piele, oase, măruntaie. Îi venea să sară pe Beethoven, ignorându-i reputația, să îl sfârtece, să îl ardă, să îl vadă cum dispare. Îl înnebunea faptul că nu putea să vadă fața lui Elise, că nu putea decât să îi asculte tăcerea. Își înfipse arătătorul în coasta ei, dorind ca ea să scoată un sunet, orice sunet, dorind să simtă cum se trage din brațele lui, cum fuge în brațele celuilalt, dorind să o ardă și pe ea pe rugul mistuitor în care se transformase.

Matthias îl privi pe Beethoven în ochi, care păru că se face și mai mic sub căldura flăcării ce îi ardea printre gene, și care spuse fâstâcindu-se: "Îmi cer iertare și față de soțul dumneavoastră."

"Nu e soțul meu," răspunse Elise, luându-i mâna de pe talia ei, împingându-l din nou în spate pe Matthias.

Beethoven oftă, frecându-și sprâncenele.

"V-am... v-am adus un mic... mic cadou. Pentru a mă revanșa," spuse, scoțând dintr-unul din buzunarele mantalei un mic bibelou de porțelan, o balerină în miniatură pusă pe un piedestal argintiu, imortalizată în timpul unei piruete. Elise își întinse brațele albe, ușor rozalii la coate, scoțându-și-le de sub pătura ce îi acoperea umeri.

"E o cutiuță muzicală," continuă Beethoven, nedesprinzându-și ochii de pe fața lui Elise.

Razele picurau lăptoase prin fereastră, scăldându-i într-un cerc de lumină bolnăvicioasă. Matthias făcu un pas mai în față, determinat să o privească pe Elise. Rămase pentru o clipă lungă – atât de lungă și de lipsită de substanță încât i se păru o eternitate – mutându-și privirea de la ea la balerina de porțelan și înapoi, nevenindu-i să creadă: erau aproape identice.

Părea că Elise fusese cea înghețată în timp, decupată cu măiestrie de pe pânza realității, forțată să își petreacă veșnicia rotindu-se și iar rotindu-se, pe aceeași melodie, la nesfârșit. Voia să ia cutiuța în mână, să o arunce pe jos, să privească cum se destramă.

În urechi îi explodă un vuiet prelung, sâcâitor. Vedea

gura lui Beethoven mişcându-se. Vedea gura lui Elise răspunzându-i. Îi vedea pe amândoi, scufundaţi într-un lichid negru, cleios, cu un miros pestilenţial. Încerca să vorbească şi el, dar nu putea. Se sufoca – se sufoca cu propria lui mânie.

Unde fusese Elise cu o zi înainte? De ce nu îi spusese? De ce se ascundea de el?

Şi, mai important, de ce el nu încerca mai tare să o găsească?

"Veţi fi minunată, veţi vedea. Orice artist are nevoie de muza lui pentru a renaşte odată cu arta. Puteţi să îmi consideraţi muzica muza dumneavoastră," Matthias reuşi brusc să audă cuvintele scoase greoi din gura lui Beethoven, urmate de aprobarea lui Elise.

Fornăi din nări. Privi în spatele ei, la floarea din faţa geamului, care se scutură uşor, exact când îşi întoarse el capul. Una din petale căzu alene pe lemnul mesei.

"Mulţumim, Herr Beethoven, pentru această vizită," îngăimă el gâtuit. "A fost o plăcere," spuse, dar cuvintele sunau goale, false.

O mâna i-o întinse lui Beethoven, care i-o primi ezitant, strângându-i-o slab. Cu cealaltă deschise uşa.

"Să nu uitaţi, repetiţiile încep în ultima zi a lunii, la prânz. Să fiţi la Theater an der Wien. Viganò nu va îndrăzni să se mai opună," spuse bărbatul din prag şi, aproape împins afară de Matthias, începu să coboare greoi scările casei.

Matthias se lipi cu spatele de uşă, şi, permiţându-şi în sfârşit acum că erau singuri să rânjească, o privi pe Elise care frământa în mână balerina de porțelan a cutiuței muzicale. Își încolăci unul din degete în jurul cheiței arămii, rotind-o încet, tacticos. Camera se întunecă brusc. Balerina începu să se rotească, iar muzica să cânte încet.

“Am face bani frumoşi pe ea,” spuse el, întinzându-şi brațul, dorind să o ia în mână. Elise se feri de el.

“Am face, într-adevăr,” răspunse, aproape în şoaptă, privind balerina cu o privire vizibil flămândă. “Dar nu vreau s-o amanetezi. Bătrânul se poate lipsi de ea dacă nu știe că există. Vreau să rămână a mea.”

Matthias se apropie de ea, prinzând-o de mână, trăgând-o spre el. Ea se smuci cu putere, căzând pe podeaua rece, cu o bufnitură. Totul scârțâi în jurul lor. Matthias simți cum se reaprinde, cum degetele lui devin din nou văpaie. Își lipi spatele mâinii de buze şi, câteva clipe, rămase astfel, nemişcat, parcă desprins din țesătura realității, propulsat în afară, în nimicnicie.

O privea printr-un văl translucid cum se uită la el cu ochi mari, negri, plini de ură. Îi venea să râdă. Se dădu mai în spate, neîndrăznind să se mai apropie de ea, știind că dacă o face, o va lovi.

“Ai ceva să-mi spui? Ar trebui să-mi fac griji?” reuşi să întrebe, aproape în şoaptă.

“Nu,” fu tot ce îi răspunse Elise, ridicându-se. Plecă în camera cealaltă, fluturându-şi părul, distantă, emanând în jurul ei o răceală mai arzătoare chiar și decât flacăra mâniei lui.

Uneori și-ar fi dat sufletul să știe ce gândeşte Elise. Alteori ar fi fost în stare să îi zdrobească tot trupul şi să îi scoată din cap şi din suflet gândurile cu mâna. Îşi muşcă pumnul cu putere, simţind cum pofta nebună să zdrobească îl biruie din nou, iar el nu poate controla nimic, absolut nimic, iar Elise pare că îi fuge iar printre degete și el trebuie doar să stea şi să privească, doar să privească...

DOISPREZECE

Beethoven se plimba prin fața scenei, pășind cu încetinitorul, ținându-și privirea ațintită asupra lui Elise. Notele curgeau șuvoi pe lângă ei, stoarse din clapele de os ale pianului, pe care Ries, cu spatele încovoiat și fața îmbujorată, le apăsa cu tandrețea lui de copil. Aerul părea înghețat, iar un vânt puternic zguduia teatrul, făcând podeaua și ușile și pereții să trosnească, ca și când dimineața și ninsoarea ar fi vrut să dea năvală peste ei și să îi oprească.

"Înc-o dată!" urlă Viganò din nou, pentru a câta oară în acea zi, Beethoven nu își mai putea aduce aminte.

Douăzeci de zile de repetiție trecuseră pe lângă ei. Douăzeci de zile în care Elise dansase și pe scenă, și în sufrageria lui, repetând și iar repetând, rotindu-se în jurul pianului, în jurul mobilelor, în jurul lui. Douăzeci de zile în care lui îi păruse continuu că ea se încătușa singură în lanțuri, că se închidea singură într-o cușcă și că dansa de acolo, sub ploaia de urlete și de reproșuri ale lui Viganò.

Douăzeci de zile rămăseseră pierdute în spatele lor, sub mormanele de zăpadă ale lui decembrie. Mai puțin de o săptămână le mai rămânea până la balul dat în cinstea lor de Prințesa von zu Guttenberg. Mai puțin de o lună până la premiera baletului. Beethoven își lipi mâinile reci și umede de față, presându-și vârfurile degetelor de ochi. Imaginea frumuseții ei teribile îi rămăsese imprimată pe spatele pleoapelor, iar mișcarea ei i se derula serafică, înnebunitoare prin minte, ca și când încă ar fi fost vie, în fața lui.

Mai puțin de o lună până la premieră, iar Elise nu înțelegea, nu înțelegea deloc, oricât de mult ar fi încercat el să-i arate prin muzică. Dacă nu va înțelege niciodată? Dar dacă era arta lui de vină? Dacă arta lui nu era destul de bună pentru arta ei și de aceea nu putea să înflorească pe deplin niciuna?

"Hai, Wallner, hai!" urlă Viganò, scuturându-și energic capul straniu de rotund luminat din spate de lumânările candelabrului.

Muzica zburda spre un crescendo vijelios. Beethoven simțea cum notele îi zburleau părul de pe ceafă, alunecând prin pavilionul urechii lui, stând să se izbească de timpan. Își deschise ochii. Elise, prin întunericul acela blând, înconjurată din toate părțile de raze difuze de lumină, își ridică mâinile în aer și, arcuindu-și spatele, sări spre celălalt capăt al scenei.

Era ultima parte a soloului ei, când, descoperind că

Prometeu murise, se văita în jurul unui presupus cadavru, plângându-şi tatăl; trebuia să sară şi să se rotească, şi să plângă şi, în final, să facă douăsprezece piruete, dintr-o singură suflare. Îşi prinse pieptul cu mâinile, părând că trage de el. Se ridică rapid pe vârfuri, coborând apoi pe toată talpa, îndoindu-şi genunchii, frângându-se de mijloc, aplecându-se în faţă.

Beethoven o privea printre gene, muşcându-şi buza. *Mai puţin de o lună, mai puţin de o lună*, gândea fără încetare, înfigându-şi mâinile în păr, încercând să-şi stăvilească bătăile inimii. *Dar nu e vina ei, nu e vina ei deloc! Am timp să rescriu... avem destul timp să înţelegem amândoi!*

"Wallner, opreşte-te odată!" urlă Viganò, lovindu-şi pumnii în clapele pianului, făcându-l pe Ries să se oprească cu o privire speriată. "Mă faci să vreau să ies din teatrul ăsta şi să întorc definitiv spatele baletului. Ce te-a apucat, pentru numele lui Dumnezeu?" continuă coregraful, apropiindu-se de Elise.

Ea se foi de pe un picior pe altul, ţinându-şi capul sus, ţintuindu-l pe Viganò cu privirea. Foşnetul voalului ei sparse tăcerea. Vorbi:

"Mie mi se pare că am dansat exact ce mi-ai arătat. Exact cum mi-ai arătat..."

"Tehnică, tehnică, tehnică!" strigă din nou Viganò, ridicându-şi mâinile în sus, părând că, surprins în mijlocul unui ritual, încerca să o cheme asupra lor pe Terpsihora.

"Elise!" strigă Beethoven, iar ea se întoarse precipitat cu faţa către el privindu-l drept în ochi. El se înfioră şi, văzându-i privirea de căprioară îngrozită, înghiţi în sec. "Când dansai, nu ţi-am auzit muzica. Era gol. Perfect, dar gol," continuă.

"Voi aţi simţit ceva?" întrebă Viganò, întorcându-se către ceilalţi, fiind întâmpinat de clătinări de capete şi zâmbete ironice. "Asta ziceam şi eu."

"Din nou!" se trezi spunând şi, înaintând, se prinse cu mâinile de scenă. "Nu plec, până n-o văd că devine toată muzică. Ştiu că poate. Ştiu că-i acolo undeva, ascuns în ea. Şi, dacă-i nevoie, stau şi până la miezul nopţii şi-i rescriu soloul până iese!"

"Poate tu ai sta până la miezul nopţii, Ludwig, dar noi, ceilalţi, vrem să plecăm mai repede. Hai, Wallner, pe margine, ai nevoie de o pauză. Luaţi toţi cinci. Şi după îi dăm corpului mai multă acţiune. Vreau s-o văd pe Gottfried în centru," vorbi Viganò în timp ce cobora scările scenei, apropiindu-se de Beethoven, pe care îl luă de braţ şi îl trase până la primul rând de scaune. "Ţi-am zis eu," îi spuse, aşezându-se.

"Dar..." începu Beethoven, strângând în pumn colţul tapiţat într-o catifea aspră al scaunului.

"Nu-i mai lua atâta apărarea, Ludwig. O vezi cum dansează. M-am săturat de ea până peste cap. M-am săturat să îi tot reproşez acelaşi lucru, din nou şi din nou şi din nou... iar ea să nu înţeleagă nimic!" spuse, rotindu-şi în acelaşi timp bărbia, dându-şi ochii peste cap. "De cât timp facem repetiţii?"

"De aproape trei săptămâni," răspunse Ries, care se aşeză

la rândul lui lângă ei.

“De aproape trei săptămâni! Şi ai impresia că soloul ei e mai mort decât în prima zi. Orice altă balerină din compania mea şi-ar fi îmbunătăţit nenorocitul de dans în timpul ăsta, în niciun caz nu şi l-ar fi stricat şi mai tare.”

“Elise nu e orice altă balerină,” zise şi Beethoven, simţind nevoia să îi ia apărarea fetei, să îşi ridice cuvintele ca un scut protector peste amintirea ei.

“Scuteşte-mă. E o balerină ordinară cu pretenţii de artistă. Nu ştiu ce-ai văzut atunci, dar acum clar nu mai există.”

“Dar dansează perfect... cam rece, dar perfect.”

O perfecţiune albicioasă, cadaverică, moartă... gândi, lăsându-şi privirea în jos.

Viganò râse. “Cam rece? Zici că-i gheaţă de-a dreptul. Oamenii au nevoie să fie încălziţi, readuşi la viaţă, convinşi că frumosul, sublimul, divinul încă mai există, încă mai umblă printre noi. Iar ea zici că tocmai a fost scoasă din mormânt.”

“Dar...” Beethoven îşi încordă maxilarul şi îşi strânse pumnul, simţind nevoia puternică să se ridice şi să-l lovească pe Viganò drept în rânjetul zeflemitor ce-i urâţea şi mai tare chipul.

“Niciun dar, dragul meu, niciun dar. Ce facem aici? Îmi pasă de tehnică în momentul de faţă aşa cum îi pasă unui doctor de la ţară, sau unei femei dichisite dintr-un salon: absolut deloc. Care-i scopul nostru? Nu să-i facem pe cei cărora nu le pasă să simtă?”

Una din urechile lui Beethoven începu să ţiuie, făcând orice alt sunet să se estompeze. Îl vedea pe Viganò vorbind, mişcându-şi buzele, spunând nişte cuvinte pe care nu reuşea să le audă. Simţi cum o gaură neagră i se deschide sub picioare, iar el cade în ea, rostogolindu-se la vale, asemenea unui bolovan într-un râu.

"Cruţ-o, Salvatore, cu ce ţi-a greşit săraca fată. N-o vezi ce frumoasă e? Îi va vrăji pe toţi numai când se vor uita la ea," zise Ries, etalându-şi zâmbetul fără cusur, rozaliu, de adolescent.

Beethoven dădu din cap, energizat de vorbele prietenului său, pe care le auzise slab, incert.

O balerină traversă repede scena, uitându-se drept înainte. Un alt chip se ivi din culise. Elise apăru şi ea, singură, stingheră, înfofolită într-o pelerină de bărbat, prea mare pentru ea, arătând ca un boboc ce stă să se deschidă. Oftă.

"Dar nu sunt toate frumoase? În ochii lor, din sală, de departe, toate arată la fel. Doar arta le diferenţiază una de alta, doar arta ne poate alege solista," răspunse coregraful.

"Dă-i timp. Ai să vezi că globul în care îşi ţine închis geniul are să se spargă în curând, iar arta îi va curge şiroaie. Nu cred că ce-am văzut eu atunci a fost doar o întâmplare..." zise Beethoven.

"Eu da."

"Simt că are să se mai repete. Mai dă-i timp."

"Cum să-i mai dau, dacă nu îl am?" zise Viganò şi apoi, întorcându-se către balerinii ce începuseră să se adune pe scenă: "Mai luați încă 5 minute. La naiba, încă 10. Aveți nevoie toți."

Îi privi pe toți cum, asemenea unor turturele, fugiră împreună, zâmbind, numai Elise rămase singură, ușor încruntată. Se priviră adânc în ochi. Elise părea că îi cere ajutorul. El ridică din umeri, zâmbindu-i. Viganò se apropie de urechea lui, răsuflând sacadat, împrăștiindu-și în jur respirația caldă, cu un miros ușor dezagreabil.

"Zău, Ludwig, nu știu ce să facem."

"Să așteptăm. Își va reveni cu siguranță, ai să vezi! Trebuie... trebuie să își revină! "

Îl văzu cu coada ochiului pe Ries foindu-se în scaun, începând să bată cu degetele în colțul de lemn al cotierei. Își puse mâna pe mâna lui, oprindu-i-o.

"Propun să lași amorul puțin la o parte și să vorbești serios cu mine. Nu-i doar reputația mea în joc, să știi. Și n-o să-mi critice doar mie coregrafia. Îți vor critica muzica, și te vor te critica pe tine din nou. Ziarele sunt pline de critici negative în legătură cu tot ce faci. Mai reziști la una?"

"Cum să nu rezist? O critică proastă îmi arată că fac bine ce fac. Lumea critică ce nu înțelege, tocmai pentru că nu înțelege. Cine mai e atunci de vină: artistul criticat sau criticul care nu vede dincolo de suprafață?"

Viganò își bătu palmele de picioare, strângând din buze, întorcându-și privirea în altă parte. Ries se ridică, înclinându-și capul.

"Propun să dăm vina pe artă, *maestro*, e mai simplu," zise Ries râzând, și se îndreptă spre pian.

"Iar eu propun să îmi permiţi s-o înlocuiesc pe Wallner cu Gottfried. Ar fi mult mai practic, mult mai bine pentru toţi. O vei vedea acum, conducând corpul, cum străluceşte... Acolo da material de solistă!" spuse Viganò, ridicându-se şi el.

Lui Beethoven îi venea să ţipe, să tabere asupra lui, să îl strângă de gât. De ce ţinea cu dinţii de pragmatismul lui? De ce considera că arta se atinge pe calea uşoară? De ce voia să ucidă un artist, încă necopt, încă neînflorit?

Începu să dea energic din cap, simţind cum gândurile i se amestecă toate în minte. Numai unul singur îi mai rămase în picioare, tronând, scurt, sonor, deasupra a tot:

"Nu!" strigă, întinzându-şi mâinile în faţă, împingându-l pe Viganò. "Nu, nu şi nu!"

TREISPREZECE

Uite-acolo un posibil material de solistă! îi urla Frau Dietrich, apropiindu-şi buzele uscate de urechea ei plăpândă, de copil. *Ridică-te Elise, ridică-te şi uită-te la ea cum dansează. Uită-te şi ia aminte!* dar Elise nu îşi mai putea aminti cine era aceea la care trebuia să se uite, nu îşi mai putea da seama cum trebuia să danseze, cum nu dansase.

Ridică-te şi uită-te la ea cum dansează! Şi, după, dansează mai bine şi tu!

Elise se ridicase, iar celelalte fetiţe începuseră să se învârtă în jurul ei ca nişte iele şi să râdă toate la unison, fără oprire.

O mână, pe care o simţi moartă, o trăgea în sus, ducând-o în mijlocul sălii. Lumina aluneca înăuntru prin vitraliile geamurilor. Faţa femeii parcă era şi mai bătrână, şi mai plină de cute, şi mai înspăimântătoare în acea lumină multicoloră, fără început, fără sfârşit.

Dansează! urlă.

Iar ea dansa, dansa, dansa, fără să știe ce face, ascultând doar bătăile interminabile din palme, chiar de lângă urechea ei, punându-și câte un picior în fața celuilalt, apoi sărind, rotindu-se și iar rotindu-se, plângând, simțind cum ochii stau să îi iasă din orbite, cum palmele străine stau să îi înșface urechea. Căzu din nou. Oricât de mult încerca, nu reușea niciodată să ducă la bun sfârșit suita de piruete.

Ridică-te, Elise, ridică-te! O balerină e balerină când face piruete, când devine și a publicului și a culiselor, când capul îi e în față, iar trupul în spate, când își arată măiestria și nu cade. Ridică-te!

Iar ea se ridică, iar orele trecură și nu mai știa ce zi era. Doar Frau Dietrich îi tot arăta ce trebuia să facă, iar ea, deși simțea că bâjbâie prin întuneric, tot continua să își caute lumina și să încerce, să încerce, să încerce!

Corpul îi era cuprins de flăcări. Durerea o mistuia din cap până-n picioare. Ea continua, însă, să danseze, fără să se oprească, încercând să își peticească sufletul, să se salveze. Se căuta pe ea, așa cum avea să se caute întotdeauna. Se căuta și nu se găsea, iar veșnica fugă prin camerele largi, goale, ale sufletului ei de copil o extenua, o ucidea.

Întunericul cobora asupra studioului gol, în afară de ele două, care rămâneau mereu până noaptea târziu acolo, repetând. Și era frig, iar ea nu putea să spună sau să facă nimic, decât să asculte strigătele lui Frau Dietrich, să se rotească și să cadă iar, și iar, și iar!

Simțise atunci, pentru prima oară cum moare, așa

cum avea să simtă toată viața ei de atunci încolo. Femeia o prinse de guler, ridicând-o ușor. Stăteau cu nasurile lipite, cu respirațiile întretăiate, cu cei patru ochi ai lor deveniți unul, când plângând, așa cum făcea ea, când arzând de mânie, așa cum făcea profesoara. Elise tremura, simțind dinții lui Frau Dietrich încleștându-se, așteptând să muște din fața-i mică, rece, palidă.

Trebuie să dansezi mai bine ca toate, Elise, trebuie! Altfel nu mai iei solourile! Vrei s-ajungi să dansezi în corp?! Să-ți pierzi arta?! iar strigătul acela vibra încă, trecând peste atâția ani, în urechea ei. *De ce nu înțelegi? De ce mă pui pe mine să te fac să înțelegi?*

Îi dăduse drumul, bătând iar din palme, aplecându-se, cum se aplecase de fiecare dată, să își ia arătătorul, acel băț cumplit, omniprezent, demonic.

De ce nu vezi că trebuie să îți tai sufletul în bucăți și să îl zdrobești sub vârfurile picioarelor tale?

Femeia trasă lent un cerc în jurul lui Elise, privind-o în ochi, parcă promițându-i că are să îi facă rău, pentru ca ea să facă bine pe viitor.

De ce nu vezi că trebuie să te omori pe tine? începu, dându-i o lovitură șfichiuitoare peste degetele picioarelor. Elise urlă ca din gură de șarpe, îndoindu-și tot corpul.

Tot ce ai fost. Mai lovi o dată, mai tare, iar Elise continua să plângă, să țipe, să ceară milă; nu îi trebuia atunci nimic altceva decât mila ei, milă pe care nu o primea, milă pe care încerca să și-o verse singură peste trup, prin lacrimile amare pe care le plângea.

Tot ce ești. Încă o lovitură, care păru că avea să îi zdrobească oasele, să o lase fără picioare.

Tot ce vei fi vreodată. Și continua să ridice și să coboare arătătorul acela, cu o putere pe care Elise nu i-o bănuise niciodată.

Începuseră să plângă amândouă, fără să se oprească, în ritmul loviturilor, iar vaierele lor se înălțau în noapte, iar sângele se prelingea pe podea, iar cineva își cerea iertare, fără ca ea să își dea seama cine...

PAISPREZECE

“Ceea ce nu înţeleg ei este că baletul ăsta este despre oameni pentru oameni,” spuse Beethoven, precipitat, ducându-şi sticla de vin la gură – uitase demult de pahar – sorbind cu nesaţ.

“Ludwig, toate, absolut toate sunt despre oameni, pentru oameni,” vorbi şi Elise, râzând pe sub mustăţi, privindu-i concentrată capul mare, postat în dreptul ferestrei, înconjurat, chiar dacă nu direct, de roiul fulgilor de afară.

Era o vijelie cruntă, care vuia şi trosnea şi părea că plânge, lamentându-se în noapte. Vijelie care o blocase acolo, în casa lui Beethoven, făcând-o prizonieră.

“Nu, nu, nici tu nu înţelegi. Ascultă-mă. E vorba despre oameni, nu aşa cum sunt percepuţi de ei, între ei, ci aşa cum îi vede arta. E o oglindire a oglindirii.”

“Atunci Prometeu e arta?”

Flacăra lumânării îi lumina slab trăsăturile feţei. Elise îi putea vedea, însă, sclipirea din ochi, arzând vie, cu scântei.

“Prometeu e artistul, Elise, pentru că numai un artist este destul de nebun să caute să salveze întreaga omenire, ducându-le focul, ducându-le deci, viaţa.”

“Deci oamenii sunt arta lui?” întrebă ea, ducându-şi mâna pe şoldul unde una din vânătăi începu să îi pulseze. Strânse din dinţi. Îşi muşcă limba. Chipul lui Matthias îi apăru roşu, distorsionat, urlând în mintea ei, aşa cum îl văzuse ultima oară. Oare el unde era?

Beethoven înaintă către ea, întinzându-şi mâinile în faţă, părând că vrea să o strângă în braţe. Ea se feri involuntar, încercând să îşi scuture vedenia blondă din faţa ochilor, să îşi lege înapoi gândurile de firul discuţiei.

“Da, da, da!” strigă Beethoven, dându-se un pas înapoi, rămânând cu mâinile în aer. “Iar omul se poate salva doar întregindu-şi sufletul, iar dacă sufletul lui e arta însăşi, el are nevoie de artă ca să se salveze. Artă, artă, artă!”

“Artă, artă, artă!” murmură şi ea, ascultând urgia de afară, focul din cămin, bătăile inimii ei.

Camera părea atunci mai goală şi simţi brusc mirosul de alge al lui Matthias. Avu impresia că e cu ei acolo şi începu să tremure.

“Doar arta ne mai ancorează, doar arta ne mai ajută să nu plutim în derivă pe oceanul societăţii,” spuse Beethoven, sorbind încă o gură de vin.

Arta, arta, arta, gândi, înfăşurându-şi cuvântul în jurul

degetului, privindu-l fascinată, ca pe o minune. Beethoven continuă să se plimbe prin fața ei, izbindu-și ritmic picioarele de podeaua de lemn, care scârțâia sub greutatea lui.

"Mi-ar plăcea să înțeleagă mai mulți. Dar vienezii nu reușesc să vadă mai departe de tehnică și virtuozitate."

"Poate... dar eu cred că ei simt. Simt cu adevărat. Le e doar frică să recunoască."

Beethoven pufni, punându-și mâinile în șold. Lumina roșie a flăcărilor cădea acum direct pe el, făcându-l să pară și mai înfiorător decât de obicei. Zâmbi și spuse:

"Uneori îmi pare rău că nu compun destulă muzică pentru balet. Sau destule opere. Poate dacă le și arătăm ce le spunem prin muzică, vor pricepe într-un final."

Elise râse, simțind cum sufletul ei se mai scutură de un strat de cenușă, simțind cum devine mai ușoară.

"Și atunci de ce n-o faci?"

"Poate nu-mi plăcea baletul atât de tare înainte să te cunosc pe tine."

"Ți se părea prea frivol?" întrebă ea, ridicându-și picioarele, punându-și-le sub corp.

"Nu... frivol nu e cuvântul potrivit. Mi se pare prea carnal, prea voluptos. E mai discret decât teatrul, și totuși... Nu pot decât să spun că, într-o mică măsură, mă înspăimântă."

Și pe mine, gândi ea, urmărindu-l cu privirea, cum, cu mersul lui greoi, ușor balansat, sfâșie întunericul camerei și se apropie de lumânarea de pe pian.

Și cât o înspăimânta! Și cât voia uneori să fugă, să spargă, să distrugă tot ce crease... dar ca să distrugă tot ce crease, trebuia să se distrugă întâi pe sine. Încercă să ascundă un oftat cu un zâmbet rozaliu, dulce. Beethoven sorbi sonor ultimele picături din sticla de vin, golind-o, privind insistent la portretul bărbatului de pe perete.

Se întoarse către ea brusc, lovind pianul, aruncând sticla pe jos, într-un colţ. Cioburile se împrăştiară peste tot pe podea, unul ajungând la piciorul fotoliului în care stătea Elise. Afară fulgii se măriseră, întunericul se înteţise, iar lumânarea, ajunsă doar un muc, ardea, dându-şi ultima suflare. Era ca şi când rămăseseră doar ei pe lume, o balerină aproape de porţelan, ciobită pe alocuri, un compozitor nebun, pe veci rupt în jumătate... şi mucul de lumânare, mereu mai mic, mereu mai palid, legându-i unul de altul. Beethoven tuşi.

"E bunicul meu," zise, aşezându-se cu un oftat pe fotoliul din faţa pianului. "Acolo, în portretul ăla."

Elise ridică ochii către portretul ascuns în semiîntuneric, care radia aceeaşi lumină stranie pe care o radia Beethoven însuşi, atunci când se uita la el.

"Există unele persoane care, deşi nu le cunoşti, îţi definesc, într-un fel sau altul, viaţa. Îţi plantează un sâmbure în suflet, iar amintirea lor îl udă şi îl îngrijeşte zilnic, iar tu doar îl priveşti cum creşte şi te face altcineva."

Vântul începu să bată în fereastră, scuturând balamalele, ameninţând să spargă sticla, să intre înăuntru, să îi zdrobească. Flacăra lumânării se stinse. Flăcările şemineului încă unduiau în spatele grilajului. Elise simţi o mână rece mângâindu-i obrazul, și văzu, tremurându-i printre gene, chipul tatălui ei.

"Și așa ajungi să te întrebi cât din tine mai ești cu adevărat tu, și cât ești alții. Cât este sufletul tău și cât este sămânța încolțită acolo." Îl auzi cum își trage scaunul mai aproape de pian. Apăsă pe o clapă, numai una, sunetul reverberând în întreaga încăpere, intrând în pereți, în mobilă, în pielea ei.

"Și ajungi să îi cauți în tot și în toate, crezând că îi cauți pe ei, căutându-te, de fapt, pe tine," zise și ea, cu un glas tremurat, pe care nu și-l recunoscu. "Știu. Tata a murit când aveam 11 ani. Și încă îl simt uneori lângă mine, ținându-mă de mână."

Beethoven își trase nasul, lăsându-și capul în spate, scuturându-l ușor. Începu să cânte ceva vesel, lovindu-și talpa de podea, dar, deși muzica părea că țopăie pe degetele lui, în secunda în care atingea întunericul, lua o aură dezolantă, melancolică. Se opri brusc, întorcându-se iar spre ea.

"Nu îmi pot aminti decât cum îmi cânta bucata asta, ținându-mă pe genunchi, și totuși simt că l-am iubit mai mult decât pe oricine."

"E straniu, nu ți se pare?" spuse Elise, cuprinzându-și umerii cu brațele.

"Ce?"

"Să iubești fantome."

Unul din bibelourile ciobite de pe polița șemineului o privea strâmb, rânjind sardonic. Elise privi înapoi, cu ochi mici, cu pleoapele căzute din cauza greutății genelor. Era târziu, dar afară vijelia se dezlănţuia puternică, blocând-o acolo. Se gândi iar la Matthias. Ce se va întâmpla, oare, dacă va ajunge acasă şi nu o va găsi acolo?

Beethoven se ridică brusc, zgomotos şi, luând lumânarea, o reaprinse în flăcările şemineului, apoi încet, cu capul plecat, se întoarse la locul lui, în faţa pianului.

"Şi mama ta?" o întrebă. "De ea nu mi-ai zis nimic până acum."

Elise ridică din umeri, privind în gol. "A murit când m-am născut eu. Mi se vorbea mult despre ea, dar mereu am ştiut-o şi am simţit-o moartă. Mi se părea rece, îngrozitor de rece, şi îmi era teamă să mă apropii de amintirea ei. Spuneau că semăn cu ea, mai ales la cum dansez. A fost şi ea balerină..." se opri, trase aer în piept şi scutură din cap. "Nu cred s-o fi iubit vreodată, oricât de mult încercau ceilalţi să mă convingă."

"La fel şi cu tatăl meu. Singura diferenţă e că el a trăit mare parte din viaţa mea."

Rămaseră nemişcaţi. Focul sforăia molcom, viscolul vuia afară, iar ei respirau amândoi sacadat.

"Ce mult semănăm noi doi, Elise. Înfiorător de mult."

"Poate toţi damnaţii seamănă între ei."

Beethoven râse, iar întunericul de afară năvălea peste ei, ucigând focul, flacăra lumânării, sclipirea din ochii lui. Doar clapele îşi distingeau conturul, cu degetele sale deasupra.

"Sau toţi artiştii, aşa prinşi cu minţile în slăvile cerului şi îngropaţi cu picioarele în mâlul vulgarului."

"Doar arta ne mai ancorează, doar arta ne mai ajută să nu plutim în derivă pe oceanul societății," șopti Elise vorbele pe care Beethoven le spusese cu puțin timp mai înainte.

Beethoven apăsă din nou ușor, aproape tandru, pe clapele pianului care sub atingerea lui își deschidea sufletul de lemn, susurând un vaier prelung, melancolic, ca al furtunii. Elise își simți inima cum i se oprește pentru o clipă, lăsând notele să îi bată în piept, să se umanizeze în ea. *De aceea muzica e mai frumoasă când există și altcineva să o asculte, căci sufletul omului și-o însușește, chiar și pentru o secundă, și o face a lui, și o dă înapoi tuturor, metamorfozată.*

Și atunci tresări puternic, vrând să sară din fotoliu, să danseze, să apese clapele cu degetele picioarelor, să zboare asemenea fulgilor și să se rotească la nesfârșit, în veșnicie. Ceva însă o ținea în loc, ca și când palmele și tălpile i-ar fi fost bătute în cuie, prinse de brațele din lemn. Era blocată acolo, în scaunul acela, în casa aceea, iar dansul o aștepta vlăguit undeva pe podea, ca ea să îl aducă la viață, iar Matthias o aștepta acasă, singur, în întuneric, așteptând-o să îl iubească.

Începu să se zbată puternic, vrând să se elibereze din acea cușcă indestructibilă de muzică, din acea închisoare păzită de Beethoven, cu sclipirea lui dementă din ochi, cu geniul lui, cu urâțenia lui fascinantă. Ce îi făcea? Ce i se întâmpla?

"Dar ce e arta? Cum mă poate salva ea pe mine dacă nu știu ce este?" se trezi întrebând, continuând să se zbată, dar, în același timp, să asculte muzica ce curgea, în acele momente, din Beethoven.

Era ceva ce nu mai auzise, şi o dorinţă puternică de a dansa cum cânta el începu să îi fluture în piept. Lacrimi i se îngrămădiră în spatele ochilor. Voia să ţipe, dar gura ei nu putea decât să întrebe: "Trebuie, totuşi, să ştiu ce este?"

Furtuna plângea afară, focul plângea în şemineu, muzica plângea în pian. Plângea şi ea împreună cu ele, fără să ştie de ce, iar Beethoven părea că nici nu observă, prins în palatul lui de note, blocat în înălţimile unde îl ţinea prizonier arta.

"Tu ştii ce este?" mai încercă să îl întrebe, dar cuvintele i se pierdură printre suspine.

CINCISPREZECE

Matthias frământa de ceva timp balerina de porțelan între degete, trasându-i concentrat conturul, încercând să ignore privirea bătrânului pe care o simțea ațintită asupra lui, fără să se poată decide ce să facă.

Două lumânări mari ardeau de o parte și de alta a mesei de lemn ce ținea loc de tejghea, umplând încăperea de o lumină ciudată, arzătoare, care se reflecta în sutele de obiecte proptite de pereți, înghesuite prin colțuri, împrăștiate pe polițe. Balerina lucea straniu în acea lumină aurie, iar el se holbase atât de mult la ea, încât nu mai arăta reală, încât nu mai arăta a obiect. Oftă apăsat, împrăștiind în lături fumul scos de pipa fumată de bătrân.

“Mi-o dai sau te uiți la ea toată noaptea?” îl întrebă, scărpinându-și barba.

Într-adevăr, același lucru se întreba și el. Avea de gând

să i-o dea, sau nu? Venind încolo, mânia îl copleşise, posedându-i corpul, acaparându-i gândurile. Nu o găsise pe Elise nicăieri, nici acasă, nici la han, nici la teatru, o căutase exasperat, fugise prin ninsoarea cruntă, răzbise vijelia. Nu o găsise nicăieri şi, cuprins de o exasperare arzătoare, voise să o rănească, luându-i obiectul la care ea ajunsese să ţină inimaginabil de mult, cutiuţa muzicală. Voise să o rănească... dar pentru ce?

Îşi aminti brusc pumnul pe care i-l dăduse cu câteva zile în urmă şi tresări, ca şi când cineva l-ar fi lovit pe el însuşi, cu aceeaşi forţă, cu aceeaşi precizie. Imaginea ei, aşa cum o lăsase atunci, căzută pe jos, cu picioarele la piept, parcă frântă în două, cu părul răvăşit, cu pielea, de obicei albă, ispititoare, atunci roşie, plină de vânătăi. Îşi strâmbă buzele şi îşi închise ochii, încercând să ignore senzaţia puternică de dezgust ce începuse să îi pună stăpânire pe tot corpul. De ce îi făcea astfel de lucruri dacă o iubea? De ce se lăsa consumat de mânie? De ce? De ce? De ce?

"Eu nu mă grăbesc, să ştii. Ia-ţi cât timp vrei," spuse din nou bătrânul cu un ton evident de ironie în glas, lăsându-se pe spate, trăgând din nou cu lăcomie din pipa lui.

Matthias abia dacă îl auzi. Nu mai vedea nimic altceva decât cutiuţa muzicală, cu rotunjimile ei albe, micuţe, plăpânde. Cu braţele smălţuite, arcuite perfect, împreunate deasupra capului, formând un fel de aureolă pământeană, argintie. Cu picioarele lungi, acoperite de volane rigide, tot albe, tot lucitoare. Era Elise acolo, prinsă şi îngheţată în timp, în miniatură, în mâna lui. O privea şi simţea cum gândurile i se încurcă în minte, cum limba i se usucă, cum sufletul i se veştejeşte în piept.

De ce nu putea să o ţină şi pe Elise a lui cu aşa uşurinţă în palmă? De nu putea să o ţină nemişcată pentru totdeauna în faţa lui şi el doar să o privească, să-i vorbească, să o sărute? Ar fi vrut să apropie porţelanul de buze şi atunci, dar bătrânul nu îşi lua ochii de pe el. Simţea că stă să înnebunească.

Balerina de porţelan era perfectă, perfectă în afară de ochii care, prea mici, prea reci, prea morţi, erau exact ochii ei, ai lui Elise. Avea impresia că Elise era cea care îl privea înapoi, că Elise încerca să îi scurme în suflet, că Elise îl acuza pentru tot ce făcuse – nu obiectul inanimat, ci Elise a lui, cea vie, cea pe care nu mai reuşea de ceva timp să o controleze. Camera începu să se învârtă în jurul lui. Îi venea să vomite. Trânti cutiuţa muzicală de masă şi, respirând greu, îşi ridică ochii către bătrân.

"Cât ai zis că-mi dai pe ea?" întrebă el gâtuit.

"Ai zis că ai primit-o de la Beethoven?"

"Da."

"Dar nu ai nicio dovadă?"

Matthias scrâşni din dinţi, simţind cum nişte gheare îi strâng spatele, sfâşiindu-l.

"Nu, nu am," spuse Matthias "Dar dacă n-o vrei, pot s-o iau înapoi."

"Cum? După războiul crunt pe care l-ai purtat acum cu tine, să renunţi la aşa victorie? Dă-o-ncoace. Cucoanele astea îţi mănâncă din mână dacă le spui că ceva a aparţinut unui om faimos."

“Cât îmi dai pe ea?” mârâi Matthias din nou, întinzând mâna să apuce balerina. Bătrânul fu însă mai rapid şi, apucând-o înaintea lui, o puse pe altă masă, undeva în spate.

“Nu aşa de repede, aşteaptă. Ultima oară ţi-am dat banii întâi şi nu mi-ai adus ce mi-ai promis. Nu crezi că-mi eşti dator cu ceva?”

“Lasă că-ţi zic eu cu ce-ţi sunt dator,” spuse el, apucându-l pe bătrân de guler şi trăgându-l spre el.

“Cu ce?”

“C-o mamă de bătaie, jigodie bătrână ce eşti!” susură el, strângându-l mai tare.

Bătrânul râse, un râset lent, macabru, iar rânjetul lui părea mai curând demonic în lumina aceea gălbuie a lumânărilor. O oglindă cu rama aurită stătea spartă pe perete, reflectând imagini desfigurate – reuşi să îşi vadă propriul ochi într-unul din cioburi, roşu, umflat de nesomn.

“Dragul meu, cred c-ai uitat cu cine ai de-a face. Poţi să furi de la oricine, numai de la mine nu. Credeam că ne cunoaştem mai bine.”

Se uitară unul la altul, cu feţele aproape lipite, cu respiraţiile împreunate: a bătrânului liniştită, a lui Matthias fornăită, arzătoare. Vijelia fluiera afară, scuturând pereţii. Un orologiu galopa, alături de furtună, undeva în întuneric, acompaniat de încă un ticăit de ceas, ce urma tiptil fluiditatea timpului, dorind pesemne să prelungească clipa, să îl amăgească.

“Ce-ar fi să-mi dai drumul?” spuse bătrânul şi se prăbuşi cu o bufnitură pe podeaua de piatră.

“Dă-mi măcar un florin și m-am cărat. Asta-i marfă bună, valorează mai mult decât toate porcăriile pe care ți le-am adus până acum.”

Îl privi pe bătrân cum se ridică anevoie, scuturându-și hainele, aranjându-și barba, păstrând același surâs zeflemitor pe buze. Matthias avea impresia că își bătea joc de el, chinuindu-l. Putea auzi vag cum timpul fugea pe lângă el, nedorind să fie prins, minutele treceau, iar el în continuare nu știa unde să o găsească pe Elise. Își prinse ceafa cu una din mâini, întinzând-o pe cealaltă în față.

“Deci?”

Bătrânul plescăi din buze, așezându-se iar în scaunul lui. “Ți-am zis să nu te grăbești. Hai să vorbim întâi. Povestește-mi de Elise. N-a mai trecut de mult să mă vadă.”

“Ce-ți pasă ție?”

“Îmi pasă. Era preferata mea.”

Matthias oftă, încruntându-se și mai tare.

“Are un balet nou. E solistă.”

Bătrânul bătu entuziasmat din palme, ținându-și strâmb pipa între dinți.

“Eu i-am spus că dacă e cineva care merită să fie solistă, ea e aceea. Dar ce, s-a lăsat de furat? Cu așa talent ca al ei...”

“Așa se pare,” i-o tăie Matthias brusc, sătul de pălăvrăgelile lui inutile. “Dar lasă-mă cu astea, dă-mi ce-ți cer și ai scăpat de mine.”

Se propti cu coatele de tejghea, dând la o parte un teanc de cărți de poezii. Inima îi tremură pentru o clipă. Încercă să alunge acel dor usturător și să se concentreze la discuție.

"Nu mă face să te impl..."

"Mi se pare tare ciudat. Erați aproape de nedespărțit înainte. Unde erai tu era și ea, unde era ea erai și tu. Începusem să cred că ați fi ajuns să muriți dacă v-ar fi separat cineva."

Matthias își strânse cu putere pumnul, până îl simți rece, stors de vlagă. Cine zicea că o parte din el nu murise deja? Își simțea gâtul uscat, gura cleioasă. Trebuia neapărat să o vadă, să o sărute, să o mângâie.

Privirea insinuantă a bătrânului îi găuri pieptul. Un nod incandescent de gânduri i se rostogolea prin minte, făcându-l să nu mai vadă nimic altceva decât roșu. Trebuia neapărat să o strângă în brațe, și să continue s-o strângă, fără să-i mai dea drumul, de talie, de brațe, de gât, până și viața din ea avea să se scurgă toată pe podea, așa cum, picurând, se scurgea și viața din el.

"S-a înhăitat cu Beethoven," reuși să îngaime. Se simțea amețit, extenuat, iar vocea hipnotizantă a bătrânului părea că se țese în jurul lui.

"L-am auzit odată cântând la Theater an der Wien. Spectacolul a fost un adevărat eșec, iar el un mare nebun. Am citit recenziile a doua zi, iar toate ziceau același lucru – că muzica lui nu are sens și, pe scurt, că nu ar trebui să mai compună."

"Nu știam că tu poți să citești."

"Nu-ntinde coarda," râse Bătrânul. "Ce, crezi că nu-ți citeam poeziile înainte?"

Matthias își feri privirea, scrutând, prin geamurile

vitrinei, ninsoarea întunecată. Rămăseseră, pentru câteva clipe, tăcuţi.

“Zău că e nebun,” spuse Mattias, oftând. “E nebun şi-o trage şi pe Elise după el.”

“Eu cred că se duce de bunăvoie. Am auzit că lumea îl adoră totuşi. Are un farmec aparte, te vrăjeşte.”

Orologiul începu să urle, bătând asurzitor miezul nopţii. Matthias îşi frecă faţa cu mâinile, simţind cum disperarea începe să îi fluture în piept.

“Poate s-a îndrăgostit de Elise, ce zici?” continuă bătrânul, suflând încă un val de fum în jur şi punându-şi, într-un final, pipa pe masă. “Nu m-ar surprinde.”

Matthias tăcu, prinzându-se mai puternic de lemnul mesei, încercând să nu cadă. Îl prinse o durere insuportabilă de cap, stând să îl rupă în două.

“Poate s-a îndrăgostit de ea şi o va face muza lui şi îi va dedica opere...” zicea bătrânul, râzând şi iar râzând, aplecându-se în faţă, fluturându-şi barba albă în sus şi în jos.

“Încetează!” îl întrerupse Matthias, nemairezistând.

“Şi o va face nemuritoare, aşa cum n-ai putut s-o faci tu prin poeziile tale.”

“ÎNCETEAZĂ!” urlă, de data aceasta şi, apucând cel mai apropiat bibelou pe care reuşi să îl găsească, îl aruncă într-un perete. Simţi un firicel fierbinte de transpiraţie curgându-i pe frunte. Gâfâia.

“Eşti gelos?”

Urechile începură să îi ţiuie, capul îi pulsa în continuare, mâinile îi tremurau. Dacă Elise ar fi fost lângă el atunci, probabil ar fi omorât-o. *Eşti un monstru,* râse de el o voce din capul lui. *Da, poate chiar sunt*, răspunse amar.

"Tu eşti absurd," spuse cu voce tare, scuturându-şi capul. "Dă-mi banii mai repede."

Bătrânul se întoarse cu spatele, fluierând, şi începu să scotocească printr-o cutie mare, de lemn. Îi întinse doi florini şi îi spuse tandru:

"Doar râd de tine, nu mi-o lua în nume de rău. Ţine minte că ţi-am dat mai mult decât ai cerut şi nici nu-ţi cer să-mi plăteşti bibeloul pe care mi l-ai spart. Te cunosc, Matthias, de când erai doar un puşti. Ştiu prin ce-ai trecut, ştiu ce era să faci dacă nu ar fi fost Elise să te salveze. Dar încearcă să nu exagerezi. Dă-i puţin aer, nu se poate ca viaţa ei să graviteze doar în jurul tău."

Matthias strânse banii în pumn şi, făcându-se că nu l-a auzit, se îndreptă grăbit spre uşă, pregătit să iasă iar în furtună, să o învingă din nou, să o găsească pe Elise. Nu ştia ce avea să îi facă, aşa cum niciodată nu ştia dinainte ce ordine avea să îi şoptească mânia în ureche. Dar îi era teribil de frică pentru ea.

ȘAISPREZECE

Matthias își încleștă degetele de mânerul ușii sălii de teatru și, împingând-o ușor, intră pe vârfuri înăuntru. Podeaua scârțâi sonor sub presiunea ghetelor lui. Rămase pentru o clipă nemișcat, privind direct către scena luminată puternic, plină de balerini și balerine care, săltând în ritmul muzicii pianului, arătau ca niște bile de foc, mici, incandescente, roșiatice, roind toate în tandem ca un roi de albine. Nu părea că îl observaseră. Răsuflă ușurat, pășind cu atenție, către ultimul rând de locuri. Se prinse clătinându-se de spătarul dintr-o catifea aspră a unui scaun și se așeză anevoie, simțindu-și corpul greu, tras în toate părțile de forțe necunoscute.

O mână îi căzu pe lângă corp, iar el o lăsă așa, bălăngănindu-se, neavând putere să o ridice. Capul îi tremura pe gât. Tot corpul și-l simțea străin, prea rigid, prea greoi, ca şi când l-ar fi purtat pentru prima oară şi nu era încă obişnuit cu el. Îi venea să zâmbească, să se hlizească, să râdă chiar, în hohote, cu lacrimi, tăvălindu-se pe jos. Îi venea să râdă, probabil pentru ce avea să îi facă, probabil pentru destinul pe care *ea* urma să îl aibă.

Îşi scutură capul, încercând să îşi ţină ochii deschişi, încercând să îşi revină. Mai inspectă o dată cu atenţie scena, oprindu-şi privirea pe fiecare balerină în parte, studiindu-le trăsăturile, căutând-o printre ele pe Elise, singura care îl interesa. Îşi izbi cu forţă pumnul în mânerul de lemn al scaunului, răsuflând adânc. În cazanul din pieptul lui clocotea o mâzgă, ca o smoală, când neagră, când roşie, arzându-i trupul, măcinându-i plămânii. Îl durea totul când respira.

Râgâi brusc, împrăştiind în aer un miros fetid de alcool stătut. Ochii începură să îi lăcrimeze uşor. Dar el se uita drept înainte, nederanjat, încercând să oprească imaginea ce i se rotea uşor în faţa ochilor şi să o găsească pe ea.

"Wallner, hai mai repede, te-aşteptăm de ceva vreme!" auzi un glas ţipând din apropierea scenei şi apoi o văzu, înfofolită într-o manta, păşind delicată, oprindu-se, dezbrăcându-se, continuându-şi din nou zborul de turturică spre mijlocul scenei.

Totul se opri. Simţi cum inima începe să îi bată mai cu putere. Corpul i se încordă de-a-ntregul. Se aplecă în faţă, împins de mânia pe care o simţea săltându-i pe umeri. În ciuda distanţei, îi putea vedea clar chipul, veşnic strălucitor, veşnic perfect, ademenitor, dar care atunci, în lumina aceea ușor prăfuită, arăta cadaveric, în degradare, aproape demonic.

Auzi vag pianul. O văzu întinzându-și mâinile goale, arcuite într-un gest dezgustător de seducție, rotindu-se odată, aplecându-și apoi gâtul lung, vulgar, de prostituată.

Avu impresia că alunecă în gol. Îi venea să vomite. Oare cum de nu reușise să vadă până atunci asemănarea? Cu toată frumusețea ei de porțelan, parcă pictată fals, de o mână care încearcă să impresioneze, cu toată îndrăzneala ei de mâna a doua, cu supunerea tăcută, plictisitoare pe care începuse să o afișeze de când umbla cu Beethoven, Elise nu era nimic mai mult decât o simplă prostituată.

O prostituată care fura și se credea prea bună pentru el.

Își duse mâna la gură, atingându-și buzele, încă având imprimat în ele primul sărut pe care ea i-l dăduse, umed, plâns, disperat, așa cum s-ar fi așteptat să fie primul sărut al unei fete fugite de-acasă.

Trase adânc aer în piept. O durere insuportabilă îi săgetă tot corpul. Fiertura otrăvită din sufletul lui căzuse puțin pe margini, prinzând foc. Capul începu să i se învârtă în ritmul piruetelor ei. Văzu, ca printr-un vis, un bărbat răsărindu-i în spate, prinzând-o de talie, începând să sară împreună cu ea.

Simți că ar fi putut să o rupă în două și, privindu-i trupul frânt, să se omoare lângă ea.

Se ridică val-vârtej de pe scaun și, împleticindu-se, începu să meargă către scenă. O ură neagră, puternică, dureroasă, era atunci pompată de inima lui vlăguită, care abia dacă mai făcea față. Brațele bărbatului încă erau încolăcite în jurul taliei ei, buzele lui încă lipite de pavilionul urechii, ochii încă având sclipiri surâzătoare, iar Elise se rotea în continuare, uşoară şi albă aşa cum o ştia el, nederanjată de atingerea acelor mâini străine, de sărutul altor buze decât ale lui, de împreunarea cu corpul altui bărbat. Era o curvă, o simplă curvă... Ţinându-şi ochii drept înainte, fără să clipească, cu pumnii încleştaţi, cu buzele întredeschise, înainta.

"Domnule, mă scuzaţi, nu aveţi voie..." auzi o voce timidă, depărtată, vorbindu-i ca din spatele unei uşi. Nu o băgă în seamă – păşea hotărât, punându-şi cu atenţie un picior în faţa celuilalt, încercând să nu cadă, spintecând întunericul pe care îl simţea închizându-se şi în jurul, şi înăuntrul său.

O văzu cum saltă în sus, cum i se ridică voalurile rochiei. Cum mâna bărbatului îi prinde interiorul coapsei şi o coboară încet, tandru, prinzând-o şi cu mâna cealaltă. Cum se apleacă împreună cu ea, până aproape atinseră amândoi pământul, acoperindu-i apoi faţa cu faţa lui.

O prostituată care se dă gratuit, gândi și ar fi vrut să le urle în faţă tuturor acelor snobi bogaţi că Elise e de fapt o hoaţă şi o frivolă, şi să îi urmărească fugind de lângă ea, urând-o. Pentru că numai el o putea iubi pe ea, aşa cum era. Nici un altul.

Doar că ea nu înţelegea.

Cazanul fierbinte care îi proteja bula bolborosindă de negură se dezintegră brusc, trimiţând, într-o explozie necruţătoare, ura şi mânia afară din el, materializându-se sub forma unor țipete animalice, înfricoșătoare. Plămânii i se îndoiau sub forța năvalnică a urletelor care nu reușeau decât să scandeze, vijelios, numele lui Elise, nimic altceva. Era ca și când înghițise toate celelalte cuvinte, doar numele ei mai contând pentru el. Totul muri în jurul lui, lăsându-i doar pe ei doi vii, ca pe prădător și prada lui, unul așteptând să sfâșie, altul așteptând să fugă.

"Elise, Elise, cine e acest bărbat? Și ce face aici?" întrebă un glas puternic care lui Matthias îi păru straniu de cunoscut, dar pe care nu reușea să îl recunoască.

"Într-adevăr, Wallner, cine se crede ăsta de vine și ne strică repetițiile? Dacă-l cunoști, să știi că tu ești aia care-o să plătească."

Matthias începu să tremure din tot corpul. Luminile unui candelabru cu lumânări pâlpâiau provocator către el, orbindu-l. Simțea că nu mai poate respira, avea gâtlejul uscat, iar mâinile, fierbinți, transpirate, se contractau spasmodic în gol, încercând să strângă ceva ce încă nu era acolo.

"Ia-l pe ăsta de-aici, Wallner. Să nu-l mai văd. Și-ar fi grozav dacă ai termina în exact... cinci minute," țipă cineva în spate lui, dar Matthias abia dacă îl auzi, concentrat cum era să o urmărească pe Elise, care, asemenea unui strigoi, cobora bolborosind de pe scenă.

Venind drept spre el, talia îi unduia seducător, iar acei ochi negri ai ei, adânci, ca de smoală, îl țintuiau printre genele tremurânde, dezgustătoare în farmecul lor. Îi simți mirosul și inhală cu poftă, până când plămânii începură să îl doară. Degetele îi fremătau, într-o așteptare fierbinte, urletul îi stătea aninat de limbă, iar el gâfâia. Avea să rupă acea talie, să o sfârtece, să o sfârșească pentru totdeauna.

Elise se opri în fața lui, deschizând gura, întinzând mâna spre el. Îi prinse încheietura în pumn, încleștându-și degetele în jurul ei, strângând cu putere. Fața ei se metamorfoză într-o grimasă de durere. El își mușcă buza și, fără să o lase să zică ceva, își zdrobi palma de obrazul ei străveziu.

"Curvă ce ești!" urlă, acolo, în fața tuturor acelor oameni. "Curvă ordinară!"

Elise căzuse pe jos, zăcând tremurând între două scaune. Auzi țipăte în jurul lui, dar nu-i mai păsa de nimic. Un gust metalic, ca de răzbunare, îi invadă gura.

"Monstrule!" o auzi lamentându-se, dar cuvintele ei se pierdură în bâzâitul neîncetat ce se auzea de undeva din spatele lui, bâzâit care părea că vine din ce în ce mai aproape de el, stând să îl încolțească.

O văzu cum încearcă să se ridice. Simți atingerea unor degete pe umărul lui. Lovi cu pumnul în spate și, închizând ochii, smucind puternic de umeri, căzu pe jos, în genunchi, căutând, ca un orb, trupul lui Elise.

"Ești un animal bețiv!" strigă ea ca din gură de șarpe, iar Matthias, atingându-i talia moale cu vârfurile degetelor, simți că începe să rânjească. "Ajutor, ajutor! Ludwig...!"

Timpul părea că se dilatase, fără să mai fie timp, ci o masă neagră de nimic, arzând și ea în sufletul lui. Elise se zbătea sub el, ca și când ar fi fost prinsă de convulsii.

El nu își mai controla singur mâinile, ci altcineva, mânia

poate, îi pusese stăpânire pe degete și i le încleșta în carnea lui Elise. O privi încruntat, suflând apăsat pe nas, asemenea unui taur. Abia dacă o mai vedea prin pânza roșie de foc căzută peste ochii lui. Dar era de neoprit – avea, poate, în sfârșit, să o omoare.

Un scâncet îl făcu să își ridice capul. Îi văzu, ca printr-o ceață deasă, sufletul, chinuindu-se să-i iasă din corp, făcându-și loc printre oase și cărnuri, zburând deasupra lui, plutind către centrul sălii de teatru, lăsându-l acolo, pustiit, fierbând într-o apă stătută, clocotită. Plecase și îl lăsase acolo, agățat de ceva, uitase de ce.

Nu își mai dădea seama dacă în sufletul lui înoată mânia sau tristețea, sau dacă acestea erau una și aceeași, schimbându-și, după bunul lor plac, masca... Elise îl lăsase singur, singur așa cum îl lăsa mereu. Se simțea ca legat de un rug suspendat deasupra unei prăpăstii fără fund, și știa că dacă nu se ținea bine avea să cadă în gol, împins de furia de care, asemenea unei lipitori, nu putea să scape. I se făcu frică și scoase un urlet roșu, cleios, în timp ce strângea în continuare între palme obiectul de care era ancorat, încercând să și-l amintească. Avea în fața ochilor, însă, doar imaginea spatelui lui Elise, care se ridica și cobora într-un întuneric dens, asemenea unui văl. Amețise. Strânse iar cu putere – dar oare ce strângea?

În jurul lui se stârnise o furtună de urlete. Nu mai vedea nimic, nu mai auzea nimic altceva decât scandările satanice ale acelor voci necunoscute. Se simțea tras în toate părțile de mâini înghețate, care păreau că vor să îl sfâșie. Se prinse mai tare cu mâinile de pilonul ce-l sprijinea.

Un țipăt, altul decât al lui, îi săgetă urechea și se simți luat, ca într-un torent, de multe mâini fierbinți și purtat, parcă în zbor, spre un aer mai rece, mai usturător. Își mișca brațele în gol, căutând ceva de care să se poate prinde, ceva pe care să îl poată zdrobi, pe care să îl poată sfâșia. Își simțea pielea rece, dar sufletul - deși gol - arzând mai tare ca niciodată, ros pe dinăuntru de mii de șobolani.

Se întrebă din nou, mai disperat decât prima oară: era acea mânie din el, de fapt, tristețe, sau era acea tristețe, de fapt, mânie?

Se prăbuși în genunchi, apoi, ca și când o forță imensă l-ar fi chemat către ea, se izbi întâi cu pieptul, după cu obrazul, de zăpada usturătoare, aproape înghețată.

ȘAPTESPREZECE

"De asta, deci, l-am rugat să nu mai vină, nici la repetiții, nici la spectacole. De fapt, de asta i-am interzis să mă vadă dansând în orice context," zise Elise, coborându-și privirea asupra picioarelor ei, care se afundau în zăpada proaspătă a drumului.

Nu îl mai văzuse de trei zile, nu îl mai văzuse *de atunci*. La fiecare pas, talia încă o mai ardea ușor, ca și când fantoma mâinilor lui încă ar mai fi încercat să o zdrobească. Durerea dispăruse, însă, absorbită rapid de pielea deja devenită imună la asemenea violențe.

Pierduse trei zile de repetiții. Ceilalți o priveau ciudat. Viganò o amenința că o dă afară din nou. Matthias plecase, dispăruse fără urmă – și totuși, de ce simțea că îl înțelege?

"E prea dureros pentru amândoi, cred..." continuă, răspunzându-și mai degrabă sieși, decât povestindu-i lui

Beethoven. “Mi-e aproape de neconceput să-i arăt acea parte din mine care iese la suprafață numai când dansez, iar pentru el e de-a dreptul imposibil să o vadă.”

O trăsură trecu în viteză pe lângă ei, lăsând în urmă clinchet de clopoței, nechezat de cal și râsete de copil. Elise oftă apăsat.

“Și faptul că dansez cu alți bărbați...”

“Poftim? Ai putea să repeți?” spuse Beethoven, cu jumătate de gură, uitându-se în ochii săi, părând, mai degrabă, că se uită *prin* ei. Elise se uită înapoi, încruntată, încercând să pătrundă dincolo de pătura verde a ochilor lui, care păreau o fortăreață impenetrabilă, ca o pădure deasă, preistorică. “Zău, Elise, promit că de data asta te ascult. Mai spune o dată.”

Era a doua oară când o ruga să repete, a doua oară când îi promitea că ascultă. Elise își lipi mâna înmănușată de frunte, scuturând câtiva fulgi care i se prinseseră în păr. Beethoven se uita din nou la cer, ținându-și brațul încordat. Umerii mantalei cafenii îi erau atunci aproape albi din cauza ninsorii. Elise inspiră în plămâni aerul rece, șfichiuitor, încercând să ucidă vedenia blondă a lui Matthias, pulsându-i în fața ochilor, în minte, în ea.

“Îți ziceam că mă adusese, pur și simplu, în pragul exasperării. Trebuia să calc ca pe sticlă, să am grijă ce dansez, cum dansez, *cu cine* dansez. Nu știam dacă, atunci când mă întorceam, aveam să îl găsesc acasă sau nu, beat sau nu... viu sau nu.” Vocea începu să îi tremure.

În minte îi apăru fața palidă, părul răvășit, corpul

brăzdat de tăieturi, de răni, de vânătăi, întins într-o parte, în nămolul din fața clădirii în care locuiau, iar atunci crezuse că el murise și dorise să moară și ea.

Nici nu îndrăznea să se gândească la ce o aștepta când el avea să se întoarcă acasă, când aveau să rămână singuri, doar el și ea. Matthias nu putea decât să se rănească, pe el și pe cei din jurul lui. Iar ea nu putea decât să rămână lângă el și să îl privească făcând-o.

"Dar îl înțeleg, Ludwig, îl înțeleg!" continuă, mușcându-și buza.

"E gelos, Elise. Nu-l condamn, dar e clar că e gelos."

"De ce-ar fi, dacă n-are motive!"

"Dar oare el știe că nu are?" zise Beethoven, întorcându-și capul către cer și ridicându-și în aer o mână pe care o opri la jumătatea mișcării, rămânând și el pentru o clipă țintuit în loc, arătând atunci mai mult ca o statuetă de ceară, decât ca un om.

Rămăsese înghețat, în timp ce fulgii cădeau fără oprire din cer, mereu mai mari, mereu mai grei. Lumea trecea, în verva ei, pe lângă ei doi, aruncându-le ocheade când curioase, când dezaprobatoare. Vântul vuia și timpul trecea, iar realitatea devenise un simplu fluid prins într-un vârtej. Totul se mișca, deci. Numai el rămăsese pe loc, cu Elise alături.

Privirea o avea încă ațintită în gol. Începu să bolborosească absent. Mâna și-o ținea în aer, perfect dreaptă, neclintită.

"Știu, Elise, știu în sfârșit!" strigă el, luând-o de braț și făcând, împreună cu ea, o piruetă largă, împroșcând zăpada din jurul picioarelor lor în alți trecători.

Râse cu poftă în fața unei femei care se opri să îl dojenească, pesemne nerecunoscându-l. Fluieră de zor câteva note, atât de diferite în esență, atât de disonante când puse în combinațiile nepotrivite, dar care, rostogolindu-se de pe buzele lui Beethoven, în acea împreunare neașteptată, sunau ca scoase din lira lui Apollo, ca țesute din firul lânii unui geniu.

Beethoven îi apucă mâna, fluturându-i-o în aer în ritmul melodiei care se materializa în jurul lor, înfășurându-i ca într-un văl. Părul îi zburda în toate părțile, ca tentaculele unei caracatițe, împodobit cu mici cristale de zăpadă, care luceau în lumina argintie a acelei după-amiezi. Atât Matthias, cât și teama ei erau acum probleme dintr-o altă viață, pentru o altă ea...

"Cum de nu mi-am dat seama mai repede? Cum de n-am văzut până acum ce lipsea simfoniei?" zise și continuă să fredoneze o melodie pe care părea că o ținuse în el decenii întregi, care părea că se născuse înainte ca sufletul lui să fie creat.

Oamenii se opreau lângă ei, se holbau pentru câteva clipe, și apoi își continuau drumul. Ei doi înaintau fără să îi bage prea mult în seamă, Beethoven compunând o melodie parcă fără sfârșit, Elise tremurând toată, din cap până în picioare, fiecare bucățică de piele arzându-i, usturând-o. Îi venea și ei să danseze, dar ceva o oprea în loc, o tristețe acută, nepotrivită bucuriei celui de lângă ea. Dansul ei nu va fi niciodată ca muzica lui Beethoven, așa de spontan, așa de plin de geniu, aşa de nemuritor...

“Dumnezeule, Ludwig, cum o faci? Cum ar trebui s-o fac şi eu?” şopti ea gâtuită, simţind că se sufocă cu neputinţa adânc înrădăcinată în oasele ei, dar el părea că nu o ascultă, sau că nu o aude, aşa cum obişnuia să facă.

“Nu cred că ţi-am zis-o vreodată,” începu, iar inima ei se făcu mare de aşteptare, oamenii dispăruseră, “dar mă inspiri, mă inspiri cum nu m-a mai inspirat nimeni niciodată, Elise... Elise... Elise.”

Numele ei spus de el avea o rezonanţă ciudată, aproape delirantă. Oftă, simţind cum neputinţa, până acum câteva clipe îngrămădită în gât, gata să fie scuipată, aruncată din ea, îi alunecă înapoi în oase. De-ar putea dansa aşa cum compunea el, fără să gândească, fără să ştie nimic de ea.

Trebuie să uiţi de tine, Elise, îi urlară în minte, asemenea unui gong, vorbele lui Frau Dietrich, pe care le simţea zgâriindu-i sufletul asemenea unor unghii, încercând pesemne să înlăture stratul smolit, negru, de incertitudine, de teamă.

“Am nevoie doar de o privire şi arta curge în cascade din sufletul meu... tu devii arta mea...”

Măcar el să facă artă datorită ei, dacă ea nu putea.

“Când îţi văd părul negru desprins şi fluturând în aer ca vălul nopţii, şi îţi văd sufletul deschis, şi când îţi aud glasul tandru, şi dulce....”

Se simţea albă, imaculată, ca şevaletul unui pictor, şi îl asculta mai departe cu o poftă nebună.

“Şi când te văd albă în lumina lunii, şi surâzătoare ca un

înger, şi lipsită de păcat..."

Îşi ţintea ochii aţintiţi asupra lui Beethoven, păşind tremurând alături de el, lăsându-l să împroaşte şevaletul cu culoare, lăsându-l s-o picteze, deşi ştia pe ascuns că ce picta el era doar o dorinţă, doar o minciună, nicidecum ea.

"Şi lipsită de păcat...?" murmură şi ea, încercând să îl creadă, încercând să se convingă că poate are dreptate. Un fulg îi căzu pe nas, gâdilând-o. Îşi ridică mâna în aer, aproape cu încetinitorul.

"...am impresia că îmi văd sufletul şi muzica şi pot în sfârşit să creez," încheie Beethoven, privind-o înapoi, zâmbitor, teribil de îngheţat, arătând oarecum sinistru.

Elise îşi atinse nasul, încercând să îl încălzească, clipind des, uitându-se la ceva inexistent din spatele lui Beethoven. Firul de muzică ţesut cu ceva timp înainte îi săgetă urechea, intrând în ea. Uitase ce întrebare pusese, uitase ce o obsedase. Un gând fugar îi răsări în minte:

Oare artiştii au nevoie de alţii ca să cree...? dar nu reuşi să îl termine.

Se izbi cu putere într-un corp masiv, dându-se buimacă un pas în spate, privind pierdută când la Beethoven, când la cei doi soldaţi francezi opriţi în faţa ei.

"Bună seara, domnişoară, domnule!" spuse unul din ei, întinzându-i mâna lui Beethoven. "Totul bine?"

Elise încremeni sub privirea rece, mai îngheţată chiar şi decât aerul, a omului din faţa ei. Beethoven îşi îndreptă spatele, îşi încruntă sprâncenele, şi refuză mâna soldatului.

"A, monsieur Beethoven, dumneavoastră eraţi!" spuse

celălalt, aplecându-se în față, inspectându-l mai cu atenție. "Era să nu vă recunosc."

Primul soldat râse și, retrăgându-și mâna, și-o băgă în buzunar. Săniile încă alunecau în goană pe stradă, oamenii încă treceau grăbiți pe lângă ei, înfofoliți din cap până-n picioare, cu fețele palide, cu cercuri roșii în obraji. Beethoven respira sacadat. Elise simți un fior pe șina spinării – era ceva straniu în acea așteptare încordată a lui, ceva ce semăna cu avântul aproape animalic pe care fiecare balerină și-l lua în secunda dintre două piruete.

"De cât timp nu l-am mai văzut, Louis?"

"De la serata aceea a prințului Lichnowsky... de mai bine de 3 ani, cred."

Vântul începu să sufle, zburdând prin părul lui Beethoven, răvășindu-l și mai tare. Elise se apropie de el, punându-i mâna pe umăr.

"Se aude că aveți un balet în pregătire. Cum merge?"

"E ea cumva solista?" întrebă unul dintre ei, Elise nici nu își mai dădea seama care.

"Da, eu sunt," răspunse ea, încercând să umple tăcerea compozitorului, care i se părea mai asurzitoare decât orice țipăt.

Cel care vorbise îi luă mâna în mâna lui și, ducând-o la gură, i-o sărută, fără să clipească, fără să își desprindă privirea de pe ea. Beethoven, cu fața congestionată și cu ochii turbați, lovi cu palma brațul soldatului, împingându-l, în același timp, cu mâna cealaltă.

"Ia-ți buzele spurcate de francez jegos de pe mâna

domnişoarei!" urlă el într-o germană apăsată, începând să tremure din tot corpul.

Cei doi făcură, surprinşi, un pas în spate. Elise trase aer în piept, strângând puternic din pleoape.

"Ludwig, e în regulă... doar mi-a sărutat mâna. Nu-i sfârşitul lumii," spuse ea, prinzându-i braţul mai cu putere, încercând să îl tragă departe de soldaţi.

"Voi, care vă credeţi toţi mari revoluţionari şi sfârşiţi făcând mai rău chiar şi decât răul dinaintea voastră. Vă luptaţi fără rost şi cuceriţi tot ce vedeţi cu ochii şi nu vă pasă de nimic altceva decât de propria voastră vanitate şi propria voastră ambiţie..."

Soldaţii râseră cu poftă, bătându-se unul pe altul pe spate. Elise îi tot scutura mâna, rugându-l să se oprească.

"Sunteţi nişte simple creaturi obişnuite, care doar se cred superioare. Ne invadaţi oraşul, ne distrugeţi casele, ne ţineţi sub conducerea voastră şi apoi vă daţi binevoitori şi miloşi, veniţi la spectacolele noastre, ne criticaţi cu duioşie muzica, ne sărutaţi femeile ca şi cum ar fi ale voastre. Voi..." Beethoven arăta de parcă urma să se sufoce, cu gura strâmbată, buzele umflate, ochii aproape ieşiţi din orbite. Se scutură din tot corpul, încercând pesemne să o dea la o parte pe Elise.

"Linişteşte-te, Ludwig... hai să mergem, te rog..."

"...şi împăratul vostru, care nu-i nimic mai mult decât un tiran, ipocrit şi superficial aşa cum sunteţi toţi! Elise, lasă-mă!"

Îşi puse mâna pe genunchi şi se aplecă uşor în faţă,

gâfâind. Soldații îl priveau amândoi cu ironie, afișând două surâsuri straniu de identice și de perfecte.

"Și vouă vă trebuie tot o ghilotină ca să vă-nvățați minte!"

"Desigur, monsieur Beethoven, cum ziceți dumneavoastră! Au revoir, mademoiselle Elise!" spuseră în cor, zâmbind încă o dată către ea, își ridicară pălăriile și începură să meargă în direcția opusă.

Elise și Beethoven rămaseră amândoi pe loc, stând unul lângă altul, cu brațele lipite, în tăcere. Vraja muzicii fusese ireparabil ruptă. Elise se simțea și ea frântă în două, stoarsă de putere. Chipul lui Matthias îi apăru iar în fața ochilor, chemând-o la el. Beethoven își drese glasul. Ea îl ignoră si o porni la pas, singură.

"Elise!" strigă el, rămânând pe loc.

Ea întoarse capul, privindu-l o clipă în lumina violacee a înserării. Ninsoarea se oprise. În picioare o săgetă o durere bruscă. Își mușcă limba; inima începu să îi bată mai tare.

"Să nu uiți de balul prințesei von zu Guttenberg! Duminică seară..."

Dădu din cap și, fără să zică nimic, îi întoarse din nou spatele.

OPTSPREZECE

Matthias stătea în mijlocul camerei, nemişcat, cu ochii închişi, respirând cu greu. O auzea mişunând în jurul lui, fugind dintr-un capăt în altul al încăperii, ridicând lucruri, aruncând altele, lovindu-se de mobilă, murmurând sub bărbie. Sunetul tocurilor izbite de podeaua de lemn i se părea exasperant – un *tac-tac-tac* sec, combinat cu scârţâitul podelei, derulat la infinit în mintea lui, de altfel goală, pustiită de o durere pulsantă.

Elise nici nu îl privea, deşi el îşi ceruse iertare de atâtea ori pentru ce îi făcuse. Îşi ceruse iertare atunci şi îşi tot cerea de câteva zile. Plânsese. Încercase să o ţină în braţe. Dar ea fusese rece şi impasibilă, şi îl tratase ca pe un străin.

Vârfurile degetelor îi tremurau îngrozitor. Reuşea cu greu să se înfrâneze să nu o apuce de mâna firavă, acoperită doar de voalul subţire al rochiei de seară, oprind-o în loc, trăgând-o către el, obligând-o să îl iubească din nou. *Tac-tac-tac* mai auzi o dată, când Elise zburdă pe lângă el, atingându-l uşor cu cotul. Capul stătea să îi plesnească.

"Opreşte-te-odată!" strigă el, deschizându-şi ochii, întorcându-se brusc către ea.

O lumină de un roşu palid intra pe fereastră, cuprinzând tot trupul ei, mângâindu-i obrazul rozaliu, rotund. Rochia îi cădea uşoară pe umeri, puţin largă, voalată, acoperindu-i doar puţin din pieptul alb, sidefiu. Arăta, ca de fiecare dată, ca o nimfă. Matthias înghiţi în sec.

"Te-aş întreba de unde ai rochia, dar deja ştiu răspunsul."

Elise râse, un râset care lui Matthias i se păru fals, învăţat. Îi venea să se repeadă la ea, să i-l şteargă de pe chip.

"O am de la Beethoven. Dacă nu mi-o dădea el, n-aveam cu ce să merg azi. Mă făceam de râs."

"Chiar şi-aşa, nu pot înţelege de ce vrei să mergi. Înainte nu mergeai, nu-ţi plăceau porcăriile astea de baluri fără rost."

"Pentru că, într-adevăr, să te-mbeţi în fiecare seară într-o tavernă nouă are foarte mult rost," spuse Elise, oprindu-se în dreptul mesei.

Îşi întinse mâna, răscoli printre obiectele împrăştiate acolo şi scoase o oglindă mică, cu mânerul ruginit, pe care şi-o ridică în dreptul feţei. Văzută din profil, cu roşeaţa apusului în spatele ei, părea ireală.

Lui Matthias i se deschise un hău în stomac, în care fiertura neagră, încă rămasă în sufletul lui, începu să picure: *pic, pic, pic* – flacăra explodă în abdomenul lui, usturătoare;

pic, pic, pic – smoala incandescentă îi mânca treptat fiecare părticică din corp, transformându-l într-un rug; *pic, pic, pic* – flăcările îl mistuiau, împrăștiind în jur o căldură greu de suportat. Elise își întoarse capul spre el și, speriată, îl privi fix, fără să clipească.

"Uită-te la tine, Elise, ce dracu'! Ai devenit una din ei."

Elise îl privi cu o răceală evidentă. El se zbătea pe loc, sufocat de smoală, cu limba atârnându-i umflată în gură.

"Am fost dintotdeauna una dintre ei, Matthias," zise ea și se întoarse cu fața la geam.

"Dar n-ai vrut să fii cu adevărat niciodată. Nu de asta n-ai vrut să te căsătorești cu ăla? Nu de asta ai fugit atunci de-acasă? De ce te-ai răzgândit tocmai acum?"

"Poate pentru că m-am săturat pur și simplu de tine."

"Atunci de asta mergi la porcăria asta de bal cu alt bărbat?" țipă Matthias, încă țintuit în mijlocul camerei. Era ca și când tălpile lui ar fi fost bătute în cuie de podeaua de lemn, și nu se putea mișca.

"Orice ca să scap de tine, doar și pentru câteva ore..."

"Și-atunci de ce nu pleci? Uite ușa acolo, poți să ieși pe ea și să nu te mai întorci..." spuse el și apoi râse uscat. "Chiar vreau să te văd cum pleci și cum o să regreți toată viața ta ce-o să-ți fac... ce-o să-mi fac poate."

Își întinse mâna spre ea și încercă să zâmbească.

"Lasă dracu' balul ăsta și hai să mergem noi doi să facem ceva. Hai să ne-mpăcăm. Vino și sărută-mă."

Elise se feri de mâna lui.

"Cum să *las dracu' balul ăsta*, Matthias, când acum asta

e viața mea? Și de ce-aș regreta toată viața mea dac-aș pleca? Crezi că-mi pasă dacă încerci din nou să te... dacă-ți faci din nou ce ți-ai făcut data trecută?"

El începu să tremure din tot corpul. Ea, ca o stană de piatră, se uita fix la el, cu ochii și mai negri, scăldați într-o ură lucitoare. Cicatricea de pe încheietură începu să îl furnice.

"Nu ți-ar păsa? Ai devenit atât de egoistă în ultimul timp, Elise. De când te-ai înhăitat cu Beethoven și cu ceilalți tâmpiți cu peruci..."

"Beethoven nu poartă perucă," îl întrerupse ea, mârâind printre dinți.

"Și mie chiar crezi că-mi pasă de asta? Dă-l dracu' pe Beethoven ăla al tău, cu sau fără perucă. Nu vezi că nu mai ești tu de când cu nebunul ăla? Sau ai ajuns la fel de superficială ca o cucoană din aia de salon, în care vor să te transforme?" țipă el, frângându-se în două, aplecându-se în față, dar nereușind să se desprindă din locul în care fusese blestemat să stea. "Nu-i uram amândoi la fel de mult? Pe ei, cu banii și snobismul și prostia lor..."

Camera se învârtea în juru-i. Elise se apropie de el și, lăsându-se în genunchi, ridică un șal aruncat pe podea, aproape de picioarele lui.

"Dar află că... că n-o să te poată face prea curând una din ei, așa-i? Nu cred că le-ar plăcea să-și pună în salon o fată de care-au aflat că are mâini păcătoase și fură. Dar dacă tu vrei să te schimbi așa..."

O văzu cum tresare. Știa că Elise știe că el vorbește serios.

"Dar nu m-am schimbat niciun pic, Matthias, ce nu-nţelegi! Nu mă pierzi, nu plec. Doar că aşa exagerezi tu când nu obţii ce vrei."

"Eu exagerez? Înseamnă că eşti chioară," spuse şi întinzându-şi mâna, o apucă pe Elise, trăgând-o spre el.

Feţele lor erau atât de apropiate, încât a lui Elise devenise doar o masă albicioasă, confuză. Matthias îi strânse mâna cu putere.

"Vai, săracul Matthias, săracul băieţel neglijat de mama lui, săracul bărbat neglijat de fata pe care o iubeşte, săracul poet neglijat de literaţi. Săracul poet fără bani. Săracul poet eşuat. Mă dezguşti, Matthias! Mă. Dezguşti," scrâşni din dinţi Elise, încordată toată, ca o felină, sub strânsoarea lui.

Matthias o scuipă între ochi, îmbrâncind-o într-o parte. Elise se lovi de perete, exact lângă şemineu. Buştenii proptiţi lângă vatră se rostogoliră pe podea, oprindu-se într-un maldăr de haine. Matthias îşi puse mâinile în buzunarele pantalonilor, gâfâind, cu faţa arzându-i, privind-o încruntat, ca printr-o ceaţă deasă. Strânse în pumn materialul buzunarului, frământându-l între degete, până simţi cusătura slăbind şi mai tare.

"Tu eşti dezgustată?" ţipă către ea, simţindu-şi plămânii gata să cedeze.

O văzu pe Elise cum, înroşindu-se la faţă, începe să tremure. Iar avea de gând să plângă, aşa cum plângea mereu – el ţipa, iar ea plângea întotdeauna, iar camera trosnea în jurul lor, din toţi rărunchii.

"Tu să fii dezgustată, când eu sunt ăla care trebuie să

te vadă mergând cu alți bărbați pe stradă, dansând cu alți bărbați, pipăindu-te cu ei..."

O lacrimă se prelinse pe obrazul ei, lucind în lumina serii. Ar fi vrut să se ducă la ea, să o strângă de gât, să o stoarcă de lacrimi, și apoi să le bea în fața cadavrului ei.

"Și mai și petreci nopți departe de casă, dracu' știe unde, că eu sigur nu știu!" continuă, încercând iar să se miște, dar încă ținut pe loc, în niște lanțuri invizibile.

"De parcă tu nu pleci nopți la rând, fără să-mi spui, și te întorci apoi mai beat decât ai plecat!" țipă și ea, un strigăt umed, disperat.

"Plec ca să nu te-omor în bătaie."

"Aș prefera s-o faci..."

"Ai grijă ce-ți dorești, Elise. Nu cred că ți-ar fi mai bine moartă."

Inima îi bătea cu repeziciune în piept. Un tremur ușor îi pusese stăpânire pe tot corpul. Nu cred că *mi-ar fi* mai bine cu tine moartă, ar fi vrut să zică, dar gura îi era prea plină cu sânge otrăvit, și nu știa ce să facă altceva cu el, decât să îl arunce în fața lui Elise.

Ea se desprinse de perete și, ștergându-și ochii, veni iar mai aproape. *Deși ars, copilul care poate să aprindă focul, se va juca necontenit cu el*, gândi el. De asta și începuse să o iubească în primul rând: pentru că nu îi era îndeajuns de frică de el cum ar fi trebuit să-i fie. Ajunsă în fața lui, se ridică pe vârfuri. Fețele lor, una udă, una fierbinte, erau din nou unite, respirațiile li se izbeau una de cealaltă.

"Ba mi-ar fi. Așa aș scăpa în sfârșit de tine, animalule,

iar tu ți-ai satisface nevoia barbară de sânge," șopti ea cu un dezgust evident, mișcându-și ușor buzele, aproape atingându-le pe ale lui.

Matthias dădu să o muște, dar Elise se retrase repede, privindu-l cu ochi bulbucați. Sângele din gură i se prelinse pe buze, pe bărbie. Smoala din suflet îi curgea din piept. Nu mai vedea și nu mai auzea nimic, în afară de roșu și negru și un țiuit îngrozitor care îi sfâșia urechile.

"Curvă împuțită! Te-omor dacă chiar vrei! Te-omor acum, în momentul ăsta..." urlă și, sărind în aer, se eliberă din lanțurile în care fusese prins până atunci. "Doar vino la mine, vino la mine, și-o să te iau în brațe, și-o să te strâng până nu mai poți să respiri."

Avea ceva negru, ca un văl, căzut peste ochi. Se frecă, trase, își zgârie fața – tot nu reușea să vadă nimic, tot nu reușea să-și dea seama unde era Elise. Dar știa că e acolo, o simțea.

Gândurile îi zburdau fără oprire prin minte, vagi, prăfuite, formând noduri din ce în ce mai mari, rostogolindu-se prin capul lui, trăgându-l și pe el după ele. Avea buzele uscate. Gâtul îl ardea. O durere teribilă îi săgetă tot corpul, acea durere pe care avea să o simtă și ea.

"Sau poți să-mi dai mâna," vorbele lui sunau mai mult ca un urlet, ca un strigăt de luptă, "și eu te pot arunca în perete, sau pe podea, iar tu te vei sparge în bucăți."

Bâjbâi după sticla de vin desfăcută pe care știa că o pusese lângă pat. O ridică, aruncând-o cu toată forța lui în perete.

Auzi un scârțâit, apoi un geamăt. O izbitură. Inima îi pompa în continuare în sânge mâzga neagră a mâniei lui. Simțea că mai are puțin și cade el mort, pe podea. Unde era Elise? Unde era Elise?

"Unde ești, Elise?" urlă și, scuturându-și capul, se trezi la realitate.

Camera era goală. Ușa rămasă întredeschisă. Podeaua, plină de cioburi, pătată de vin roșu. Gâfâia. Se așeză cu greu pe scaunul de la fereastră, proptindu-și ceafa de pervazul rece, închizându-și ochii. Trase adânc aer în piept.

De ce dau în tine bărbații ăștia, mami? auzi o voce din el întrebând, timidă și tremurândă.

Un trup dezbrăcat, plin de vânătăi îi apăru în fața ochilor. Un fior îi străbătu corpul. Femeia plânsese.

Pentru că mă iubesc puiule, pentru că mă iubesc... îi răspunsese ea, mângâindu-l pe frunte.

Și dacă te iubesc de ce vor să îți facă rău? întrebase el din nou, aproape în șoaptă.

Pentru că nu știu cum altfel să își arate iubirea, îi răspunsese ea, zâmbind amar, blondă și plină de sânge, într-o lumină palidă, de zori de zi.

NOUĂSPREZECE

Elise își plimba privirea dintr-o parte în alta a sălii de bal, înțesată de lume, flori și fast. Muzica era în toi, țâșnind zglobie, cuceritoare, din vârfurile degetelor membrilor orchestrei, desfășurându-se, ca un văl, peste întreaga încăpere, peste toți invitații.

Mesele erau pline de fructe exotice și vinuri scumpe. Pereții arătau ca din aur, lucind în lumina sutelor de lumânări, ale căror flăcări păreau și ele că dansează odată cu toate celelalte perechi. Era o combinație stranie acolo, de verde, și auriu, și alb, și culori pastelate, toate contopindu-se vijelios, toate curgând ca într-o cascadă peste vânzoleala sălii, peste râsetele hohotite, peste chiote și țipete și chicoteli.

Pe Elise o ardeau ochii și pielea și gâtul: totul era mult prea strident, mult prea luminos, mult prea parfumat, amintindu-i de balurile copilăriei. *Toate balurile lor vor fi întotdeauna la fel, Elise,* îi spusese tatăl ei odată, *pentru că ei vor fi întotdeauna la fel, vulgari și căutând doar spoiala. Nu-i lăsa să te facă una dintre ei.*

Își aranjă rochia în jurul taliei. Foșnetul materialului se contopi cu foșnetul rochiilor de pe ringul de dans. Tocurile se izbeau cu vervă în podeaua de marmură. Lumea din jurul ei începu să râdă – râse și ea, ca și când fusese prinsă într-o cușcă și luată cu forța într-un torent prea puternic, imposibil de rezistat.

Nu vezi c-ai devenit una dintre ei? îi spusese Matthias.

Simți dintr-odată că stomacul îi fu prins într-un cârlig, apoi tras în jos, mereu în jos, până din el nu mai rămase nimic altceva decât un nod. Se prinse cu amândouă mâinile de marginile șalului, strângându-și-l mai tare în jurul corpului.

"Când mă gândesc la împăratul nostru, sărăcuțul de el!" exclamă prințesa von zu Guttenberg, ridicându-și mâinile în aer, gesticulând cu emfază către grupul de oameni care o înconjura. "Nu cred că-i pică ușor toată situația asta nenorocită: întâi a trebuit să se lase cucerit de către francezi, iar după a mai și fost nevoit să promită mâna fiicei sale lui Napoleon."

"Ce-i scabia, ce-i Napoleon? Vrei, nu vrei, și una și alta-ți intră pe sub piele," hohoti un altul. Hohoti și restul. Hohoti și Elise. Îl văzu cu coada ochiului pe Beethoven privind-o încruntat.

Nu vezi c-ai devenit una dintre ei? o întreba totul din jur. *Văd, văd, văd!* urla la rându-i liniștea ei.

"Eu spun că vă faceți griji degeaba. Problemele sunt disperate, dar, în niciun caz, serioase," spuse un bărbat încărunțit și palid, mângâindu-și mustața.

"Propun să bem pentru toți vienezii și deviza lor de-a dreptul divină, căci nimic nu trebuie să supere niciodată pe nimeni," spuse prințesa, ridicându-și paharul de șampanie, urmată și de ceilalți.

Un clinchet cristalin zburdă în aer, pierzându-se în muzica veselă a unui menuet.

"Iar eu propun să bem pentru toate sufletele superioare care râd și se bucură și trăiesc, în loc să lase tristețea să le domine," spuse Josephine Gottfried, etalându-și zâmbetul rozaliu și umerii goi, la fel de strălucitori ca tot restul.

Foșnetul vânzolelii din fața ei umplea întreaga încăpere. Toți, absolut toți aveau pe față, parcă pictate, zâmbete largi, roșii, sclipitoare. Aurul aluneca de pe pereți. Podeaua răsuna de pașii dansatorilor. Mâncarea, încă neatinsă de nimeni, împrăștia în aer un miros prea dulce, prea fals. Sau erau gâturile doamnelor?

Marea de danteluri, mătăsuri, voaluri și satinuri, de culori vii și vesele, de briliante, de panglici, de funde, flutura în încăpere, ridicându-se asemenea crestei unui val, coborând înapoi, cu un pleoscăit vesel, ca un chicot. Muzica nu contenea nicicând.

Ce să știe ei toți de tristețe? Ce să știe de suferință? Ce să știe de lacrimi? Își omorau toți sufletele, și le omorau cu cruzime, și râdeau în fața brutalității lor, considerând-o operă divină. Și lor trebuia ea să li se dea? Lor trebuia să se sacrifice pentru a-și găsi arta?

Și dacă nu voia? Dacă nu voia?

Șalul unei dansatoare îi atinse în fugă spatele gâtului. Simți cum fantoma atingerii se preface în niște unghii ascuțite, ca niște gheare, care i se afundară în piele, strângând-o.

Trebuie să uiți de tine, Elise! Trebuie să te omori, trebuie să te dai lor! Trebuie! Trebuie! Trebuie! îi mârâi vocea mult prea cunoscută în ureche.

Trase aer în piept. Totul țiuia în jurul ei. Îl simți pe Beethoven dându-se mai aproape de ea, atingând-o cu cotul. Vedenia dispăru, inima își reluă ritmul normal. Muzica se oprise pe neașteptate.

"Ne spuneți, Herr Beethoven, cum merg pregătirile pentru baletul dumneavoastră?" îl întrebă cineva.

"Chiar așa, Ludwig, ești întotdeauna mult prea secretos când vine vorba de operele tale," interveni Frau von zu Guttenberg. "Ce-ar fi să ne spui și nouă, măcar o dată, ce se-ntâmplă în culise?"

"Nu-i treaba voastră să știți," le-o trânti Beethoven, cu aceeași voce groasă, în același ton afectat. "Oricum n-ați înțelege, de ce să vă complic *sufletele superioare* cu astfel de probleme *serioase*, fără cap și fără coadă?"

Lumea tăcu. Pianistul începu brusc să cânte, notele înălțându-se în aer, ca niște scântei, explodând și unindu-se din nou în acea pânză de neevitat, care prindea mulțimea și o trăgea la dans. Picioarele lui Elise, strânse în pantofii albi cu toc, pulsau din cauza unei dureri acute, permanente, care mai degrabă o îmbăta, o făcea să jinduiască şi mai mult după dans.

"Dar important este că Elise e de-a dreptul excepţională," sări Josephine, umplând tăcerea.

"Nu-ţi face Salvatore zile fripte, draga mea?" o întrebă prinţesa, ţintuind-o cu ochi mijiţi şi sprâncene uşor încruntate. Elise tresări.

"Cred că mai degrabă îi fac eu lui," spuse ea, gâtuită, încercând să râdă şi ea fermecătoare, dar sfârşind înecându-se.

"Credeţi-mă, dacă e cineva care îi poate face faţă lui Signor Viganò, Elise este aceea."

"Şi, domnişoară Gottfried..." începu cineva, dar Elise, încetă să mai asculte.

Îşi mută privirea spre un cuplu vesel din partea cealaltă a încăperii, care, devorându-se unul pe celălalt din priviri, îşi împreunau şi îşi despărţeau mâinile cu o voluptate exagerată, rotindu-se în acelaşi timp pe loc, apropiindu-se unul de altul mai mult cu fiecare clipă. Aerul părea că se lichefiase. Perechea se învârtea fără oprire, mişcându-şi picioarele în tandem, izbindu-şi călcâiele în podeaua lucioasă de marmură. El o prinse pe ea de umăr. Ea îi zâmbi dulce. El o smuci brusc. Ea se lipi de pieptul lui – şi în timpul acelui joc, în timpul acelei apropieri, reuşiră să zdrobească de tot aerul între ei, prinzându-l prizonier între inimile lor, prinzând-o prizonieră şi pe ea.

Nu mai auzea decât pulsaţii uşoare în urechi, şi nu mai vedea decât cosiţe blonde, prăfuite, profilându-se într-un întuneric smolit. Simțea că se sufocă. Corpul îi deveni din nou moale. Când fusese ultima dată în care ei doi, ea și Matthias, dansaseră împreună?

Dar, mai important: când fusese ultima dată în care ea îl iubise pe el, iar el o iubise pe ea?

Când devenise relația lor un război, o simplă înșiruire de violențe și amenințări, urlete și întoarceri temătoare?

Voia să plângă, să plângă și să-și șteargă masca de veselie aurită de pe chip.

"Ești bine? Putem să ieșim afară, dacă vrei. Să iei puțin aer," îi șopti Beethoven în ureche, punându-i mâna pe talie, acolo unde o vânătaie proaspătă, cu forma degetelor lui Matthias, se întindea dureroasă pe pielea ei.

"Sunt bine," spuse ea, zâmbind tremurat.

Dar nu putea să mintă mai mult: capul i se învârtea. Durerea ce îi brăzda fiecare părticică a corpului pulsa în aer, în tandem cu muzica. Stomacul, încă înnodat, agățat în vârful cârligului, i se strângea mereu mai mult.

Își ridică ochii din pământ, întâlnind altă pereche de ochi, aidoma alor ei, tot negri, tot neîmblânziți, tot parcă nelalocul lor în oceanul acela de vulgaritate. Mătușa ei îi făcu cu ochiul de departe. Elise simți cum întreaga sală de bal se prăbușește peste ea, se strânge, devine din ce în ce mai mică, asemenea unei cutii de pantofi.

"Dumnezeule, zici că nu se mai termină menuetul ăsta!" exclamă prințesa, făcându-și loc printre bărbații care o înconjurau pe Josephine.

Ochii ei mici, ațintiți asupra lui Elise, se profilau pe fața neobişnuit de albă şi de lucitoare de la atâta pudră.

"Ai spune că dansează de secole întregi!" continuă, încolăcindu-şi braţul în jurul braţului ei.

"Şi e tare plictisitor pentru o damă atât de dornică de aventură ca dumneata," sări în discuţie un bărbat înalt cu o mustaţă neagră, stufoasă, îmbrăcat într-o uniformă militară, plină de gradaţii.

"Zău, Franz, valsul nu e nicidecum o aventură. E pur şi simplu cursul tinereţii, iar eu vreau să mă simt din nou tânără! De aceea vreau să dansez... Ţi l-aş putea fura puţin pe Ludwig, draga mea, pentru următorul dans? Sau ţi l-a promis ţie?"

Elise zâmbi, simţind cum, ameţită, abia dacă o mai vedea. O altă pereche trecu pe lângă ea atingând-o cu coatele, rotindu-se într-o vervă aproape nebunească, arătând ca un nucleu alb de voaluri şi râsete splendide, pline de viaţă. Muzica vălurea prin aer, spiralând în jurul corpului ei, legând-o fedeleş.

"Nu i-am promis lui Herr Beethoven nimic încă," zise domol, fără ca măcar să se uite către prinţesă.

Ochii îi erau fixaţi pe un aranjament de fructe, multicolor, scăldat într-o cascadă de lumină, mai veselă chiar şi decât rumoarea sălii. Mirosul de zahăr şi distracţie o făcea să se sufoce. Femeia o strânse de braţ. Elise tresări. Îl văzu pe Ries înaintând spre ea, mai blond, mai îmbujorat, mai zâmbitor decât de obicei.

"Atunci îmi oferiţi mie valsul ce urmează, domnişoară Wallner?" întrebă el, făcând o plecăciune în faţa ei, apucându-i mâna.

Beethoven începu să râdă, un râset care, în tot acel ocean de voioșie, părea un curent străin, venit de prin alte părți. Frau von zu Guttenberg bătu din palme, chiar în urechea ei.

"Atunci așa rămâne, o pereche de tineri abia în floare și una de bătrâni aproape ofiliți," spuse femeia, desprinzându-se de Elise, unduindu-și corpul plinuț, lăsându-și șalul de dantelă să îi alunece puțin de pe umeri, atingând podeaua. Beethoven își drese glasul, părând că dorește să spună ceva.

"Care se vor umple de seva vieții în secunda în care picioarele lor se vor mișca în pas de vals..." i-o luă înainte bărbatul cu mustață, într-un ton vădit ironic, care stârni, pentru încă o dată, ilaritatea tuturor.

Râsetele acelea pițigăiate ajungeau la urechea ei sunând febrile, disperate. Totul strălucea, totul era doar aur și fast, coate albe și fracuri negre, pudră și voaluri, fructe și șampanie. Orchestra cânta în continuare, iar ea putea să vadă de departe degetele unui violonist strângând arcușul care zburda fără răgaz pe corzi, zgâriindu-le, tăindu-le. Muzica scoasă de acea brutalitate urma în continuare perechile pe ringul de dans, rotindu-se împreună cu ele, săltând, prinzându-i de mâini și de picioare, aducându-i mai aproape, mereu mai aproape.

Iar oamenii din jurul ei încă râdeau, fără niciun rost, gândi Elise, așa cum râdeau de obicei. Căldura ridicată din corpurile atâtor dansatori îi usca și buzele, și gâtul, făcând-o să vrea să tușească. Dansul altora o amețea și o chema deopotrivă.

Coturi, braţe, genunchi, voaluri, cozi de frac, poale de rochii – toate o atingeau, toate treceau pe lângă ea, poleite de o veselie nebună, aproape bolnavă.

Ries o privea cu ochi mari, senini, care dădeau impresia că o mai întreabă o dată: *Îmi oferiţi mie acest dans, domnişoară Wallner?*

Candelabrul imens de cristal lumina asemenea soarelui. Cineva începu să fredoneze pe un ton fals, spărgând în mii de cioburi toata vraja muzicii. Violonistul încă îşi mânuia cu aceeaşi manie arcuşul. Elise simţea că arcuşul aluneca, de fapt, peste ea, brăzdându-i corpul de tăieturi şi creste, sfârtecându-i pielea.

Distracţia e moartea sufletului, gândi ea, şi avu impresia că vede, pentru o clipă, o urmă de brutalitate în lucirile tuturor acelor feţe zâmbitoare, voioase.

"Dansează, dansează, dansează..." murmură ea, pierzându-se în albastrul infinit al cerului din ochii lui Ries.

"Poftim?" întrebă el, aplecându-se uşor în faţă, către ea.

Toată lumea se apleca spre ea, căutând să îi fure aerul, să o ucidă, să îi intre apoi în suflet, descoperindu-i putreziciunea. *Toată lumea vrea să mă omoare, dar numai Matthias o va face*, gândi, simţind că nu-l mai priveşte pe Ferdinand în faţa ei, ci, de fapt, pe Matthias, pironit în mijlocul camerei întunecate, urlând, ca turbat, la ea.

Ries îi atinse mâna cu sfială.

"Hai să dansăm," îi spuse ea, cu o voce tremurată, plină de spaimă.

DOUĂZECI

Muzica părea un fir de lână strălucitoare care, țesută în sânul orchestrei, ondula în aer, prinzându-se de cristalurile candelabrului, încâlcindu-se în părul dansatorilor, înfășurându-li-se în jurul brațelor, în jurul picioarelor, în jurul gâtului, intrându-le în piele, devenind parte din ei.

Toate perechile erau legate una de cealaltă, toate se mișcau în același timp, în același ritm înnebunitor. Toate fuseseră rupte din realitate, propulsate într-un continuum de piruete amețitoare, diafane, aurii.

Elise își unduia corpul, Ries și-l unduia și el. Își mișcau picioarele, abia atingând podeaua de marmură, zburând în jurul sălii, zburând printre celelalte perechi, și ei prizonierii aceluiași *unu-doi-trei*, și ei conduși de muzica hipnotică a valsului. Inima lui Elise galopa nebunește, prelungindu-și bătăile, ca un ecou, în pieptul partenerului ei. Simți alunecându-i pe gât un firicel de transpirație, care se pierdu sub voalurile ce-i acopereau umerii – era cald, atât de cald acolo, sub candelabrul imens, atât de cald în nimbul lor.

Ries o privi în ochi și îi zâmbi ca un copil. Două pete roșii, perfect rotunde, îi colorau obrajii palizi. Gulerul alb al cămășii, care se ivea de sub fracul negru, era puțin strâmb.

Elise îl prinse mai bine de gât. El îi prinse mai bine mâna – și continuară să se rotească, să se rotească mereu, să se rotească la nesfârșit, făcând înconjurul sălii, trăgând firul muzicii după ei, încâlcindu-l. Elise simțea că sala, brusc mai mare, mai aerisită, își prelingea farmecul și fastul de pe tavan, de pe pereți, de pe mese, chiar în centru, chiar în nucleul vieții care pâlpâia printre dansatori.

Își închise ochii, lăsându-și genele parcă mai grele, să se lipească unele de altele. Nu mai vedea nimic altceva decât o pulsație galbenă, strălucitoare, care nu părea că vine dinafară, ci mai degrabă din ea. Își simțea tot trupul umed, acoperit din creștetul capului, până în vârful pantofilor, de un strat de pulbere fină, aurie. Simți din nou în gură gustul pătrunzător al mierii.

Elise nu mai știa nimic, absolut nimic de nimeni – toată lumea dispăruse; dispăruse și Ries; dispăruse și ea. Nu mai știa dacă valsează sau zboară sau dacă trupul acela mai era sau nu al ei. Nu mai simțea durerea, nici în degetele picioarelor, nici în cap, nici în piept.

Dansează, dansează, dansează era tot ce mai putea să gândească, tot ce o mai făcea să creadă că încă era în viață.

Elise își arcui spatele, desprinzându-și una din mâini

din jurul gâtului lui Ries, lăsându-şi apoi şi capul să-i cadă în spate. Simţi cum valurile acelui ocean de muzică şi mişcare o acoperă de-a-ntregul, îi mângâie pielea, o trag în străfundurile străvezii, în sânul tumultului. Vârfurile degetelor îi erau gâdilate de notele care i se prindeau de piele ca nişte alge moi. Mirosul de apă sărată îi atinse nările.

Trase aer în piept, simţind cum trupul îi este iar frânt într-o piruetă fără sfârşit. Cum notele i se prind în păr, încâlcindu-se printre şuviţele-i împletite migălos la spate. Cum valurile îi năvălesc peste trup, încă o dată.

Vedea ceva pâlpâind în străfundurile oceanului. Inima îi stătu în loc. Curenţii îi vuiau asurzitor în galeriile goale de marmură neagră ale sufletului.

Întinse mâna, încercând să ajungă secretul...

“Domnişoară Wallner,” răsună în urechea ei vocea lui Ries, trăgând-o ca o frânghie înapoi la suprafaţă. “De ce, pentru numele lui Dumnezeu, nu dansaţi aşa şi pe scenă? *Maestro* mai are puţin şi înnebuneşte, iar Salvatore...”

Elise, buimacă, cu ochii încă usturând-o, îl privi în ochi.

“Poftim?” întrebă ea în șoaptă, lipindu-și buzele de urechea lui.

Se simţea beată, beată cum nu fusese niciodată, beată de voluptatea stranie a momentului. Totul părea mai lent, mai oniric.

Ferdinand Ries oftă şi îşi scutură părul blond, pe care lumina îl făcea să pară, ca pe tot restul, din aur.

“V-am întrebat de ce nu dansaţi şi pe scenă, aşa cum dansaţi şi acum.”

Elise vru să se oprească și să îl privească cu atenție în ochi, dar valurile o împingeau de la spate, îndemnând-o să se rotească în continuare.

"Așa cum?" întrebă gâtuit.

"Așa... de parcă nu v-ar fi frică de nimic..."

"De parcă aș fi sălbatică? Vulgară?"

Ries râse. "Nu, domnișoară Wallner, în niciun caz. De parcă..."

"Spune-mi Elise."

Trecură prin fața orchestrei. Picioarele li se izbeau în același timp de podea. Mâna ei alunecă din jurul gâtului lui, oprindu-se pe umăr. Mâna lui o prinse mai bine de talie, trăgând-o mai aproape de el. Pentru o clipă nu se mai auzi nimic altceva în afară de muzică și de respirațiile lor întretăiate.

Toată sala se învârtea în jurul lor, totul se contopise în același întreg nedefinit – Elise nu mai recunoscu pe nimeni, nicio față, niciun om. Îl vedea doar pe Ries în fața ei, privind-o pierdut, părând că nu se uită la ea, ci la ceva dincolo de cortina momentului.

"Acum, *Elise,* dansezi de parcă nimic nu te-ar putea doborî. De parcă ai fi pregătită să faci orice."

Elise înghiți în sec, zâmbind amar.

"Și să mă sacrific voluntar unor zei atotputernici, iar dansul să fie sabia pe care mi-o înfig în inimă?"

Ries zâmbi, la rândul lui. "Poate..."

Acel *poate* i se înfipse în ureche, îi săpă în timpan, i se sedimentă în creier, iar ei doi, în tot acel timp, continuară să își încolăcească brațele unul în jurul celuilalt, încâlcindu-se în țesătura muzicii, apropiindu-se unul de altul mai mult și mai mult.

Rămăseseră singuri în centrul sălii, ei și încă o pereche care năvăleau în piruetele lor asupra dansului, căutând să-l cucerească. Toată lumea se uita la ei. Aerul înghență, într-o așteptare sufocantă. Ferdinand se încruntă, iar o sclipire jucăușă îi apăru în ochi. O lipi de el, o strânse de talie cu o mână, îi prinse ca într-un cleşte degetele cu cealaltă și o porni și el la atac, trăgând-o după el, urmărind cealaltă pereche.

Elise abia reuși să îl vadă cu coada ochiului pe Beethoven, foindu-se pe un scaun, lângă prințesa von zu Guttenberg, care o privea insistent, încruntată.

Podeaua le fugea de sub picioare. Muzica se înălța nebună către tavan, exploda chiar sub cupola pictată, și cădea înapoi, vijelioasă, asupra lor. Ea și Ries se țineau unul de altul, se roteau, își izbeau picioarele, când în aer, când în marmură, păreau că stau să se unească pe vecie, în același trup, în aceeași vijelie umană, mistuitoare – simțea că ea intră în el, și că el intră în ea, și că împreună biruie dansul, biruie perechea rivală.

Toți se uitau la ei, toți aplaudau în ritmul muzicii. Căldura devenise ca o topitură incandescentă, care luă locul pufului auriu, curgându-i pe piele, arzând-o. Aerul dispăruse. Nu mai putea respira, nu se mai putea mișca – doar Ries o mai trăgea după el, cu râsetele lui cristaline, cu atingerea lui tandră.

Tresări. O durere îngrozitoare îi explodă în cap, tunete îi explodară în urechi. *Cu toți dansezi, Elise, cu toți te pipăi, cu toți mă înșeli,* urlă vocea lui Matthias în toată încăperea, făcând sala să se zguduie, tavanul să cadă peste ea.

Mă dezguști! striga, și mâna lui îi cobora mai jos de talie, iar muzica nu mai suna a muzică și ghearele unei amintiri i se înfipseră în piept. Își ridică ochii din pământ: fața lui Ries nu mai era a lui, era a unui Matthias care o privea turbat, aproape mârâind, cu buzele întredeschise, cu un firicel de salivă prelingându-i-se pe bărbie.

Mă dezguști! strigau toți invitații, iar ea începu să tremure, împreună cu podeaua, cu întreaga orchestră, cu aranjamentele de flori, cu piramidele de fructe... Nu își mai simțea mâna, nu își mai simțea corpul. Inima i se oprise. Îi venea să plângă.

Mă dezguști! strigă și ea, și se împinse cu amândouă mâinile în pieptul lui Matthias, care începuse să râdă, și îl depărtă de ea. Elise făcu câțiva pași în spate. Trebuia să se întoarcă acasă, trebuia să îl găsească, să vadă *dacă își făcuse ceva.*

Muzica se oprise. Ries o privea speriat. Ea se izbi în perechea cealaltă, pe care o făcu, de asemenea, să se oprească. Un bust gigantic, capul împăratului, o privea ironic de pe un piedestal înalt.

"Elise, pentru numele lui Dumnezeu, ce faci?" strigă vocea lui Therese, desprinzându-se de partenerul ei de dans, dar și fața ei se făcu brusc un chip blond, de bărbat.

DOUĂZECI ȘI UNU

Scările de lemn scârțâiau sub greutatea ei, părând că stau să se rupă. Mâna abia reușea să i se prindă de balustrada șubredă, plină de praf. Întunericul părea smolit, de nepătruns, iar aerul era rece, aproape înghețat. Picioarele îi tremurau în pantofii strâmți, făcând-o să urce greoi scările, să se împiedice.

Simțea că firul muzicii încă era înnodat în jurul taliei ei, trăgând-o înapoi către sala de bal, către lumini, către oameni, veselie – muzica orchestrei, lucitoare, plină de o însuflețire dezgustătoare, i se derula încă în minte, fără oprire. Fierbințeala sălii de bal încă îi mai persista în piele. Mirosul mult prea dulce, prea floral, îi era întipărit în nări. Șocul de pe fața lui Therese, figurile tuturor acelor străini, râsetul lui Beethoven, teama din ochii lui Ries – toate acestea încă îi pulsau în fața ochilor, amețind-o.

Sufletul o durea, simțindu-și-l obosit, stors de puteri, dar dansase, iar rănile urmau să se peticească, să se salveze. Șalul de dantelă îi era încolăcit în jurul umerilor, sub mantia neagră, ușor ponosită, zgâriindu-i pielea. Inima îi bătea cu putere în piept, părând că stă să își dea duhul. Nu știa cât e ceasul. Nu știa dacă avea să îl găsească pe Matthias înăuntru, *nu știa cum*. Nu mai știa nimic, de fapt, în afară de frig și de întuneric, și de teama zvâcnindă care îi urla în piept, izbindu-i-se de coaste. Înghiți în sec și, închizând ochii pentru o clipă, apăsă în grabă mânerul ușii, cu o mână tremurândă, lăsând răceala metalului să îi pătrundă până la oase.

Ușa se deschise și ea cu un scârțâit. O sticlă țâșni din întunericul ca de păcură al încăperii, trecând vârtejind deasupra capului ei, izbindu-se în peretele holului. Elise își întoarse capul în spate, holbându-se la cioburile care stăteau împrăștiate într-o baltă roșiatică pe podea. *Așa voi sfârși și eu*, gândi, și dori să o ia la fugă, dar ceva o ținea în loc, nu o lăsa să plece. Un urlet animalic se auzi în spatele ei, făcând-o să tresară. Camera era cufundată într-un întuneric static, înfiorător: nicio lumânare nu era aprinsă, nici focul în șemineu nu era făcut, nici razele lunii nu pătrundeau prin fereastră. Mirosul acela veșnic vegetal al umezelii dinăuntru îi izbi nările, alături de frigul, mai îngrozitor, mai puternic acolo.

Auzi pași apăsați izbindu-se în podea, și reuși să îl vadă mai clar pe măsură ce se apropia de ea, cu părul ciufulit, cu ochii aproape roșii, cu fața murdară, mai neagră decât de obicei, cu buze rănite, înghețate într-un rânjet straniu, aproape demonic. Îi auzea respirația lentă, sacadată. Îi simțea mirosul puternic de alcool. Elise se dădu mai în spate, iar el venea spre ea, înaintând lent, împleticit. Ea se izbi de peretele holului. El se opri în cadrul ușii. Cioburile trosniră sub pantofii ei.

"Matthias, te rog..." începu ea, simțind cum lacrimile încep să îi curgă fierbinți pe obrajii înghețați, lipindu-se din ce în ce mai tare de perete, parcă dorind să îl spargă, să treacă prin el, să dispară.

"Uite m-am întors... m-am întors la tine. Mereu mă întorc."

Tot corpul îi tremura. Capul și-l simțea gol, îngrozitor de gol și de pustiu. Nu voia să moară. Nu voia să moară de mâinile *lui*.

"Te rog, Matthias!" suspină ea, mușcându-și buza. "Te rog, te rog, te rog!"

"Și de ce mi-ar păsa mie de asta? De ce mi-ar păsa, când tu ai zis că ție nu ți-ar păsa dacă m-ai vedea din nou aproape mort?" țipă el. "Elise!"

Îl văzu, ca printr-o ceață deasă, albicioasă, cum se îndoaie din mijloc, lăsându-și capul în jos, aproape atingându-l de podea, prinzându-și-l cu ambele mâini, înfigându-și degetele în păr, trăgând de el. Și brațele lui tremurau, iar genunchii stăteau să îi cedeze, pe când el urla, fără încetare, părând că are să fie zdrobit de forța sunetului.

Totul se opri în loc. Elise suspină prelung, lăsându-și mantia să-i cadă de pe umeri, îmbibându-se în vinul roşu de la picioarele ei. Tocurile pantofilor şi le simţea înjunghiindu-i călcâiele. O durea totul, de la corp la suflet, de la oase la minte, iar ea nu putea face nimic altceva în acel moment decât să se roage de el şi să plângă şi să se gândească la răceala morţii care părea că o aşteaptă cuminte, prinsă de degetele lui.

"Eeeliseee!" veni un ţipăt, mai strident, mai plin de ură decât celălalt, care îl propulsă pe Matthias în faţă, făcându-l să se izbească în ea, să o împingă şi mai tare în perete.

Elise rămase fără aer. Corpul ei deveni brusc moale, elastic, primindu-l pe el întru totul, fără nicio opunere. Simţi un sărut umed pe gât, apoi atingerea unor degete reci, afundându-se în pielea ei, din ce în ce mai mult. Plângea şi ea, plângea şi el, şi se uitau unul în ochii celuilalt, fără să clipească.

"Uite ce mi-ai făcut, Elise!" urla el, deschizându-şi gura largă, ridicându-şi ochii către tavan, împreunându-şi, în acelaşi timp degetele în spatele gâtului ei. "Uite unde m-ai adus, Elise! Acum vezi, vezi în sfârşit ce-mi faci? Ce mă pui să fac? Înainte erai mai bună cu mine... nu mă torturai în halul ăsta! Dar acum?"

Corpul lui se contopise cu corpul ei, iar pe ea întunericul o devora din toate părţile, intrându-i prin nări, prin gură, găurindu-i pielea, înţepându-i ochii. Începu şi ea să ţipe, cu un glas care părea al altcuiva, al unui cadavru poate, zvârcolindu-se sub el, mişcându-şi capul şi gâtul şi umerii, încercând să se elibereze.

Îşi deschidea gura spasmodic, căutând aer, căutând aerul

pe care știa totuși că nu avea de gând să îl găsească. Avu impresia că degetele lui îi străpunseră gâtul, iar ea se simțea din ce în ce mai slăbită... dar continua să se zvârcolească, continua să lupte pentru viața pe care și-o simțea scurgându-i-se prin pielea gâtului, pătându-i degetele lui Matthias – viața ieșea din ea, iar moartea se pregătea să îi ia locul, iar ei îi era frică de acel întuneric aproape palpabil, pe care începuse să îl simtă în jurul ei, îmbrățișând-o ca un văl.

"Lasă-mă, lasă-mă!" țipau amândoi în cor, țipete stridente, țipete umede, amândouă ușor suspinate, amândouă pline de spaimă.

Elise își închise ochii, simțindu-se goală. Goală, goală!

Avea să moară. Avea să moară iar corpul ei era pustiu, era rece, era fără de artă. Avea să moară, ucisă de omul pe care îl iubise, ucisă de omul care o iubea. Avea să moară, iar ea încă își căuta în disperare arta, ca un om orb, bâjbâind prin sălile sufletului ei, încercând orice crevasă mai întunecată, orice firidă, orice posibil ascunziș.

Își căuta arta, țipând și plângând, și încercând să se prindă de firul vieții, dar aerul fugea de ea, refuza să îi intre în plămâni. Se simțea uscată, ofilită.

Matthias, fără să își slăbească strânsoarea mâinilor, își propti capul între voalurile rochiei de bal, adâncindu-și fruntea în scobitura dintre claviculele ei, mormăind la început, începând apoi să urle din nou, sunetul reverberând în pieptul lui Elise, care tremura – galeriile din suflet stăteau să se prăbușească peste ea, iar ea fugea disperată prin ele, căutând o ieșire. Mâna îi atârna în jos, vlăguită, aproape stoarsă de viață. Doar degetele o mai furnicau slab, abia perceptibil.

Cioburile le trosneau sub picioare. Peretele trosnea și el sub presiunea corpurilor lor. Scările începură să trosnească și ele.

Elise văzu, printre pleoapele întredeschise, o lumină mică, scânteietoare, înaintând spre ea, și începu să plângă. Căutarea luase sfârșit, luntrașul era pregătit să o ducă de partea cealaltă a râului.

Totul tremura în jurul ei, și în urechi auzea urlete și țipete, altele decât ale lui Matthias, iar podeaua stătea să se destrame sub izbiturile puternice ale unor pași. În jurul ei se stârnise o vijelie, vijelie în mijlocul căreia era prinsă, vijelie care, în mânia ei, îl desprinse pe Matthias de pe ea.

Trase cu o poftă nebună aer în piept. Plămânii îi explodară într-o durere bruscă, ca și când ar fi fost înțepată de mii de ace, ca și când, prin toate zgârieturile, prin toate rănile, prin toate vânătăile, i-ar fi fost injectată viața la loc.

Încă lipită de perete se prelinse de-a lungul lui, prăbușindu-se pe podea, chiar în mijlocul bălții de vin, chiar între cioburi.

Se simți luată în brațe, mângâiată tandru de niște mâini necunoscute, legănată încet, ca și când ar fi fost un copil mic. Oftă apăsat, lăsându-și alte lacrimi, mai multe cu fiecare clipă, să îi alunece pe obraji. Își duse mâna amorțită în dreptul buzelor și o sărută prelung, un sărut umed, disperat. Tremura toată, teama încă nu o părăsise, încă îi mai înfășura inima asemenea unui văl străveziu, teribil de static, teribil de impersonal.

"U...unde-i M...?" încercă să spună, printre suspine.

Nu mai voia să îl vadă, nu mai voia să stea în preajma lui – vălul de frică îi era brodat cu un fir argintiu de ură, care strălucea în ea ostentativ, asemenea razelor lunii. Un gust metalic, ca de sânge, îi invadă gura. Mai întrebă o dată:

"Unde-i?"

"A plecat..." susură vocea, continuând să o mângâie, continuând să o legene. "A plecat..." mai spuse o dată, iar Elise avu impresia că vorbise tatăl ei, din spatele unui paravan, din sânul morții.

DOUĂZECI ȘI DOI

Lumânările care ardeau deasupra scenei goale aruncau peste ei doi o lumină palidă, bolnăvicioasă. Razele multicolore care intrau prin vitraliul cupolei păreau prăfuite, venite din altă lume. Viganò era ascuns undeva în întunericul sălii – Elise îi putea simți privirea dezaprobatoare ațintită asupra ei, arzându-i pielea. Celelalte balerine erau în culise, privindu-i și ele, râzând și vorbind.

“Sunteți gata?” strigă coregraful.

“Da!” răspunse partenerul ei, în timp ce își încolăcea mai bine mâna în jurul taliei ei, ajutând-o să se urce pe vârfuri. Elise își mușcă limba – o durere teribilă, vâscoasă asemenea sângelui, i se scurgea prin rănile ce îi brăzdau picioarele. Răni ascunse sub straturi de pudră și sub voalurile rochiei. Răni de la sticla ce îi împunsese coapsele cu câteva zile în urmă.

"Wallner, ai face bine să dansezi cum trebuie de data asta," spuse Viganò, iar Elise reuşi să îl vadă pentru o fracţiune de secundă scăldat de lumina unei raze roşiatice, care îi făcu zâmbetul ironic de pe buze să pară oarecum sinistru. "Daţi-i bătaie!"

Beethoven începu să cânte o arie lentă, melancolică, sfâşietoare, de parcă notele suferind s-ar fi apucat să plângă. Partenerul ei o roti de talie şi ea, cu oasele amorţite, îi urmă mişcarea. Pielea gâtului o ardea îngrozitor, vânătăile o usturau, iar ea încă simţea fantoma degetelor care i se adânciseră în muşchi. Abia reuşea să îşi ţină capul sus şi corpul drept, aliniate perfect cu partenerul ei.

"Ţi-ai lăsat în urmă capul, Wallner, ce s-a întâmplat?" strigă Viganò.

Elise îl ignoră, făcu doi paşi înainte, îşi lăsă toată greutatea pe un picior şi îşi undui corpul în faţă, asemenea unei lebede, jeluind. O rază albăstruie se opri peste piciorul ei. Bărbatul o apucă brusc de spate, o ridică vijelios, şi îi apucă bărbia, întorcându-i capul spre el. Elise îşi feri privirea, lăsând-o în jos. Mâinile lui începură să o atingă peste tot, parcă mângâind-o, pe trup, pe obraji, pe gât, ca şi când ar fi vrut să o consoleze, ca şi când ar fi vrut să îi arate că o iubeşte. Îi atinse, pe rând, fiecare vânătaie, făcând-o să tresară şi să rămână în urmă.

Dacă îi ştergea pudra, dacă îi lăsa pe toţi să îi vadă vânătăile?

Muzica i se derula în urechi, suferindă. Prometeu murise, iar copii lui îl jeleau, găsind mângâiere numai în dans şi în muzică şi în artă.

Şi o parte din ea murise, doar cu câteva zile înainte, dar nimeni nu o jelea, cu excepţia ei, iar mângâierea era acum de negăsit, asemenea dansului, asemenea artei. Frigul se ridică în jurul lor, mai dens.

Partenerul ei o prinse tandru de gât, apoi îşi desprinse mâna, împingând-o în faţă, depărtându-se de ea. Elise reuşi să vadă cu coada ochiului cum palma lui se albise. Îi luase, cum îi era şi teamă că avea să facă, o parte din pudra de pe gât cu care încercase disperată să ascundă vestigiul morţii adânc imprimat în pielea ei.

Ea rămase în loc, tulburată, ameţită. Îşi flutură mâinile în aer, apoi, simţind cum ochii i se umplu de lacrimi, se îndoi din mijloc, atârnând cu capul în jos, blocată în acea încovoiere incomodă, parcă frântă în două de durerea ce îi împovăra sufletul. Muzica plângea în continuare, iar ea plângea la rândul ei, simţind cum vânătăile de pe gât i se fac mai vineţii, din ce în ce mai vineţii, mărindu-se, îngroşându-se, ieşind la suprafaţă.

"Ce-i asta?" îi șopti în ureche partenerul ei când, lipindu-se din nou de ea, o ridică în aer, săltând-o uşor.

Elise se aplecă într-o parte, apoi în cealaltă, lăsându-şi ceafa pe umărul lui. Văzu cu coada ochiului o balerină din culise privind-o printre gene, straniu de atent. Inima ei începu să bată mai tare. Frigul care se apropia de ea, strângându-se mereu, o înţepa în braţe, prin hainele de lână.

"Ce-ţi pasă ţie? De fapt, ce vă pasă, oricum, tuturor?" mârâi printre dinţi, simţind cum o lacrimă îi alunecă pe obraz.

Mai făcu o piruetă, sprijinită de el, şi săriră împreună, în tandem, un salt scurt, şi se desprinseră definitiv. Unul o porni spre dreapta, celălalt spre stânga.

Elise se simţea ameţită. Abia dacă mai auzea muzica, abia dacă mai vedea ceva în faţa ochilor. Fugi spre capătul scenei, ţinându-se de piept, ca şi când ar fi încercat să-şi smulgă suferinţa de pe suflet, şi se opri brusc, uitându-se în spate, dar fără să vadă nimic altceva decât întuneric, întuneric, întuneric! iar ea era din nou pierdută prin nişte încăperi mari, ca de cleştar, iar paşii ei răsunau mecanic, lipsiţi de emoţie.

Se aplecă uşor în faţă, fluturându-şi braţele, asemenea aripilor unei păsări. Întunericul i se prinse de una din mâini – şi-o scutură cu putere, încercând să scape de el, încercând să-şi dea moartea jos de pe piele.

Cealaltă mână i se ridică deasupra capului, aproape mecanic, rămânând pentru o clipă suspendată în aer. Corpul ei, ca într-o transă, executa fiecare mişcare, orb la extenuarea care îi învăluia, ca o peliculă subţire, muşchii, mintea, sufletul. Se simţea inertă, goală, ca o păpuşă manevrată stângaci de cineva ascuns în întuneric. Oftă.

Podeaua scârţâi sub picioarele ei. Auzi o frântură din tânguiala pianului. Strânse din buze. Îşi luă avânt. Sări în aer, fluturându-şi vârfurile picioarelor, aterizând brusc, pe toată talpa – simţi cum ceva în degetele ei se rupe, şi avu impresia că vede vârful de satin al pantofilor de balet înroşindu-se treptat. Îşi ţinu respiraţia pentru o clipă şi o porni iar într-un salt către braţele partenerului ei, pe care le ştia aşteptând-o în partea cealaltă a scenei.

Fugea parcă pe jar, sărea parcă în gol, şi tot încerca să se prindă de ceva, dar fără niciun succes. Întunericul o înconjura din toate părţile, nişte urlete îi bubuiau în urechi.

O usturime îngrozitoare îi curgea, alături de sânge, din zgârieturile de sub degete, acelaşi loc unde se găsea şi viaţa adevărată a balerinei, iar vânătăile îi pulsau şi se simţi pentru o clipă ca o masă indefinită de durere şi eşec.

Dar trebuia să continue, trebuia să îşi găsească partenerul, trebuia să sară, trebuia să fie prinsă. Ignoră durerea din picioare, căci, până la urmă, degetele erau armele balerinei, iar dansul războiul ei şi, ca orice soldat, nu îşi permitea să dea înapoi în timpul unei lupte.

"Hai, Wallner, mai cu viaţă, zici că eşti moartă!" auzi răsunând, asemenea unui tunet, vocea lui Viganò.

Moartă se voise, moartă încercase Matthias să o facă, moartă era atunci, în saltul ei colosal către braţele necunoscute ale negurii. Tot trupul îi tremura, de parcă ar fi avut convulsii. Ochii îi erau înceţoşaţi de lacrimi, genele îi cădeau grele, acoperindu-i pleoapele, pudra de pe gât i se ridica asemenea într-un nor în jurul capului, intrându-i în nări, în gură, în gâtlej.

Îi venea să tuşească, dar avântul luat era mult prea puternic. Nici nu mai ştia dacă fuge sau sare, iar mâinile îi erau pierdute undeva într-un trecut îngheţat, prinse de alte mâini, care, încolăcite în jurul gâtului ei, o storceau de viaţă.

Murise atunci puţin; murea puţin şi acum, aşa cum tot

murise câte puţin la fiecare repetiţie, aşa cum trebuia să facă, aşa cum fusese instruită.

Dar la ce bun? Dar la ce bun...? se întreba, înfiorându-se.

Văzu, ca prin ceaţă, o siluetă de bărbat, două braţe întinse, aşteptând-o, şi un păr blond, atât de cunoscut. Îi venea să ţipe, îi venea să se oprească, să se ascundă. Era prea târziu. Muzica murmura în fundal. Durerea îi exploda în picioare.

Trebuia să sară, trebuia să sară, trebuia să sară... şi sări, strângându-şi pleoapele, simţind cum este prinsă, cum, cu un gol imens în stomac, pluteşte puţin în aer, cum, apoi, izbeşte podeaua.

DOUĂZECI ȘI TREI

Stătea jos, pe scena rece, cu o singură lumânare arzând lângă ea. Teatrul era gol, complet gol, în afară de ea și de frigul dens, care părea palpabil, ca o a doua persoană – până și Beethoven plecase după ce, pentru ceea ce păruse o eternitate, cântase pentru ea la pian, din nou și din nou și din nou, fiind martorul eșecului ei.

Își lipi fruntea de genunchi și suspină.

Cum? cum? cum? de ce? de ce? de ce?

Erau singurele întrebări care i se mai materializau din cenușa presărată pe podeaua sufletului său, întrebări pe care le lăsa neterminate, la stadiul de simple cuvinte, fără să aibă curajul să le formuleze mai departe.

Încerca să mai aibă o frântură de speranță, dar se simțea, împotriva voinței ei, extenuată. Frigul i se așeză tandru pe umeri, îmbrățișând-o. O lacrimă i se prelinse pe obraz.

Își ridică ușor fruntea, scuturându-și-o, și oftă prelung, urmărind cu privirea respirația învolburând aerul din jur. Un junghi îi străpunse brusc unul din degete. Cu mâinile tremurânde își scoase repede pantoful de satin, lăsând răceala din jur să îi înțepe pielea.

Înghiți în sec, văzând vânătăile, rănile, zgârieturile, care străluceau în flacăra gălbuie a lumânării asemenea unor ornamente în degradare, brodând o bucată fină de material. Un sânge uscat, întunecat, îi acoperea degetele. Unghia degetului mare era neagră, neagră ca o bucată de întuneric.

Își atinse ezitant pielea, mângâind-o, își mușcă buzele și, cu ochi închiși, trase cu forță de unghia moartă. O durere pulsantă îi explodă în locul care, rămas descoperit, era doar o bucată de carne roșie, lucitoare. O lacrimă îi curse chiar în nucleul suferinței.

Durere întorcându-se în sânul ei, gândi și, strângând în mână bucata ruptă din ea – bucată tare, aspră, ascuțită – gemu.

Gemu sonor, cu patimă, un geamăt premeditat, venit din străfundurile ei. Atât mai știa să facă: să plângă, să geamă și să sufere.

“Ah, Elise...” se auzi din întuneric vocea lui Josephine. “Tu erai. Mă speriasem.”

Elise tresări violent și, ridicându-și privirea, dădu să se ridice, scăpând unghia din mână.

“Ce cauți aici?” o întrebă pe Josephine, cu inima bătându-i puternic. Oare cât auzise? Oare cât văzuse?

“O, nimic... m-a ținut von Braun prea mult de vorbă și-am

fost *obligată* să rămân mai mult. Și-apoi am auzit zgomote venind dinspre scenă. Am vrut să văd ce se-ntâmplă."

Își băgă mâinile în buzunarele mantalei și o privi direct în ochi. Albastru iar întâlnind negru, negru iar întâlnind albastru, valuri iar izbind stânci, stânci stând iar în calea valurilor.

Un fior o trecu pe Elise pe șina spinării, făcând-o să se cutremure și să-și întoarcă capul într-o parte.

"Dar *tu* ce cauți aici? Ești singură, nu?"

"Mă pregăteam să plec, dar... ei bine..." Elise se fâstâci, mutându-și, involuntar, greutatea pe piciorul suferind. O durere proaspătă, parcă mai puternică, năvăli în ea, făcând-o să se așeze. Picioarele îi tremurau vizibil.

"Dumnezeule, Elise, arată îngrozitor! Și pot să să jur că se simte mai rău decât arată," spuse Josephine, făcând un singur pas către ea și rămânând apoi țintuită locului.

"Riscurile meseriei..." zâmbi amar, încercând să se ridice din nou, dar fără să reușească: picioarele îi păreau separate de corp, rupte de ea de junghiuri de durere, junghiuri de care trebuia să se scuture, pe care trebuia să le calce sub tălpi, lăsându-le să fie resorbite înapoi în rănile din care proveneau. Își mușcă buza.

"Știi, acum câțiva ani, când l-am cunoscut prima oară, Viganò, obișnuia să îmi spună: *Dacă o balerină are picioarele pline de răni, înseamnă că își face treaba...*" continuă Elise, căutând în același timp din priviri ieșirea.

Ceva i se strânse în piept – oare ce-i venise să spună asta? Dar, mai important, oare ea își făcea treaba?

Josephine râse, întinzându-i o batistă albă, imaculată.

"Bandajează-te cu ea," îi spuse și, așezându-se și ea pe jos, continuă: "Poate are el tendința să bată câmpii uneori, dar cu asta chiar are dreptate. N-am avut niciodată mai multe răni decât atunci când am fost solistă, și n-ajungi solistă decât dacă chiar îți faci treaba."

Flacăra lumânării dansa molcom printre ele, aruncând în jur o lumină stranie, gălbejită. Un gândac maroniu, grăsuț, se zbătea între două scânduri, pesemne încercând să iasă de sub scenă. Elise se aplecă spre el, îl prinse între două degete și, trăgând ușor, îl scoase de acolo. Gândacul fugi spre culise, singurul sunet care umplu încăperea fiind acela al piciorușelor lui izbind în goană lemnul aproape înghețat.

"Ce-ar fi să plecăm...?" întrebă ea, dar fu brusc întreruptă de Josephine care oftă apăsat, urmărind cu ochii întredeschiși fuga insectei.

"Uneori cred că noi balerinele avem nevoie de durerea asta... Dacă n-am avea-o, am fi ca niște simpli gândaci, care se zbat ca niște păpuși frumoase în fața unor oameni. Suferința e poate mâna care ne dă viață," spuse aceasta.

Elise o privi pentru câteva clipe, așa cum stătea ghemuită în fața ei, cu chipul pe jumătate în întuneric, strângându-și, în același timp, batista în jurul degetului.

"N-ai zis tu atunci, la bal, că sufletele superioare sunt cele lipsite de suferință?"

Josephine râse, răsucindu-și colțurile buzelor într-un zâmbet care părea mai degrabă al unei jucării, decât al unui om.

"Poate am spus-o, Elise, cu toate că n-o cred neapărat... dar în societate, oamenii spun adesea ce vor să audă ceilalţi. Ştii asta prea bine. Mai ales că atunci ne aflam în compania unora care pot foarte uşor, cu banii şi influenţa lor, să devină protectorii noştri, ai artiştilor."

"Şi de ce-ar avea nevoie artiştii de protectori?" clipi Elise, simţindu-şi tot corpul cum se i se contractă.

"Şi un artist trebuie să mănânce, Elise. Cum crezi că Beethoven trăieşte-aşa de bine cum îl vezi tu?"

"Prin artă!" strigă ea, ridicându-şi mâinile în sus, ca şi când ar fi cerut socoteală cuiva nevăzut. "Muza este protejată de artist, iar artistul de..."

"De banii celor din înalta societate. Nu-nţelegi că totu-i despre bani, că totul e-o afacere? Ce-i dincolo de asta, e doar un capriciu. Sau, mai rău, doar un mit."

Tăcu brusc, şi o privi cu un zâmbet mic, palid. Lumânarea încă ardea între ele două.

"Arta nu-i doar o afacere, Josephine. E mai mult decât faimă şi statut şi bani şi frumuseţe," spuse Elise. În faţa ochilor îi apăru chipul lui Beethoven, care o privea intens dintr-un întuneric aproape de nepătruns, cu aceeaşi ochi veşnic neîmblânziţi. "E despre oameni. Întotdeauna a fost, întotdeauna va fi."

"Nu mi te imaginam aşa naivă, Elise. Credeam că ştii mai bine."

"Nu sunt naivă. Poate fără speranţă, dar naivă în niciun caz."

Tăcură. În jurul lor se închega o linişte de gheaţă, dar

Elise se obişnuise într-atât cu frigul, încât acesta încetase să o mai deranjeze. Nici măcar nu mai dorea să plece.

"Tu de ce ai început să dansezi?" Josephine o întrebă brusc, aplecându-se mai aproape, ca şi când s-ar fi aşteptat să audă un secret.

"N-am avut de ales..."

"A avut vreuna dintre noi, cu adevărat, de ales?"

Zâmbiră amândouă. Josephine oftă.

"Dar acum, acum de ce dansezi? Dacă tot spui că dansul e pentru oameni... Ce vrei să îi faci să vadă?"

Elise îşi frecă ambele mâini de faţă.

"Nu ştiu... poate acum dansez pentru că atât ştiu să fac. Sau poate vreau, pur şi simplu, să mă salvez," spuse ultima parte în şoaptă, mai mult pentru sine.

Pentru că am pierdut cupa şi-o caut în disperare, şi n-o găsesc şi nu mi-a mai rămas nimic altceva de făcut! voia să continue, dar lumânarea mai pâlpâi o dată şi se stinse, lăsând întunericul să cadă şi peste ele, şi peste gândurile ei.

DOUĂZECI ȘI PATRU

Uşa camerei se deschise brusc, cu un scârţâit prelung, izbindu-se de perete. Elise încremeni, aşezată cum era pe pat, cu o batistă în mână, pregătită să îşi bandajeze din nou rănile de la picioare. Nu îndrăzni să îşi ridice privirea din pământ. Auzi paşi apăsaţi pe podeaua de lemn. Luna îşi întindea razele peste pat, asemenea unor braţe, odihnindu-i-se pe piele, părând că vrea să o protejeze. Respiraţii greoaie umpleau liniştea camerei, horcăite, de om beat. Elise simţi cum salteaua de paie se rupe sub ea, deschizându-se, pregătindu-se să o primească în sânul ei. Începu să tremure.

"Elise..." se auzi vocea lui Matthias, care vorbea în şoaptă, distant, parcă dus pe gânduri.

Glasul lui părea, în acel întuneric blând, în lumina lunii, în liniştea nopţii, mai fragil, mai tandru decât i-l auzise vreodată. Era al altuia, nu al aceluiaşi care, numai cu câteva zile în urmă, zbierase, urlase, mârâise către ea, ca un animal de pradă.

Dar poate era alt om, alt Matthias, cel pregătit de căință, cel pregătit să îi desfacă lanțurile.

Ignorând durerea din picioare, ignorând teama, își ridică ușor ochii către el și tresări, văzându-l scăldat în acea pulbere argintie, ținându-și capul plecat, cu părul căzut peste frunte, cu haina de lână strânsă în jurul lui. Cicatricea din jurul încheieturii i se vedea atunci limpede. Înaintă către ea, clătinându-se pe picioare, și se așeză în genunchi, suspinând, punându-și fruntea lângă tălpile ei. Îi cuprinse gambele cu mâinile și mai suspină o dată.

"Iartă-mă, Elise... iartă-mă! Știi că te iubesc, doar mi-e teamă că vrei să pleci de lângă mine. Iartă-mă pentru tot ce-am zis... pentru tot ce zic și ce-ți fac!" spuse el, iar ea îl văzu cum tremură.

Elise își mușcă buza, atingându-i ușor ceafa cu degetele, mângâindu-i părul.

"Cum să te iert, Matthias... spune-mi, de unde să încep?"

"Iartă-mă că... că... N-o mai fac, nu mă mai ating de tine, promit, promit! Mai bine-mi mușc mâinile astea păcătoase decât să le mai las să-ți mai rănească trupul, decât să le mai las să ți-l păteze...!"

Își ridică ușor capul, privind-o în ochi, printre genele umede. Avea ochii roșii și arăta extenuat.

"Mereu spui asta..." șopti Elise, privindu-l cum îi ia piciorul între mâini și îl trage spre el, mângâindu-i tandru pielea. "Cum aș putea să te cred? Aș vrea s-o fac, aș vrea..."

Matthias își lipi buzele de una din zgârieturile de pe glezna ei. Atingerea umedă, caldă, o făcu să tresară. Încercă să își tragă piciorul, dar era prins prea bine în mâinile lui moi, luminate de pâlpâirile lente ale focului.

"Te iubesc, Elise... ești singura femeie pe care am putut-o iubi vreodată, pe care-o voi iubi până la finalul veacurilor," murmură cu buzele încă aproape de pielea ei, iar vibrația sunetului îi gâdilă zgârieturile.

Matthias îi mai sărută o rană, atingând-o cu vârful limbii. Apoi încă una, trasând cu nasul rece spirale în jurul ei. Elise închise ochii și își lăsă capul pe spate, oftând: îl ura sau îl iubea?

Mai putea să îl iubească, după tot ce îi făcuse?

"Te rog nu mă părăsi niciodată... Toată viața mea am fost un nimic, pân-ai apărut tu și m-ai făcut cineva. Acum, fără tine, nu pot decât să mor..."

Degetul lui mare îi mângâia una din vânătăi. Elise își mușcă limba: îi fusese dor să îi atingă pielea, să i-o atingă fără să o distrugă.

"Și totuși vrei să mă omori," șopti ea, dar Matthias nu o auzi și, ridicându-și capul, o privi cu ochi mari, plini de lacrimi.

Sări în picioare. Ea rămase așezată, cu rănile unui picior umede, îmbibate de lacrimi și de părere de rău, și curățate de ceva ce aducea a iubire.

"Dar te iubesc, Elise, de ce nu înțelegi?" țipă, iar țipătul îi făcu întreg trupul să se zguduie. "Te iubesc, te iubesc, te iubesc! Și în viață și în moarte și în veșnicie... aș face orice să te pot ține veșnic de mână."

"M-ai lăsa să trăiesc?" șopti Elise, dar nu apucă să termine, căci Matthias se aplecă precipitat către ea, apucând-o de încheietura mâinii, trăgând-o spre el.

Elise își izbi capul de pieptul lui, lipindu-și urechea, și tâmpla, și obrazul de materialul aspru al hainei lui. Îi putea auzi inima bătându-i, și-o putea auzi și pe-a ei, iar lumea devenise în jurul lor doar un zgomot incert, vijelios, de suflete topite în căldura apropierii. El îi atinse bărbia, ridicându-i capul, și o privi prelung. În lumina focului și în lumina lunii, amândouă zburdându-i prin păr și peste chip, văzu că ochii îi sunt umezi. O sărută apăsat, iar o lacrimă fierbinte i se prinse și ei de gene.

"Te-am iubit din prima clipă în care te-am văzut," îi șopti Matthias, "te-am iubit și am știut că aveam să îți cad la picioare și să fiu al tău pentru totdeauna."

O trase și mai aproape de el, strângând-o în brațe într-o îmbrățișare firavă, și începu să se balanseze ușor dintr-o parte în alta.

"Și te-am iubit și mai mult când tu m-ai iubit, deși nimeni n-o făcea... deși nu puteam fi iubit... deși meritam numai ură."

Matthias își sprijini bărbia de creștetul capului ei. Începu să fredoneze aria unui vals lent, iar Elise simțea cum corpul lui absoarbe substanța topită a corpului ei. Nu mai avea mult și începea să îl creadă din nou pe cuvânt.

"Când m-ai iubit chiar și când nu m-am mai iubit eu pe mine, chiar și când am vrut să mor..."

Corpul lui, într-o baltă de sânge, în noroiul gros din fața casei lor, îi apăru lui Elise iar în fața ochilor. Văzu mai clar ca niciodată, șerpuind și mărindu-se și devenind mai reale, mai vii, versurile scrise în sângele lui, pe foi pătate, ude. Își încolăci mai bine mâinile în jurul lui și îl strânse cu putere. N-ar mai fi vrut să îi dea drumul. N-ar mai fi vrut să îl știe în niciun alt loc decât acolo, lângă ea, și decât așa, iubind-o.

"Ce n-aș da să nu mai trăim nimic altceva decât clipa asta..." zise ea, iar Matthias îi mângâie din nou obrazul. "Dar cum?"

"Putem, Elise! Putem îngheța clipa, putem deveni veșnici, putem exulta în sânul poeziei!"

O prinse pe Elise de degetele unei mâini și o răsuci cu o stângăcie de om beat. Elise râse și, prinsă din nou în îmbrățișarea lui, se ridică pe vârfuri și îi sărută buzele cu un gust dulce de zâmbet.

"N-ai zis tu c-ai renunțat de mult la poezie?" îl întrebă.

El ridică din umeri.

"N-am cum să renunț, când mi s-a lipit atât de puternic de suflet, când i-a intrat în toate cutele, când mi-l mănâncă de viu."

Se învârteau molcom pe podeaua ce scârțâia, desenând cercuri largi în drumul lor, ca și când s-ar fi pregătit pentru un ritual păgân, pentru depunerea unei jertfe. Aerul încăperii, încălzit de buștenii care ardeau în șemineu, era la fel de fierbinte ca îmbrățișarea lor.

"Te rog, te rog n-o mai lăsa să te înnebunească!" spuse Elise, privindu-l printre gene. "N-o mai lăsa să te omoare."

El zâmbi.

“Încerc, Elise, încerc... dar n-aş putea oricum să mor fără tine, n-aş mai putea. Şi n-aş putea nici să te las să mori tu, fără să mor şi eu. Căci noi trebuie să murim împreună ca să putem trăi veşnic. Ca să ne putem iubi veşnic. Ca să nu trăim niciodată nimic altceva decât momentul ăsta, în care te ţin la pieptul meu. Nu asta vrei şi tu? Este singura soluţie...”

“Să murim?” întrebă ea cu glas tremurat.

“Să murim împreună.”

“N-ar fi mai bine să trăim, Matthias?” întrebă Elise, dar el îi prinse capul cu ambele mâini, apucându-i ceafa, iar ea fu nevoită să îşi muşte iar limba şi, odată cu ea, vorbele.

Matthias îşi trecu mâinile prin părul ei. Elise închise uşor ochii, apoi se ridică pe vârfuri, iar el se aplecă puţin, până frunţile li se lipiră una de cealaltă.

Dacă acest moment ar îngheţa în timp şi n-ar trece niciodată, gândi ea, *dacă n-ar trece niciodată...*

“Şi eu sunt artist, Matthias, ca şi tine,” şopti ea.

“Eşti muza mea, mereu ai fost,” şopti şi el, căutându-i buzele.

Respiraţiile lor se izbeau una în cealaltă.

“Şi atunci de ce vrei să murim? De ce vrei să mă omori?”

Inima lui Elise bătea tare, iar părul îi era zburlit pe tot corpul. Mâinile lui Matthias îi cădeau grele pe piele, dar ea nu voia să se mişte, nu voia să îi dea drumul.

“Pentru că muza se lasă omorâtă. Poate asta este arta ei. Poate arta ei este să salveze de la moarte artistul. Poate şi muza este un artist, în felul ei."

"Nu, nu sunt o..." începu Elise dar lăsă fraza în aer, căci el se desprinse de ea vijelios, lăsând-o în mijlocul camerei, cu mâinile în aer. Luna o privea drept în față, singură și ea în întunericul cerului.

"Știi că te iubesc, știi că te-aș iubi orice-ar fi. Și că nu vreau să-ți fac niciun rău..." țipă el, ridicându-se pe vârfuri, începând să facă piruete, ridicându-și mâinile deasupra capului.

Și se roti, și se roti, iar Elise se întrebă dacă așa arăta și ea când dansa, de parcă dansul ei ar fi fost un sacrilegiu. Dar râse, râse pentru că așa era el, și pentru că voia să îl facă să se oprească și să o țină din nou în brațe, și pentru că încă îl iubea și încă îl voia aproape. *Nu vrea să-mi facă niciun rău, pentru că mă iubește.*

"Haide, Elise, haide! Rotește-te și tu cu mine, de ce stai? Tu ești maestra piruetelor, tu trebuie să mă înveți!"

Elise își propti degetele în podea, căutând să își ia avânt, râzând împreună cu el, dar o durere ca de cioburi intrându-i în piele îi izbucni în degete. Își mușcă limba și privi în jos la locul roșu, lucios, unde ar fi trebuit să se afle unghia ei. Îi venea să urle, dar își mușcă buza, încercând să înghită suspinul de durere, și își ridică încă o dată ochii spre Matthias, privindu-i cu poftă piruetele.

"De ce mă lași singur, dansează cu mine!" striga hilizindu-se, în timp ce făcea piruete din ce în ce mai rapide, din ce în ce în ce mai strânse.

"Dansează tu... iar eu voi fi publicul tău," râdea ea în

continuare.

Piruetele îi erau înclinate, corpul răsucit, iar el abia se mai ţinea pe picioare. O bufnitură puternică o făcu să tresară: Matthias se prelinse pe jos, lovindu-şi, în cădere, capul de colţul mesei de lângă fereastră.

Elise întinse mâna, apucând batista albă de pe marginea patului. Îl auzi ca prin vis pe Matthias cum, cu capul pe podea, începu să râdă, şi îngenunche lângă el.

"Gustă-mi sângele," şopti el, ferindu-şi capul de mâinile ei, care încercau, fără succes, să îl bandajeze.

Elise tăcu, mângâindu-i părul cu degetele ei tremurânde, încercând să găsească rana. Se uita la el, întins pe podea, aproape adormit.

Respiraţia lui uşoară o izbea în faţă. Braţele lui, unul îndoit la cot, unul odihnindu-i-se pe abdomen, arătau inerte. Pe Elise începu să o ardă pielea feţei, acolo unde o mângâiase cu câteva minute înainte. Gândi că o parte din viaţa ei încă era prinsă de vârfurile degetelor lui, parte pe care nu avea pesemne să o mai primească niciodată înapoi.

"Atunci dă-mi-l mie să-l gust. Vreau să-mi amintesc ce gust are moartea," spuse el din nou, deschizându-şi puţin buzele. O rază argintie îi alunecă peste faţă, intrându-i în gură.

Îşi întoarse capul într-o parte şi o privi pe Elise printre gene.

"Îmi pare rău, Elise," spuse din nou, cu ochii închişi.

"Ştiu," îi răspunse ea, şi îl mai sărută o dată.

Focul încă ardea în şemineu, dar ei i se făcu brusc frig

fără căldura braţelor lui. Îşi lipi degetele de tăietura de pe fruntea lui şi apăsă cu putere.

"Îţi va rămâne semn," spuse ea, privindu-l în ochi.

"Ştiu," răspunse, privind-o înapoi. "Nu-mi pasă."

DOUĂZECI ȘI CINCI

Viganò izbi cu pumnul în scenă, privind-o pe Elise drept în ochi. Era iar noapte şi era iar teribil de frig, iar ei mai rămăseseră încă o dată până aproape de miezul nopţii la teatru – toţi ceilalţi balerini şi toate celelalte balerine plecaseră demult. Beethoven se plimba prin spatele coregrafului, cu mâinile la spatele, scuturând vehement din cap.

"Eu cred că tu nu realizezi că ce numeşti dans e de fapt o mare porcărie," strigă Viganò.

O venă îi pulsa pe frunte, ameninţând să se spargă în orice moment. Elise stătea locului, în poziţia în care o opriseră, uitându-se şi ea la el încruntată.

"Salvatore, nu cred că-i cazul să folosim cuvinte aşa de mari..." vorbi Beethoven.

"Eu cred că e! Zi-mi, Wallner, cât de sincer poţi tu. Tu

simţi ceva când dansezi? Ceva, oricât de slab?"

Elise clipi, fără să vorbească. *Nu simt nimic, nu simt nimic pentru că trebuie să nu simt nimic*, ar fi vrut să îi zică şi să se aşeze pe jos şi să plângă.

Nu făcea decât să urmeze sfatul care îi rămăsese imprimat în minte atâţia ani, sfatul în jurul căruia crescuse, ca iedera în jurul unui arbore. Unde greşea...?

"Vezi, Ludwig, ce ţi-am zis eu. Nu simte nimic, pentru că n-are ce să simtă! Şi se mai aşteaptă să simţim noi ceva când o vedem."

"Dar ce vrei mai mult de la mine?" strigă ea, lipindu-şi palmele de frunte. "Nu greşesc nicio mişcare, nu..."

Simţea că se zbate ca un peşte pe uscat, încercând să îi opună rezistenţă lui Viganò, când, în adâncul ei, ştia că el are dreptate. Când dansa nu simţea decât teama că va rămâne pierdută pe vecie în labirintul artei, irosindu-şi orice fărâmă de talent pe care ar fi avut-o.

Viganò lovi de câteva ori cu palmele în scenă, gemând exasperat. "În momentul ăsta aş prefera să greşeşti *toate* mişcările, numai să vină di..."

"Elise, ce se-ntâmplă cu tine?" îl întrerupse Beethoven, oprindu-se în sfârşit.

Ea tăcu, privindu-i rece pe amândoi cum, în faţa scenei, stăteau unul lângă celălalt. Câteva lumânări ardeau în candelabru, aruncând nişte reflexii stranii peste ei. Se simţea pusă la punct, certată ca un copil.

"Nu ştie să danseze, asta se-ntâmplă! În corp trebuia să fie, în rândul din spate, să n-o vadă nimeni!"

"Trebuie, Elise, trebuie neapărat să simţi şi tu ce dansezi..."

"Dar..." începu ea, cu un glas tremurat. "Dar simt muzica!"

"Nu-i de-ajuns, Wallner, toată lumea simte muzica. Tu trebuie s-o trăieşti... dar e vorba de mai mult decât atât."

"Trebuie să te deschizi, Elise, să te deschizi şi să te laşi să vezi."

Beethoven îşi ridică brusc mâna în sus. Şi-o ridică şi ea, simţindu-şi membrele prinse cu nişte aţe invizibile de membrele lui, de parcă ea ar fi fost păpuşa, şi el păpuşarul, de parcă el ar fi trebuit să îi dicteze, iar ea ar fi trebuit să execute – avu pentru o clipă impresia că tot ce era atunci, tot ce devenise de-a lungul acelor săptămâni, era o părticică din el, o părticică pe care o oglindea ascultătoare.

Pentru că eşti muza lui, gândi, *eşti muza lui şi poate să facă ce vrea din tine.* Privirea lui cuprinzătoare părea că îi confirmă gândul.

"Dansează!" strigă brusc Beethoven, iar muzica răsună iar în jurul ei, ca o explozie, împingând-o de la spate.

DOUĂZECI ȘI ȘASE

"Wallner, mă oboseşti. Opreşte-te odată, nu vezi că nu-ţi iese?"

Elise îşi frânse pirueta la jumătate şi, cu corpul împleticit, cu picioarele încrucişate, se opri brusc. Îşi simţea faţa fierbinte, umedă. Câteva firişoare de păr îi erau lipite de frunte, intrându-i în ochi. Dansase doar ea toată dimineaţa, repetând la nesfârşit coregrafia, care se schimba uşor după fiecare încercare eşuată, împreună cu muzica pe care Beethoven, într-o vervă de neoprit, continua să o rescrie.

"E vina soloului. Nu-i încă potrivit pentru ea. Mai trebuie să lucrez la el, mai trebuie să lucrez la el negreşit!" interveni Beethoven, care se aplecă asupra partiturilor şi începu să scrijelească, din nou, ceva cu un ciot de creion.

"E vina ei, Ludwig. Nu mai schimba nimic, totul e perfect aşa cum este-acum. Mă rog, cu unele excepţii. Hai,

Wallner, las-o pe Gottfried să-ţi arate cum se face."

"Nu, în niciun caz, vreau să mai încerc!" strigă Elise, ducându-se spre centrul scenei. Avea să lupte şi să fugă în continuare prin negură şi să nu se oprească până nu dă de lumină. Îi era prea teamă, sacrificase prea mult...

"Hai, Gottfried, repejor, n-am toată ziua!"

"Nu!" mai strigă o dată Elise, aranjându-şi braţele, unul deasupra capului, celălalt în jurul taliei – poziţia cu care trebuia să îşi înceapă soloul, poziţia care, în loc să îi deschidă scările către culmile artei, o pregătea pentru un chin prelung. Căci era şi subiectul şi obiectul torturii.

Viganò se opri în loc, punându-şi mâinile în şold, privind-o drept în ochi.

"Am zis să te mişti. Am terminat-o cu tine."

"Iar eu am zis nu. Ce nu poţi să-nţelegi: sunt doar două amărâte de litere."

Coregraful râse, lingându-şi buzele.

"Dacă-i aşa, hai să te mai vedem o dată. Şi dacă chiar nu-ţi iese, *eşti terminată*. Sunt doar două amărâte de cuvinte, sigur ai să-nţelegi ce vreau să spun."

"Ludwig, cântă din nou, te rog, ultima parte. Din nou şi din nou şi din nou şi din nou până crezi că nu mai am nevoie," spuse ea, uitându-se drept în ochii lui Beethoven.

"E mult până n-o să mai ai nevoie, Wallner. Hai, mişcă-te, nu vezi cum aşteaptă toţi după tine? Începe-odată."

Ignorându-l, Elise trase adânc aer în piept, îşi refăcu poziţia corpului, se ridică pe vârfuri şi aşteptă. Cei câţiva membri ai orchestrei care fuseseră aduşi în acea zi se foiau, răsfoindu-şi partiturile, pregătindu-şi instrumentele.

Inima îi bătea cu putere. Nu ştia ce să facă, nu ştia unde greşeşte, nu ştia unde să caute răspunsul. Ştia doar că în secunda în care muzica începea, ea trebuia să danseze, să danseze şi să se deschidă. Să se deschidă pentru ce? Nu era de ajuns că pânza era goală, pregătită, aşteptând să fie pictată de oameni şi de lumea lor, a acelora cărora căuta cu atâta ardoare să li se jertfească. Dar oare voia asta cu adevărat? Şi care ar fi fost alternativa? Ce trebuia să facă? Unde trebuia să caute?

Muzica ţâşni deodată, la unison, din toate instrumentele. Îl văzu pe Beethoven aplecat deasupra pianului, absorbit complet de arta lui, ca şi când ar fi fost prins în străfundurile unui ocean. Cum o făcea? El unde găsise răspunsul?

Se ridică pe vârfuri, făcu o piruetă şi, cu braţele ridicate în sus, sări în aer, îndreptându-se spre spatele scenei, spre construcţia de lemn care trebuia să fie o stâncă, stânca pe care murise Prometeu.

"Hai, Wallner, Prometeu tocmai a fost înjunghiat pe stâncă, iar cadavrul lui stă întins acolo, sus, deasupra lumii. Toată lumea încearcă să te ţină înapoi. Tu vrei să te duci să îl vezi. Zbate-te, aşa, deschide-ţi mâinile, flutură-le în aer, sari, şi începe să fugi..."

Oftă adânc, îndoindu-şi genunchii, aplecându-se până la pământ. Prometeu murise, iar ea trebuia să îl plângă, trebuia să îl plângă, dar nu ştia cum... Ce trebuia să simtă, ce trebuia să facă? Îşi simţea corpul uşor, ca şi când ar fi fost gol, complet gol. Bătăile inimii ei îi răsunau cu ecou între coaste – nu știa ce trebuia să simtă, și, deci, nu simțea nimic. Îi era prea frică. De ce îi era frică?

Își undui corpul, lipindu-și mâinile de piept și, înfigându-și unghiile în materialul rochiei, trecând de el, atingând pielea, se propulsă în față. Nici măcar durerea fizică nu ajuta... părea prea mult a ei, prea puțin a personajului. Dar cine era personajul? Dar cine era ea?

Fugea pe vârfuri, scuturându-și umerii, tot întorcându-și capul în spate, iar lemnul scârțâia sub greutatea și sub salturile ei. Muzica plângea pe fundal – așa trebuia să plângă și ea, așa trebuia să sune și dansul ei. Trebuia să se frângă în două și să primească muzica înăuntrul ei, să o lase să îi curgă prin vene, să devină ea... trebuia să se lase definită de muzică.

"Ești sus și l-ai văzut și priveliștea te doboară..." urlă Viganò din nou, încercând să acopere sunetul muzicii. "Te doboară și nu mai vrei să vezi și te-ntorci cu spatele, așa... flexează-ți iar genunchii, apleacă-te în jos. Hai, Wallner, durerea îți explodează în piept și te face să cazi jos, dar tu te opui."

Aerul mirosea adânc a ceară și era fierbinte acolo sus, iar ea simți, pentru o clipă, că nu mai poate să respire. Se ridică pe vârfuri, se aplecă într-o parte, își frânse trupul în două și, în acea încovoiere care ar fi trebuit să fie ilustrarea suferinței, făcu prima piruetă. Respira greoi, simțindu-și mușchii cum, încordându-i-se, se întinseră, se întinseră într-atât, încât stăteau să se rupă. Oasele îi scrâșniră, amenințând să i se rotească afară din articulații. Degetele de la picioare, încă pline de răni, sugrumate de pantofi, o ardeau teribil.

Avu impresia că era pe punctul de a se dezmembra toată, de a se rupe în bucăți – doar muzica și mișcarea o mai țineau laolaltă, doar ele păreau că o animă. Mai făcu o piruetă. Pianul se avânta înainte, muzica i se avânta și ei prin trup. Începu să tremure. Încă nu simțea nimic și îi era teamă că nu avea să simtă niciodată.

“Ce-i asta, Wallner? Chiar și-un copil face piruete mai pline de viață decât ale tale. Tocmai ți-a murit tatăl, uite-l acolo, uite-l întins pe jos, în fața ta, și tu n-ai voie să-l atingi, n-ai voie să-l ajuți. Durerea scurmă în pieptul tău și tu privești trupul fără viață și vrei să faci ceva, dar știi că ești neputincioasă... Hai, odată! Simte, simte, deschide-te!”

Își frânse pirueta, căzu în genunchi, își aplecă trupul în față, lipindu-l de podea. Tocmai îi murise tatăl...

“Ce faci?” strigă Viganò, iar muzica se opri, dar ea continuă să se miște.

Tocmai îi murise tatăl, iar căldura o sufoca, iar piruetele o amețiseră. Tocmai îi murise tatăl, iar cadavrul lui era acolo, în fața ei, și reuși să îl vadă întins pe un divan, galben, veștejit, cu buze uscate, cu mâini reci, deja fără viață. Se ridică pe vârfuri, își înălță mâinile în sus, își arcui gâtul și, cu murmurele lui muribunde în urechi, cu tusea lui de ftizic pe post de muzică, își reluă suita de piruete.

Lumina care până atunci o orbise, privirile pe care până atunci le simțise ațintite asupra ei, teama, golul, neliniștea – toate dispăruseră, înghițite de negura trecutului, lăsând loc durerii, acelei dureri vechi, prăfuite, care o umplea de fiecare dată când auzea cuvântul *tată*.

Avu impresia că muzica reîncepuse. O simţea din nou curgând prin ea... sau poate doar avea impresia că o simte, poate chiar ea devenise muzica, poate reuşise să se deschidă... Ce făcuse? Reuşise cineva să îi picteze pânza? Nu mai era sacrificiul ei în van?

Nu mai vedea nici sala teatrului, nici scena, nici pe ceilalţi. Se simţea oarbă, complet oarbă – reuşea numai să mai audă muzica, reuşea numai să îşi mai simtă mişcările care curgeau involuntare din ea, părându-i întipărite în muşchi.

Dansa şi simţea că o face în faţa tatălui ei, ţinându-i mâna moartă, rotindu-se în jurul cadavrului lui, plângând şi urându-se pe sine pentru că-l lăsase să moară şi pentru că nu putea face nimic să îl aducă înapoi. Era întuneric şi frig, iar în aer mirosea a furtună. Îşi luă un nou avânt, continuându-şi piruetele, una după alta, fără să le simtă, fără să îşi dea seama că le face. Nici nu le mai număra, nici nu îşi deschidea ochii, aştepta numai ca muzica să se oprească.

Căzu brusc în genunchi, ameţită, extenuată. Îi venea să vomite şi tremura şi îşi simţea obrajii uzi şi ochii umflaţi, usturând-o. Auzi larmă în jurul ei, iar scena se zgudui, ca şi când o întreagă armată ar fi fugit pe lemnul şubred, apropiindu-se de ea.

“Doamne, Wallner, ai fost tu asta?” zise Viganò, şi, pentru prima oară de când îl cunoscuse, îl auzi aplaudând-o.

Zâmbi slab – nu crezuse că el avea să o aplaude vreodată,

nu crezuse că avea vreodată să reușească să îi merite felicitările. Dar cum o făcuse? Cum de reușise? Se simți luată în brațe, iar fața i se adânci într-un material aspru, cu un miros înțepător.

“Cred, Elise, că am înțeles, în sfârșit, amândoi!” îi șopti în ureche, cu un glas atât de tremurat, încât Elise avu impresia că Beethoven plânge. “Și dac-am înțeles în sfârșit, nu mai avem cum să pierdem sensul...”

Ai înțeles, ai înțeles în sfârșit și nu mai ai cum să pierzi niciodată sensul! gândi. *Dar ce ai înțeles, de fapt...?* Inima începu să îi bată din nou ca nebună.

Înțelesese cu adevărat, sau fusese doar o simplă întâmplare?

DOUĂZECI ȘI ȘAPTE

Beethoven strânse în pumn tacâmurile de argint, încercând să se abţină din a le arunca spre femeia din faţa lui, care de câteva minute bune nu mai contenea din vorbit. Toţi ceilalţi de la masă păreau să o asculte interesaţi – acel interes evident fals, pictat pe chipurile lor, aşa cum numai vienezii ştiau să afişeze în societate – râzând, aprobând-o, răspunzându-i cu alte nimicuri, la fel de fără rost. Încetase demult să îi mai asculte, în parte pentru că îi era greu să îi audă, în parte pentru că nu voia să se lase tras în tumultul acelei trivialităţi, nu voia să se înece cu superficialitatea lor. *Distracţia îţi ucide sufletul*, îi spusese la un moment dat Elise. Câtă dreptate avea!

Oftă apăsat şi îşi odihni privirea asupra bradului din colţul camerei – ornat cu lumânări şi cu globuri de cristal, copacul pâlpâia viu şi colorat, părând că îl aprobă. De aceea nu reuşeau vienezii să vadă şi să priceapă: sufletele lor erau mult prea amorţite, minţile lor mult prea grele cu plumbul frivolităţii. Şi voia cu adevărat să îi facă să vadă... dar cum? El n-avea de gând să se schimbe, iar pe ei nu putea să îi schimbe decât arta.

Simţi pe unul din braţe atingerea caldă a unei mâini, care se agita, trăgându-l de mâneca fracului.

"Herr Beethoven!"

Tresări şi îşi întoarse brusc capul către restul mesei. Toată lumea tăcuse brusc şi îl privea nemişcată, de parcă ar fi aşteptat un răspuns de la el. Îşi mişcă ochii de la unul la altul, încercând să privească dincolo de masca fiecăruia – erau, însă, puse prea bine pe chipurile lor, potrivite cu o exactitate prea mare pentru ca el să reuşească să găsească o crăpătură prin care să li se întrevadă gândurile. Se încruntă şi scutură energic din cap.

"Dar, Herr Beethoven, vă rugăm! Niciodată nu vreţi să cântaţi, niciodată nu vreţi să ne bucuraţi şi pe noi cu virtuozitatea dumneavoastră!" vorbi Therese von Wallner, din celălalt capăt al mesei.

"Şi nu mi se pare corect să vă trataţi prietenii cu o asemenea indiferenţă. Toţi străinii vă pot asculta, dar totuşi noi nu reuşim niciodată să o facem," completă prinţul Lichnowsky, gazda, în timp ce îşi ridica paharul de vin la gură.

Beethoven pufni şi scutură iar din cap. Câtă îndrăzneală să se creadă prietenii lui. Câtă insolenţă să îi ceară să le cânte la comandă.

"În niciun caz, în niciun caz!" strigă el. "Dacă aţi fi cu adevărat prietenii mei aţi şti că nu cânt la asemenea ocazii."

"Serios că mă faceţi să cred că reputaţia dumneavoastră, atât aici, cât şi în străinătate, e doar un simplu zvon," râse un bărbat care, atunci când îl privi mai cu atenţie, se dovedi a fi un soldat francez, unul din cei doi pe care îi întâlnise atunci, împreună cu Elise, în mijlocul străzii.

Vru să se ridice în picioare, să înceapă iar să strige la el, dar simţi mâna prinţesei von zu Guttenberg pe braţul lui, grea, fierbinte, ca o ancoră. Rânjetul lui onctuos, alături de insulta aceea mascată şi dezgustătoare, pulsau în faţa lui, luminoase, ameninţătoare; dar trebuia să se abţină – erau acolo oamenii care plăteau, oamenii care puteau înceta să mai plătească dacă deveneau iritaţi. Trase aer în piept şi îşi drese vocea.

"Asta nu mă priveşte deloc pe mine," spuse zâmbind slab. "Reputaţia mea nu arată absolut deloc cine sunt eu cu adevărat, şi deci nu trebuie să fiu scos responsabil pentru aceasta."

Lumea râse în jurul lui, acel râset indulgent, aproape duios, care însoţea adesea ieşirile lui din societate.

"*Maestro*, dacă vă roagă toţi cu aşa o vervă, eu spun să faceţi o excepţie. Măcar astăzi, dacă tot e Crăciunul. Puteţi să le arătaţi la ce lucraţi acum, la ce compuneţi pentru Elis... domnişoara Wallner..." spuse Ries, privindu-l blond şi zâmbitor şi roşu în obraji, de pe latura cealaltă a mesei.

"La ce compoziţie te referi?" întrebă Beethoven, simţind cum o panică vâscoasă începea să i se adune în inimă. De unde știa Ferdinand ce compunea el pentru Elise? Nimeni nu trebuia să știe, nimeni nu trebuia să audă până când nu era gata, până când nu era perfect. Nimeni nu trebuia să o audă înainte să o audă Elise.

Încă se simțea ca un marinar plutind în derivă în mijlocul unei mări furtunoase, vâslind la voia întâmplării, rugându-se să găsească mai repede malul, rugându-se să o găsească mai repede pe ea. Îl dădea gata, îl făcea să scrie vijelios pagini întregi, crezând că o înțelesese în sfârșit, pagini mereu greșite, pe care le arunca în flăcări a doua zi.

"La noul solo, *maestro*, la coda[4], mai exact. Arătați-le cât de divin sună, să-și facă o idee de întregul balet."

Răsuflă ușurat.

"Cum adică noul solo? Credeam că baletul e terminat de zece ani și acum Salvatore doar reface coregrafia și îl pune în scenă. Eu nu știam nimic de nicio rescriere!" strigă Baronul von Braun, lăsându-și tacâmurile să cadă cu un clinchet sonor în farfuria goală.

"Elise e solista baletului?" întrebă francezul, parcă mai mult pentru sine și, fără să aștepte un răspuns, continuă: "Frumoasă femeie... mă rog, toate balerinele sunt, într-o măsură sau alta, frumoase. Dar ea era altceva, alt specimen, care te îngrozește și te macină și nu te lasă să dormi. Pe Louis sigur nu l-a lăsat!"

Vorbele lui stârniră ilaritatea mesei. Beethoven rămase nemișcat, încă privindu-l fără să clipească pe von Braun care, cu o expresie stranie de mirare exasperată întipărită

4 Parte finală a unei compoziții muzicale.

pe chip, semăna izbitor de mult cu bustul de marmură din spatele lui.

"Sunt tare curios cum dansează... dar nu mă îndoiesc că baletul ei îi face concurență frumuseții."

"Baletul îi e mult superior frumuseții," spuse Beethoven, întorcându-și privirile spre soldat. O văzu cu coada ochiului pe Eleonore cum se lasă pe spate în scaun, încrucișându-și mâinile pe picioare, întunecându-se la față. "Elise e un geniu, nimic mai puțin."

"Un geniu încă neieșit la iveală, dacă ar fi să te iei după spusele lui Salvatore," pufni prințesa, zâmbind strâmb, un zâmbet hidos în lumina aceea prăfuită a lumânărilor din candelabru.

"Un geniu existent, dar care încă se caută, dacă ar fi să te iei după spusele mele. De aceea tot rescriu, Peter... Soloul nu e niciodată îndeajuns de bun, e mereu prea puțin, prea timid chiar, pentru forța pe care o simt în ea. Ei îi trebuie un solo amplu, larg, pe care să se poată destinde, care să o cuprindă pe de-a-ntregul. Un solo care să sune la fel ca muzica din ea."

"Și dacă rescrii nu se modifică și coregrafia?"

"Ba da."

"Și Salvatore ce zice?"

Și Viganò îi spunea să înceteze, să renunțe la orice modificări, să se detașeze. Simțea că ceva începe să clocotească în el – de unde să știe ei ce înseamnă atașamentul și ce înseamnă renunțarea? De unde să știe ei cât de greu îi poate fi unui artist să se detașeze de arta lui și să o lase definitiv neschimbată? De unde să ştie că sacrificiul constă tocmai în ruperea irevocabilă a artei din sufletul artistului şi în oferirea ei către lume?

Îşi strânse pumnul pe masă, până ce simţi că stă să îi plesnească. Von Braun era roşu la faţă şi pufnea aproape spasmodic prin nări, iar gulerul rigid, ridicat până aproape de urechi, părea că stă să îl sufoce.

"Normal că ţi-a zis şi el să te opreşti, Ludwig! El gândeşte... el ştie că în mai puţin de două săptămâni e premiera! El e rezonabil... el e normal... el e..."

"Dar am timp, am timp destul! De ce să renunţ acum? De ce să renunţ la ea?"

Nu ştia la care *ea* se referă: la Elise sau la arta lui, sau la amândouă, care deveniseră una şi aceeaşi?

"Ai timp, desigur!" strigă von Braun, întinzându-şi mâinile spre el, scuturându-le, de parcă ar fi luptat impulsului de a-l sugruma. "Aşa cum ai avut timp să rescrii şi toate celelalte opere, şi toate celelalte concerte pe care le-ai ţinut la mine. Şi ştim amândoi... nu, ştie chiar toată Viena cum au ieşit alea! Nişte dezastre, nişte haosuri fără început şi fără sfârşit... Ţie chiar nu-ţi pasă ce cred criticii, ce se spune despre tine în ziare?"

"De ce mi-ar păsa mie de critici? Şi tu şi Salvatore îmi tot pomeniţi de critici bune şi de critici proaste, de parcă pălăvrăgelile unor oameni care cred că înţeleg ce-i în mintea unui artist m-ar afecta în vreun fel. Arta mea..." spuse, răsuflând şi el greoi.

Camera se învârtea în jurul lui, luminile pâlpâiau

orbitoare, fierbinţeala camerei devenise insuportabilă. Simţea un miros acru încă persistând în aer, intrându-i cu forţa prin nări, sedimentându-i-se în piept. Cu mâna tremurând, îşi şterse fruntea caldă, pe care se prelingea un firicel de transpiraţie. "Arta mea nu este în niciun caz pentru critici, ci pentru cine vrea... pentru cine are curajul, chiar, să o înţeleagă."

Von Braun îşi ridică privirea spre tavan, plescăind din buze.

"Poate ţie nu-ţi pasă nici de critici, nici de publicul larg, dar tot din banii lor trăieşti."

"Nu mă interesează de bani."

"Ei bine, pe mine mă interesează."

"Ei bine, tu eşti un superficial," i-o trânti Beethoven, izbind cu pumnul în masă, făcând-o să se zguduie. Eleonore îl prinse iar de mână, şi îi şopti printre dinţi să înceteze, să nu se mai facă de râs.

"Şi tu un mediocru!"

Beethoven avu pentru o clipă impresia că totul se înnegreşte în jurul lui. Se ridică mecanic în picioare, trântind pe jos scaunul pe care stătuse până atunci, ignorând forfota care se destindea în jurul lui, orb la semnele celorlalţi, surd la vorbele lor. Apucă în mână unul din paharele din faţa lui şi, cu braţul suspendat în aer, rămase nemişcat. Buza îi tremura. În minte şi în braţe şi în gură i se prelingea veşnica mânie dezgustătoare, acea mânie pe care nu o putea controla niciodată, acea mânie pe care o regreta cu toată fiinţa lui.

"Măcar eu fac ceva cu mediocritatea mea, Peter, n-o

țin ca înrămată într-un loc de cinste! Măcar eu compun și m-arunc cu capul înainte în artă, nu doar putrezesc lângă ea, privind-o cu jind ca tine, un simplu director de teatru!"

"Domnilor, vă rog!" strigă prințul Lichnowsky, apropiindu-se de Beethoven, luându-i cu o mișcare bruscă paharul din mână. "Ludwig, liniștește-te!"

Beethoven își scutură tot corpul, lovindu-l cu umărul în piept. Nu putea gândi limpede, și în niciun caz nu se putea liniști.

"Tu ce faci când eu mă zbat și caut și scriu și rescriu și încerc să găsesc perfecțiunea operelor mele? Nimic, îți zic eu! Nimic!"

Îl vazu ca prin ceață pe von Braun ridicându-se și el, aplecându-se peste masă, întinzându-și iar mâna, părând că încearcă să îl prindă de guler.

"O, dacă-i așa, rescrie cât vrei!" strigă el, schimonosindu-și fața și mai tare. "Rescrie și tot baletul dacă vrei... oricum îl amân până catadicsești *să ne binecuvântezi și pe noi muritorii cu măreția creațiilor tale perfecte.*"

"Nu-ți permit!" spuse Beethoven, simțind cum ochii i se holbează, cum mânia începe să clocotească și mai tare. Chipul lui Elise îi apăru în minte, și îi păru brusc rău, mai rău decât îi păruse vreodată în toată viața lui.

"Dar ce, trebuie să-mi permiți tu? Nu există... Se amână, se amână, se amână!"

DOUĂZECI ȘI OPT

"Nu mai plânge, Elise, nu mai plânge, te rog..." spuse Beethoven din nou, pe un ton blând, cald.

Furtuna vuia afară, focul pâlpâia în şemineu, iar suspinele ei şi consolările lui erau tot ce mai umpleau liniştea camerei.

"Doar s-a amânat, nu s-a anulat de tot... avem mai mult timp de repetiţii, mai mult timp să îţi scriu solourile, mai mult timp să le repeţi."

Elise tremura toată în braţele lui, cu întreg corpul parcă fără vlagă. Nici nu îndrăznea să deschidă ochii. Spera ca totul să fie o simplă glumă proastă, spera ca totul să se termine cât mai curând.

"Ia-o ca pe-un lucru bun..."

"Cum s-o iau ca pe-un lucru bun, Ludwig, cum?" strigă, lăsând cuvintele să i se piardă într-un nou suspin. "Mă rupeți din nou de balet tocmai când l-am regăsit?"

Îi venea să izbească în toți pereții, cu brațele, cu trupul, cu capul, să sfâșie pernele, să distrugă mobilele, să zdrobească pianul, să dărâme întreaga casă... Pieptul îi era greu, ca de plumb, ca și când coastele i-ar fi fost trase înăuntru, stând să i se prăbușească peste plămâni. Respira anevoie. Se simțea ca un copil pierdut, care, după un timp lung de înstrăinare și o scurtă revedere cu părinții crezuți pierduți, este iar separat de ei, lăsat iar singur pe lume.

"Dar nu te rupem..."

"Înțelesesem, Ludwig, înțelesesem... dacă pierd sensul, dacă îmi ridic iar pereții labirintului în jurul trupului meu! Nu mai vreau acolo, nu mai vreau în întuneric... baletul era singura mea scăpare."

Izbucni iar într-un hohot de plâns, izbind cu pumnii în pieptul lui Beethoven, simțind cum lacrimile îi șiroiesc pe obrajii fierbinți, cum durerea din spatele capului nu contenește, cum ar prefera să moară decât să mai trăiască o zi fără să danseze.

Beethoven o mângâie pe păr, încercând să o liniștească. Simțea că îl urăște în acel moment, simțea că urăște, de fapt, pe toată lumea, că se urăște chiar și pe ea. *Ești slabă*, urlă vocea lui Matthias în capul ei, fierbinte, umedă, ca și când ar fi fost lângă ea. Inima începu să îi bată și mai tare.

"Elise... draga mea, Elise... câtă vreme eu compun, tu vei dansa. Câtă vreme eu compun, tu vei rămâne lipită de mine și vom găsi, braț la braț, scăparea."

Vocea lui se schimbase, devenise stranie, dulceagă.

Se împinse cu mâinile în pieptul lui şi se depărtă de el, aşezându-se în capătul celălalt al divanului. Avea să o facă muza lui, să o poarte cu el şi să o omoare... asta dacă nu o făcea Matthias mai întâi.

“Hai la Heiligenstadt, cu mine şi cu Ferdinand... ai nevoie de aer curat, ai nevoie de frumuseţea câmpurilor şi a pădurilor, de liniştea satului.”

Elise tăcu, privindu-l drept în ochi. Îi era frică și de el, și de Matthias, și de ea, mai ales de ea, cea care era când nu dansa.

Pe gât o ardea fantoma degetelor lui Matthias, iar pe gambe amintirea săruturilor lui. Mai suspină o dată, prelung.

Ce moarte era mai uşoară, ce moarte trebuia să aleagă ca să se salveze?

DOUĂZECI ȘI NOUĂ

Se prinse cu mâna de marginea uşiţei şi sări din trăsură. Picioarele i se afundară în zăpada imaculată; frigul îi îmbrăţişă gleznele; razele unui soare palid de decembrie îi mângâiară creştetul capului.

Întreaga întindere a câmpului părea, până în locul unde cerul se apleca şters şi se contopea cu pământul, o mare de alb, vastă, întinsă, nederanjată. Părea că niciun om nu mai călcase pe acolo de mult timp, niciun om până la ei. Era o linişte stranie în jur, liniştea sacră, familiară, a naturii.

Nu îi venea să se mişte din loc. Nu voia să se mişte din loc. Nu s-ar fi mişcat din loc, dacă n-ar fi simţit respiraţia caldă a lui Beethoven lovind-o în ceafă.

"E frumos, nu-i aşa?" o întrebă, iar ea, închizându-şi ochii, făcu un pas înainte.

Era, într-adevăr, frumos, aşa alb şi gol şi pustiu cum era

totul. Doar casa mai era acolo şi un copac înalt, subţire, aproape negru. Două ciori stăteau pe vârful unei ramuri, una lângă alta, zgribulite, privind-o amândouă drept în ochi. Una croncăni sonor. Cealaltă îi răspunse, încă şi mai răspicat.

Elise inspiră adânc, simţind cum nările o ustură de la frigul din aer. Era frumos, frumos şi izolat, frumos şi departe de Viena.

"Ce zici, Elise? Nu-i aşa că-ţi place? Nu-i aşa că te bucuri c-ai venit cu noi?" o întrebă şi Ries, ivindu-şi şi el chipul îmbujorat din trăsură.

Dădu din cap, încercând să zâmbească. Ciorile croncăneau în continuare, una pe un ton mai subţire, una pe un ton mai gros, părând că vorbesc, părând că se ceartă. Albul se întindea şi mai tare în faţa ei. Frigul se intensifică. Voia să îşi deschidă gura, voia să le spună că se bucură c-a venit, că se bucură c-a scăpat, dar îşi simţea gâtul uscat şi buzele lipite unele de altele.

Un fâlfâit de aripi se auzi asurzitor.

De ce pleci mereu, de ce pleci şi mă laşi în urmă? părea că spune una dintre ele.

Pentru că am şi eu dreptul la o viaţă a mea, la un suflet al meu! părea că spune cealaltă.

N-am stabilit că eu te iubesc şi că tu mă iubeşti şi că nu mai pleci, că nu mă mai laşi singur? întrebă prima.

N-am stabilit că tu nu-mi mai faci rău, că nu mă mai loveşti? întrebă şi a doua, ca un ecou.

Un fior o străbătu pe şina spinării.

Își scutură capul, lipindu-și palmele de frunte. Avea pădurea într-o parte, câmpul în alta, cerul deasupra capului și pe Beethoven, cu pianul și cu virtuozitatea și cu geniul lui. Era acolo, și trebuia să își hrănească arta, să își deschidă sufletul, să trăiască muzica și să danseze. Era acolo și trebuia să nu se gândească la ce tot promitea Matthias că-și face în lipsa ei – nu mai avea să fie ruptă de dans, nu mai avea să lase pe nimeni să o facă. Nici măcar pe *el*, nici măcar pe trecutul lor.

"Dar hai înăuntru!" strigă Beethoven, venind lângă ea, cuprinzându-i umerii. "E teribil de frig, și știi că lui Ferdinand nu-i place deloc frigul."

"Tu ești ăla căruia nu-i place frigul, Ludwig!" spuse Ries, înaintând prin zăpadă.

Beethoven râse, o bătu ușor pe braț, se desprinse de ea și începu să meargă și el înainte, fredonând. Ciorile încă croncăneau, urletele lor sunându-i izbitor de cunoscute.

Fantoma atingerii lui Beethoven, rece și ușoară, i se afunda în piele, parcă resorbită în fantoma altei atingeri, parcă devenită a altuia. Răceala era atât de intensă încât se simțea fierbinte. Tandrețea gestului era atât de profundă încât se simțea a fi cruzime.

Își scutură iar capul și, mușcându-și buza, își ridică ochii către cer, respirând adânc, ritmic, încercând să își încetinească bătăile inimii, așa cum Frau Dietrich o învățase cu mulți ani în urmă: nu trebuia decât să se concentreze pe aerul care îi intra și îi ieșea din corp, ca și când toți porii ei ar fi respirat, ca și când ea ar fi devenit un singur plămân, dilatându-se și micșorându-se într-una.

Nu trebuia să se piardă, nu trebuia să lase nici trecutul nici viitorul, nici violențele lui Matthias, nici promisiunile lui Beethoven, să o rupă în două. Trebuia să se prindă cu ambele mâini de mâinile artei, și să danseze și să se tragă în sus, și să nu se lase irosită.

Avea să danseze, să danseze așa cum o învățase Frau Dietrich, așa cum simțea Beethoven, așa cum se aștepta publicul, așa cum voise tatăl ei. Privi cerul, larg și singur și stăpân asupra a tot, protectorul artei, nimbul artiștilor.

Înțelesese în sfârșit, se deschisese, lăsase muzica să îi păteze cu culoare pânza albă a sufletului. Nu știa cum înțelesese, nu știa cum va înțelege din nou, dar știa că o făcuse o dată, și dacă o făcuse, nimic nu o mai putea opri. Era prinsă în torentul unui fluviu, în torentul Dunării ei iubite, purtată la vale de orchestră și de coregrafie și de durerea din mușchi, și de mierea care îi invada gura când se gândea că reușise. Albastrul părea că picură din văzduh, chiar pe creștetul ei. Zâmbi.

“Haideți, copii!” strigă Beethoven.

“Venim, venim!” îi răspunse ea, fără să își desprindă privirea din cer.

“Și ce vă reține? Dac-ar fi fost primăvară și-ați fi văzut verde și alb de flori, și albastru perlat de cer și-ați fi auzit triluri de păsări și foșnete de animale v-aș fi înțeles, da-i iarnă, și-i frig, și-i urât!”

Beethoven se apucă iar de fluierat. Ries trecu pe lângă ea, pășind ușor prin zăpadă. Ea tresări brusc – un nor mic îi trecu prin fața ochilor, mânjind imacularea cerului, ca și când o piatră gigantică s-ar fi ivit pe cursul apei care o purta vijelios. Se putea le fel de bine izbi de acel bolovan, putea la fel de bine să piardă sensul pe care reușise, după multe încercări, să îl înțeleagă.

Ești fără speranță, gândi și simți cum lacrimile i se adună în spatele ochilor. *Ești naivă*, și-o aminti pe Josephine spunându-i. Poate chiar era.

Poate era și naivă și fără speranță și avea să piardă din nou sensul. Dar nu trebuia să se oprească din căutat, nu atâta vreme cât dansa. *Dansează, dansează, dansează!* Trebuia să danseze.

Beethoven fredona fără încetare, ciorile croncăneau, liniștea urla, iar ea începu să se rotească, închizându-și ochii, ducându-și mâinile la urechi. Voia să facă toate acele zgomote, devenite insuportabile, să se oprească, voia să nu mai audă nimic, nimic, nimic... Își înfipse degetele în urechi, dar sunetele continuau să curgă, acoperind-o ca într-un duș de apă clocotită, părând că vin mai degrabă din ea, dinăuntrul ei.

Își ridica anevoie picioarele din mormanele de zăpadă, prăbușindu-și-le înapoi grele, părăsind și primind răceala lumii într-un ritm alert. Mâinile păreau că i se lipiseră de cap. Mantaua îi zbura în jurul trupului, dar nu îndrăznea să se oprească – era ca și când piruetele deveniseră singurul mod în care putea ști ce simte, în care putea ști că ea e ea.

Se simțea trasă din toate părțile, de haine, de păr, de membre, iar corpul îi tremura ca tulpina unei plante.

Nu pleca, nu pleca, te rog, te rog! răsuna în urechea ei, alături de suspine interminabile, alături de urletele metamorfozate, vocea lui Matthias.

Încă îi putea simți lacrimile curse pe mâneca și pe încheietura ei, încă îi putea vedea pumnii și mâinile trăgând-o de rochie, încercând s-o facă să rămână.

Dacă pleci, Elise, dacă pleci din nou, nu știu ce-o să se-ntâmple cu mine... încerc din nou să mă sinucid! Mă sinucid, ai auzit?

Simțea cum întunericul se țese în jurul ei, cum zăpada pe care se rotea devenea ușor lemn, cum piruetele erau mai ușoare, cum aerul devenea mai cald.

Chiar vrei să mor din cauza ta? Chiar vrei să mă sinucid, Elise? Elise... Elise...

Se tânguise atunci, se tânguia și acum în urechea ei. Tot corpul o ardea acolo unde o atinsese el, acolo unde o lovise, acolo unde o smucise, unde o împinsese, unde trăsese de ea, unde o sărutase, unde lacrimile lui îi atinseseră pielea. Tot corpul ei devenise o fantomă a lui, un vestigiu al mâniei clocotinde din sufletului său. Se simțea arsă, veșnic arsă, plină de cicatrici care nu puteau fi văzute, dar îi erau totuși straniu de vii pe piele, straniu de vii în suflet. Oricât de mult ar fi încercat, nu putea să scape de el – vorbele lui îi umpleau mintea, mirosul lui îi impregna hainele, urletele lui i se sedimentaseră în urechi.

Nu putea să scape de el... dar oare voia cu adevărat să o facă? Sau îi era prea teamă că el vorbea serios, că dacă ea pleca definitiv el avea să se omoare, așa cum mai încercase o dată? Că, murind el, avea să moară şi ea?

Elise... Elise! Orice-ai face, numai nu mă părăsi... plângea el în hohote, trăgând-o de umeri în spate, sprijinindu-se de ea, cea care tăcea mereu, cu ochii închişi, cu inima mică, uscată. Se smucise, se trăsese, mersese doar înainte, fără să clipească, fără să se uite înapoi. El plânsese în hohote. Îi venea şi ei să plângă, pentru amândoi... Ajunsese la uşă, lemnul devenise moale, umed. O trântise de perete, ea se ridicase la loc, se mai smucise o dată, lăsând şi întunericul şi căldura şi teama în urmă. Simţea scările sub picioare, balustrada sub mână – se mai roti o dată, şi încă o dată, şi încă o dată, cu picioare zgribulite, aproape amorţite. Simţea cum lemnul scărilor se aplecă sub greutatea ei.

Dacă pleci acum, Elise, am să te omor... am să te omor aşa cum ţi-am tot promis! Şi-apoi mă omor şi pe mine, simţi ameninţarea reverberându-i în tot corpul, apoi urletul ciorilor îi izbucni în urechi. Auzi din nou un fâlfâit de aripi şi simţi pene zgâriindu-i obrazul.

Căzu. Zăpada îi izbi faţa, intrându-i în gură, în nări, în ochi. Se făcu linişte, doar o voce blândă, ca o şoaptă, i se ţesea în urechi, fără să poate distinge cuvintele, fără să fie nevoită să o facă. Îşi ridică uşor privirea şi văzu, profilându-se pe fundalul albastru al cerului, mâna lui Ries întinsă către ea, gata să o ridice în picioare.

TREIZECI

În tavernă era o larmă insuportabilă chiar şi pentru Matthias – pianistul cânta o muzică zglobie, bărbaţii din jurul scenei scandau prostituatele care dansau, fluierând şi aruncând vorbe grosolane, jucătorii de cărţi ţipau unii la alţii, femeile râdeau, clinchet de tacâmuri şi pahare se auzea de la fiecare masă. Aerul era cald, înăbuşitor, lumina lumânărilor uşor prăfuită.

Capul i se învârtea, respiraţia îi era întretăiată, corpul amorţit, mintea goală. Elise plecase, Elise plecase din nou, Elise plecase şi îl lăsase singur. Suna straniu, ireal. Oare plecase de tot? Întotdeauna se întorcea, dar atunci... Degetele îl furnicau, nările îl ardeau, iar capul nu mai era al lui, atât de puternică era durerea pe care o simţea.

Nu o mai cunoştea pe Elise, nu mai ştia cine este, nu mai ştia ce avea să facă, nu mai ştia ce avea să zică, nu mai ştia nici dacă îl credea atunci când îi spunea că se omoară. Nu mai ştia nimic, nimic, nimic, decât că o voia înapoi, că o voia atât de tare, atât de mult, încât şi-ar fi dat viaţa. *Dar de ce o voia înapoi?* nu contenea să se întrebe – *doar ca să fie a lui, sau ca să o poată ucide în voie?* Începu să tremure. Ceva îi bolborosea în suflet, ceva mai negru, mai pestilenţial decât mânia.

"Ce-i cu faţa asta aşa de lungă, dragule?" îl întrebă cu un glas mieros o femeie blondă, plină, rumenă, care se apropiase de el prin marea de oameni, mişcându-şi provocator şoldurile. "Cum de singur? Unde ţi-e Elise?"

Toţi îl întrebau de Elise, ca şi cum numai ea ar fi contat, ca şi când el nu era pierdut, nu merita compasiune. Femeia îi atinse bărbia şi, zâmbindu-i, i se aşeză în braţe. Simţi cum părul i se ridică pe ceafă, cum saliva, mai vâscoasă, prinde un gust ciudat.

"Nu te-am mai văzut demult... iar v-aţi certat?"

Ea îi mângâie fruntea, trecându-şi degetele prin părul lui, gest rece, mecanic, străin.

"A plecat," spuse, mârâind. "Oricum nu-i treaba ta."

Femeia râse, lăsându-şi capul pe spate, dezvelindu-şi dinţii mici, strălucitori. Stăteau chiar sub candelabrul plin cu lumânări, iar luminile roşiatice îi scăldau pieptul alb şi părul blond şi o făceau să pară de foc, o nimfă a nopţii, o vrăjitoare.

"Şi de ce n-ar fi? La cine vii întotdeauna şi cui te plângi şi cine-ţi ascultă amarul, chiar şi când nu plăteşti?"

Faţa ei râdea toată, luminoasă, ironică, dar, în acelaşi

timp, părea tristă, plictisită. *Fața unei prostituate*, gândi. Nu observase până atunci cât de mult semăna cu mama lui și la chip și la gesturi și la vorbe. *Dar, până la urmă, toate prostituatele seamănă între ele.* Scrâșni din dinți, punându-și mâinile pe talia femeii. Voia să o dea jos de pe el, să o dea jos, și să plece. *Mă feresc c-o vrăjitoare ca aceasta-n public să vorbesc,*[5] gândi și își strânse buzele. Se săturase de ea, se săturase de el, se săturase de tot. O mânie latentă îi mocnea în piept, o mânie nedefinită, adresată nimănui.

"Mă dezguști," îi spuse printre dinți, încercând să o împingă de pe el. "Dă-te jos."

Ea râse din nou, punându-și ambele brațe în spatele gâtului lui.

"Pe tine te dezgustă toată lumea... Dar hai, zi-mi, de ce-a plecat?"

Matthias o privi în ochi, încruntându-se. Strânse materialul unui volan între degete, frământându-l. Un foc negru îl mistuia în interior, în piept, în gât, în stomac, în membre, făcându-l să se simtă în același timp și rugul și condamnatul la moarte. Fierbințeala din încăpere îi ardea pielea și ochii, buzele și părul. Îi era cald, îngrozitor de cald. Femeia îl privea insistent, plescăind din buzele ei pline, roșii.

"A plecat... a plecat pentru că n-am omorât-o când trebuia."

Gâfâi ușor, clipind des, încercând să își șteargă din minte amintirea corpului ei firav, întins pe jos, în holul lor, între cioburile sticlei de vin, cu rochia de bal pătată de sânge,

5 *Faust*, Goethe

cu gâtul vinețiu, cu părul desprins acoperind-o toată ca o pătură. O iubise atunci așa cum o iubise mereu, așa cum o iubea și acum, iar iubirea aceea sufocantă curgea din el ca într-o cascadă infinită, iar el nu știa ce să facă cu surplusul, nu știa dacă să îl înghită sau să îl scuipe, să îl arunce sau să îl lase să îl sugrume. Se simțea intoxicat de ură și iubire și mânie, și de niște versuri stranii, preistorice, făcute din cenușă.

Ușor strepeziți cu carii de ceară, acum mi-s toți dinții, iar gura mi-e-amară..., gândi și scrâșni din dinți, izbindu-și pumnul în masa din fața lui. Avea impresia că nu mai poate gândi limpede.

"Trebuia să o omor, trebuia să o omor și să scap odată de ea. Am s-o fac, imediat ce-o văd, am s-o fac!" mârâi printre dinți, strângând și mai tare, fără să se poată opri.

"Numai bine după, vii la mine. Dar crede-mă, n-ai s-o omori. O iubești prea mult și de asta i-ai dat o putere mult prea mare asupra ta. N-o să ai curajul s-o faci, n-o să te lase inima s-o ucizi."

"Atunci mă omor pe mine..."

"Și crezi că asta o să ai curaj să faci? Crezi c-o să suporți gândul că ea rămâne în viață, când tu ești mort din cauza ei?"

Matthias respira greoi, de parcă plămânii lui ar fi fost plini de un gaz lichefiat, vâscos. Își mușcă interiorul obrazului și strânse cu putere din pleoape. Ar fi rezistat să știe că unul e viu, iar celălalt e mort? Ar fi putut el să trăiască, știind că ea e în mormânt? Ar fi putut el să moară, ştiind că ea încă păşeşte pe pământul sub care el e îngropat?

"Atunci soluţia este să murim amândoi," spuse, în şoaptă, evitând să o privească.

Femeia îi luă capul în mâini şi îl apropie de al ei, până când nasurile lor se lipiră unul de altul. Îşi închise ochii, dar imaginea chipului ei îi rămase imprimată pe interiorul pleoapei, zâmbindu-i zeflemitor, ţopăind şi rotindu-se. *Nu e ea, nu e ea, nu e ea*... îşi spunea fără încetare, dar blondul şi râsul şi mângâierile păreau rupte din trecutul ascuns bine în străfundurile minţii lui.

"Eşti dramatic şi absurd, Matthias. Revino-ţi. Nu rezolvi nimic cu violenţe ieftine," spuse ea, şi îi atinse buzele, dar el, cu ochii încă închişi, îşi feri faţa.

"Dă-te jos de pe mine!" urlă el, dar ţipătul lui se pierdu în larma încăperii, dispersându-se ca şi când nici nu ar fi existat.

"Ai să mă obligi?" chicoti ea, şi îi mângâie din nou obrajii.

Ţinându-şi respiraţia, îşi încleştă degetele în talia femeii din braţele lui şi strânse cu putere, privind cum ochii ei mari, albaştri, ca de copil, se umpleau de o teamă sinceră, apoasă. Numai Elise privea cu ură când o lovea, numai Elise îl înfrunta, numai Elise merita dragostea şi sacrificiul lui.

Era dezgustat şi mânios şi nu mai putea să respire. O voia pe Elise, o voia pe Elise înapoi, dar ştia că nu mai avea niciodată să o primească – nu aşa cum o dorea el, cu trup şi cu suflet şi cu minte. Continua să strângă, adâncindu-şi şi mai mult unghiile în carnea ei.

"Te... te rog..." spuse femeia gâtuit, foindu-se, căutându-i mâinile cu degetele ei subțiri, încercând să i le desprindă de pe ea. "Mă doare."

Glasul ei suna ca o combinație înfiorătoare de alte glasuri, plângând și tânguindu-se: toate femeile pe care le avusese, toate femeile pe care le bătuse. Numai mama lui tăcea. Numai Elise urla la el, plină de ură, plină de dezgust.

"Matthias, încetează... mă doare!"

"Și pe mine," susură el.

Respira greoi, camera se învârtea în jurul lui, ochii i se umpleau de un lichid translucid, fierbinte. Nu mai vedea nimic, nu mai simțea nimic. Își ridică mână și izbi cu toată puterea, fără să își dea seama exact în cine lovește: în femeia aceea cu adevărat sau în Elise, sau într-o fantomă stranie a mamei lui? Încă gâfâind, cu mâna lipită de frunte, se ridică și, pășind peste corpul întins pe podea, se îndreptă spre ușa tavernei.

TREIZECI ȘI UNU

Elise îl privise pe Beethoven toată dimineața stând aplecat asupra pianului, doar într-un halat vișiniu de mătase, cu ochii înnegriți de cearcăne, cu buzele înroșite de la cât și le mușcase. Scrisese de zor, așa cum scria și atunci, scrijelind pe foile unui caiet, rupându-le, mototolindu-le, aruncându-le în aer, călcându-le sub picioare.

Pianul era plin de maldăre de foi și sticle de vin goale și mucuri de lumânare, iar lumina din ferestrele fără perdele cădea piezișă pe dezordinea din colțișorul în care compozitorul își petrecuse aproape toate zilele de când ajunseseră acolo. Scrisese și cântase și băuse, și nu o lăsase pe Elise nici să vadă ce scrie, nici să audă ce cântă, nici să bea cu el. Atunci, după toate acele ore de așteptare, venise în sfârșit clipa când avea să danseze pe noua muzică a soloului ei.

Inima îi tremura în piept. Genele îi tremurau peste

pleoape. Degetele îi tremurau pe panglica pantofilor de balet. Totul tremura cu ea, totul aştepta să vadă ce avea să se întâmple. Nu mai dansase de atunci. Simţea că tot corpul arde sub flacăra nerăbdării, că tot corpul îi cere în disperare muzica şi dansul. Şi totuşi, ţinându-şi privirea aţintită pe buştenii mari care se mistuiau în şemineu, îi era frică.

"Când...?" încercă ea, dar întrebarea îi fu curmată de o arie vijelioasă.

"Nu încă," îi răspunse Beethoven zâmbind pierdut, şi continuă să cânte, fără să îşi ia privirea de pe ea.

Elise pufni – cum era ea la degetul lui mic atunci! Cum dansul ei depindea de muzica lui, neputând să ia naştere decât pe patul de note ţesute de el... Vienezii spuneau întotdeauna că muzica era forma supremă a artei, că virtuozul era solul ei, iar compozitorul – zeul. Zâmbi uşor, închizându-şi pleoapele. Niciun artist nu putea să fie zeu, căci zeii sunt stăpânitorii a tot, pe când ei, neputincioşi, supuşi, sunt doar nişte simple păpuşi în mâinile artei. Şi dacă nici compozitorii nu pot ocupa cu adevărat locurile panteonului, atunci ele, balerinele, nu aveau nicio şansă.

"Elise!" strigă Beethoven, făcând-o să tresară.

Îşi ridică brusc capul şi întâlni încâlceala verde din ochii lui, la fel de sălbatică şi de înnegurată ca întotdeauna. Îşi muşcă buza – compozitorul era zeul, iar muza, jertfa adusă lui.

Nu voia să fie doar o muză, nu putea să se limiteze la atât.

"Da?" spuse ea cu jumătate de gură, atingându-şi gâtul cu mâna – încă mai erau acolo nişte urme ale acelor vânătăi, încă o mai ardea pielea când se gândea la ele.

El o privi intens, cu poftă, părând că vrea să o soarbă toată, capturând-o veşnic între pleoapele lui, şi stătu nemişcat, fără să spună nimic. Ea clipi uşor şi trase aer în piept, proptindu-şi mâinile în lemnul podelei – înţelesese şi, cu cuvântul *muză* încă înfipt în gânduri ca un pumnal, se ridică în picioare – trebuia să danseze.

Beethoven îşi zdrobi degetele de pian, ea se ridică pe vârfuri. Muzica săltă în aer, notele curgeau prin ea şi, ţinându-şi respiraţia, făcu o primă piruetă, înălţându-şi braţele deasupra capului, atingându-şi uşor vârfurile degetelor unele de altele.

Numără din nou: *una, două, trei*, făcute toate pe timp, făcute toate pe ritm, cu corpul perfect aliniat, cu genunchii perfect flexaţi. *Patru*... dansase atâtea suite de piruete, din nou şi din nou la nesfârşit, încât avea impresia că nu mai ştie să danseze altcumva decât rotindu-se.

Avea ochii închişi, iar corpul se mişca de la sine, prinzând în piruetele ei şi notele şi mirosul de lemn ars şi aerul călduţ al încăperii. *Cinci*... inima îi pulsa cu putere, bătăile ei îngrămădindu-i-se în gât, îmbulzindu-se, îmbrâncindu-se, formând un dop.

Respira cu greu. Bărbia începuse să îi tremure. *Şase*... dar ei nu îi păsa de nimic, de nimic altceva decât să prindă din nou arta, chiar şi de vârful unui deget, şi să o tragă spre ea, să şi-o înghesuie în suflet şi să o ţină acolo, pe vecie, captivă. *Şapte*... focul ardea şi trosnea în şemineu. Oasele ardeau şi trosneau în glezna pe care şi-o simţea umflată, mistuită şi de durere şi de căldura aromată a focului.

Îşi lipi mâinile de piept, pipăindu-şi pielea prin haine. Simţea muzica cum curge prin ea, dar... ce simţise atunci când înfruntase dansul, privindu-l în ochi? Ce simţise atunci când îşi umezise pielea în izvorul artei? Ce trebuia să simtă atunci? Dacă simţea şi nu ştia ce să simtă...? Nu contenea să îşi pună întrebări, nu contenea să se rotească.

Beethoven se opri brusc, aplecându-se, lovindu-şi capul de pian, o dată şi atât. Se opri şi ea, puţin ameţită, cu un gust metalic în gură.

Nu reuşise, nu reuşise, nu reuşise... oare de asta se oprise Beethoven? Ries se uita le ea nemişcat, cu o expresie stranie pe chip, expresie de pe care Elise nu putea citi nimic. Ce se întâmplase...? Unde greşise din nou?

"Dumnezeule, Elise, nu mai suport!" strigă el şi, lipindu-şi palmele de o parte şi de alta a frunţii, oftă. "Nu mai suport, nu mai suport!"

Elise simţi cum lacrimi i se adunau în spatele ochilor, lacrimi amare, fierbinţi, făcute dintr-un eşec topit, duhnitor.

"Iar am dansat gol, iar am dansat prost, nu-i aşa? Iar ne-am întors la început?" bâigui ea.

Beethoven păru că nu o auzi şi continuă:

"Mă apasă şi mă scurmă şi simt că nu mai pot trăi o zi fără să-ţi spun. Nu mai pot şi nu mai vreau."

Tăcu, respirând cu greu, sonor. Până şi focul respira împreună cu el, şi vântul de afară, şi întreaga cameră, şi întreaga natură. Stătea pe jumătate ridicat de pe banca pianului, cu degetele înfipte în părul vâlvoi, cu bărbia ridicată în sus, cu buzele întredeschise, cu ochii privind-o pe sub gene, și arăta ca zeul care era considerat de întreaga societate vieneză, dacă nu chiar de întreaga lume – totul îi era subordonat lui, și timpul și natura și arta și artiștii, dar mai ales ea, ea înainte de toți. Îi era frică de el; simțea că trebuie să îi fie.

"Ferdinand, te rog," spuse dintr-odată, ridicându-se complet, arătând cu mâna spre ușă.

Ries dădu din cap, mușcându-și buza, lăsându-și ochii în jos. Se ridică de pe scaunul care scârțâi scurt, ieșind apoi pe ușă, tăcut, fără să își ridice capul... Erau singuri. Elise nu îndrăznea să îl privească.

"Elise!" strigă el, mai mult tânguindu-se. "Cred că ai ghicit deja..."

Elise stătea nemișcată, încă în poziția în care își curmase piruetă.

"Dar, nu mai pot să trăiesc nici măcar o zi fără tine, Elise, nici măcar o zi fără să îți spun că te iubesc!"

Îl văzu cum trage adânc aer în piept, cum înconjoară pianul, cum se oprește în spatele divanului. Lumina curgea abundentă peste el, luminându-l complet, făcându-l să pară incandescent. Elise vru să spună ceva, dar nu putea să deschidă gura – nici măcar nu știa ce să spună, nici măcar nu știa ce să gândească. Știa doar că nu vrea să audă ce urmează.

"Uite, am spus-o, am spus-o, și deși am spus-o, suferința meu nu e nici pe aproape de a fi stinsă... Știi, Elise, deși mă venerează toată lumea, iar toate femeile Vienei mă postează în saloanele lor, fie în fața pianului, fie la masă, fie printre invitați, ca și când aș fi un simplu bibelou la care oamenii pot căsca ochii și pe care îl pot admira, nimeni, absolut nimeni nu mă vrea cu adevărat. Sunt un bărbat singur, urât, nebun," își scărpină bărbia, zâmbind straniu, "refuzat în nenumărate rânduri. Și totuși, în ciuda trecutului meu, în ciuda suferinței de a fi veșnic refuzat, în ciuda promisiunilor pe care mi le fac necontenit că nu mă voi îndrăgosti niciodată, sfârșesc mereu la fel. Căci cea mai mare durere a mea este, totuși, aceea de a nu iubi pe nimeni..."

Beethoven făcu un pas mai în față, iar Elise, cu ochii holbați pironiți asupra lui, făcu un pas în spate. Cât voia atunci să danseze din nou, să simtă iar durerea mișcărilor și teama eșecului și să vadă prin aer toate culorile zdrobite unele de altele, într-o învălmășeală nedefinită, sufocantă, dar dulce, atât de dulce...! Voia să danseze și să audă muzică, și să nu fie nevoită să îl rănească pe Beethoven...

"Dar, Ludwig..."

"Te rog, lasă-mă să termin... te iubesc Elise, și știu... Dumnezeule, nu știu multe, dar măcar știu că nu pot trăi fără tine! Și nu pot decât să sper că nici tu nu poți trăi fără mine, deși știu că tu îl iubești pe... pe ăla, și nu-mi pot da seama de ce!"

Elise se opri în loc, rămase cu gura deschisă. *Nici eu,* ar fi vrut să zică, dar nu putea scoate niciun cuvânt.

"Nu-l vezi ce-ți face, Elise? Nu-l vezi cum te tratează... eu aș putea să te iubesc, să te iubesc cu adevărat!"

"Și el mă iubește," se trezi spunând.

Beethoven pufni și încercă să vină iar mai aproape de ea.

"El nu poate nici să se iubească pe el, cum poți să crezi că te iubește pe tine."

De-asta, de-asta, de-asta, ar fi vrut să strige. Pentru că știa cum e el, știa cât de în bucăți era, cât de mult avea nevoie să fie iubit ca să supraviețuiască.

"Nu-ți face decât rău când te întorci la el, așa că de ce-o mai faci?"

Știa că fără ea avea să se omoare. Îl văzuse făcând-o o dată. Se văzuse și pe ea murind atunci odată cu el – Matthias devenise prea mult ea, ca să n-o ia cu el și în moarte.

"Rămâi cu mine, Elise. Rămâi cu mine și uită de el și lasă-mă să te iubesc și să te fac artă."

Făcu un pas în spate, simțind cum picioarele i se apasă grele în podeaua tare, cum camera este învăluită treptat în întuneric, numai Beethoven cu chipul lui înfășurat într-o aureolă argintie, radiind o lumină hipnotizantă, rece.

"Dar arta mea?" întrebă ea.

"Cum adică? De ce-ar trebui să se schimbe ceva? Eu te compun pe tine și te fac nemuritoare, și tu poți să dansezi în voie, până la finalul veșniciei cu care te încununez."

"Dar arta mea?" mai întrebă ea o dată, mai apăsat, simțind cum saliva i se acrește în gură.

Ești muza lui, îl auzea pe Matthias hilizindu-i-se în minte. *Ești muza lui și va trebui să te sacrifici pentru el, pentru că pur și simplu n-ai vrut să rămâi cu mine. Ai zis că vrei să trăiești – asta da viață, prinsă în cușca unor opere... De ce-ai plecat, Elise, de ce-ai renunțat la mine?*

Nu mai știa dacă sunt gândurile ei sau vorbele lui Matthias sau dacă arta, într-o ultimă încercare de a rămâne legată de ea, recurgea la un șiretlic să o facă să fugă de acolo, să fugă și să nu se mai întoarcă.

"Mână în mână, Elise, în veșnicie, eu compunând și tu dansând și gustând amândoi din cupa aceleiași vieți, din cupa aceleiași arte... artiști amândoi și muze în același timp, fiecare pentru celălalt."

Elise voia să țipe la el, să strige și să se zbată și să îl întrebe cum avea el să îi garanteze că nu o va devora toată, că nu o va arde pe un rug și nu îi va folosi oasele să își facă clape, cenușa să își scrie notele și sufletul să îl facă muzică? Cum avea să îi garanteze că nu o va face muză? Voia să țipe dar nu reușea decât să întrebe șoptit, abia perceptibil ce avea să se întâmple cu arta ei.

Beethoven se apropie de ea, cu mâna întinsă, încercând să îi prindă brațul. Elise se feri. El râse nervos. Văzu cu coada ochiului cum bibelourile de pe polița de lemn sclipesc moarte în lumina amiezii, așa cum avea să ajungă să sclipească și ea, o simplă muză, o simplă inspirație, un simplu nume pierdut de-a lungul istoriei, ascuns de umbra numelui lui.

"Eu compunându-ți dansul și tu dansându-mi compozițiile, Elise, până la finalul vremii. Așa că Elise, Elise, Elise... ce frumos sună numele tău, nu m-aș mai opri niciodată din a-l spune, Elise, dar trebuie să mă opresc, trebuie să te întreb. Curmă-mi suferința, Elise, spune-mi și tu că mă iubești. Fii soția mea. Fii veșnic arta mea."

Nu, nu, nu, nu... era tot ce putea gândi și avea impresia că lacrimile stau să îi țâșnească în șiroaie din ochi și se dădea tot mai spate, îndepărtându-se de el. Trebuia să fugă. Trebuia să fugă. Trebuia să fugă.

De ce-ai plecat, în primul rând? Știai că așa va fi, știai că vrea să te prindă într-un glob și să te facă muză, vorbea Matthias peste ea, râzând și iar râzând, stând lângă geamul din cămăruța lor, blond, frumos, și sărutat de lumină, așteptând-o. Nu știa dacă îl iubește sau îl urăște... dar avea dreptate și trebuia să fugă... oriunde, oriunde, oriunde!

"Te rog..." spunea Beethoven, țintuit locului, întunecându-se din ce în ce mai mult la față.

Elise mai făcu un pas, dar se izbi de o măsuță, dărâmând-o, răsturnând o vază cu model oriental care izbi podeaua și se făcu țăndări. Sunetul reverberă în toată încăperea, cioburile se împrăștiară pretutindeni. Beethoven arăta și el de parcă ceva în sufletul lui s-ar fi spart în mii de bucățele – Elise își închise ochi, păși peste masa răsturnată și ieși, fără se uite înapoi, pe ușă. Trebuia să fugă, trebuia să nu se lase prinsă, trebuia să nu se piardă...

TREIZECI ȘI DOI

Hoinăream singur ca un nor, plutind ușor pe cer și peste dealuri...[6] gândea – oare de unde știa versul? – și își molfăia buza de jos, adâncindu-și dinții în tăietura pe care reușise să și-o facă. Picioarele încălțate numai cu pantofii de balet se adânceau în zăpada fleșcăită, care, în razele apusului, părea o mare ștearsă, ușor aurită. Părul îi cădea în ochi, încâlcindu-i-se printre genele umede, încărcate cu lacrimi.

În mână frământa cei câțiva florini pe care reușise să îi ia, chiar înainte să plece – furase din nou, fără să gândească, fără să își dea seama. Furase de la Beethoven, furase cu zâmbetul roșu de mândrie al lui Matthias în fața ochilor ei, cu vocea lui în minte, cu îndemnurile lui în vârfurile degetelor.

Furase și plecase val-vârtej, fără să își ia cu ea nimic

6 William Wordsworth

altceva decât mantaua cu care era îmbrăcată şi arta pe care jura obsesiv că n-avea de gând să i-o dea lui Beethoven niciodată. Plecase, şi de atunci hoinărea singură, ca un nor şters, dizolvat în albastrul infinit al cerului.

Inima îi bătea cu putere, capul i se învârtea, sunetul paşilor ei, împletit cu liniştea cenuşie a drumului, i se izbea periodic în urechi. Încă nu îi venea să creadă nici că Beethoven o ceruse în căsătorie, nici că ea refuzase, nici că fugise, nici că se întorcea înapoi la Matthias.

Crezuse că Beethoven îi va fi salvarea, iar Matthias moartea... crezuse că Beethoven îi va sculpta cu muzica lui trepte în muntele artei, ajutând-o să urce culmea mai repede, să scape de cel care ameninţa să îi curme urcuşul. Crezuse, crezuse, crezuse... Îl auzi pe Matthias râzând, undeva dintr-un întuneric smolit, fierbinte.

Ştiai că aşa va fi, ştiai, ştiai, ştiai! îi spunea şi el, îşi spunea şi ea, fără încetare, pierzând vorbele în suspine, învălmăşindu-le în versurile stinghere care îi colindau mintea. Ştiuse că aşa avea să fie, dar totuşi nu crezuse... nu voise să creadă!

Se opri în loc, îşi întoarse pentru o clipă capul, privind peste umăr la căsuţa care încă se mai ivea în depărtare ca o pată în marea spumoasă a zăpezii. Avu impresia că vede o siluetă, mică, întunecată, nemişcată, şi tresări. Inima încetă să îi mai bată pentru o secundă – îi părea rău şi voia să se întoarcă, dar ceva o ţinea locului, ca o mână aspră, fierbinte, încolăcită în jurul gâtului ei.

Pleacă, Elise, pleacă odată! îi zise Matthias, întinzându-şi mâinile în faţă, părând că vrea să o tragă spre el. *Zbate-te şi fugi şi nu-l lăsa să te înghită...*

"Zbate-te şi fugi," murmură şi ea, cu gura uscată. Simţi un fior cum îi gâdilă pielea şi se cutremură din tot trupul şi începu să alerge, strângând în mână monedele furate, muşcându-şi şi mai tare buza. Vântul sufla molcom pe lângă ea, şfichiuindu-i fruntea. Picioarele i se cufundau în zăpadă, purtând-o departe, din ce în ce mai departe de Beethoven.

Înghiţi în sec – nu voia ca singurul ei sacrificiu ca artist să fie să moară pentru un altul, nu voia ca singurul ei sacrificiu să fie acela al muzei.

Făcuse bine că nu acceptase, făcuse bine că fugise, tot încerca să se convingă – *dacă accepta, i-ar fi supt arta şi-ar fi făcut-o o simfonie, iar ea n-ar mai fi dansat niciodată.*

Niciodată, niciodată.

Nu trebuie să te căsătoreşti, Elise, niciodată, niciodată... auzi ca o şoaptă o voce în spatele ei, voce care o făcu să tresară violent, să se oprească brusc şi să se rotească pe călcâie. *Nu trebuie să te căsătoreşti decât dacă iubeşti adânc şi nebuneşte, atât de adânc şi atât de nebuneşte încât să renunţi la dansul tău.*

Simţi mâna tatălui ei apucându-i mâna şi avu impresia că îl vede, înalt şi brunet şi străveziu la faţă, stând în faţa ei, privind-o nemişcat. Elise se dădu un pas înapoi.

Dar tu nu îl iubeşti pe Beethoven! urlă Matthias, cu mâinile ridicate, scuturându-şi-le în aer. Dar ea nu îl iubea pe Beethoven...

Balerinele sunt ca nişte păsări, Elise, ca nişte păsări care mor atunci când sunt puse în colivie, răsună și vocea lui Frau Dietrich, ca dangătul surd al unui clopot ruginit.

"Ca niște păsări, ca niște păsări," murmură și ea, încă privindu-și tatăl, încercând, în același timp, să ignore blondul care nu voia să dispară din mintea ei.

Ca niște păsări... iar ea voia să zboare, să zboare în înalt, să plutească asemenea norilor.

Niciodată, Elise, niciodată...

Zboară și dă din aripi ca pasărea care ești și scapă din mâinile celor care vor să te prindă.

Ce repede crești, Elise, ce repede îți iei zborul și plutești departe... să te aperi și să dansezi și să nu îți pese de ei și de cerurile lor.

Elise începu să se rotească pe loc, cu mâinile lipite de tâmple, cu ochi strâns închiși.

Să zbori, Elise, m-auzi? Să rămâi copila care ești și să dansezi la nesfârșit și să nu lași bărbații să te prindă de aripi și să te jupoaie de pene.

Să nu-ți pese decât de cerul tău...

Nu-i lăsa să-ți fure cerul!

Mirosul de doctorii al tatălui ei pe patul de moarte îi invada nările, iar gâtul îi era uscat, acoperit de pudră, de vorbe nespuse și de suspine nesuspinate.

Dansează, Elise, dansează, dansează, dansează!

Încă simțea o urmă firavă de muzică curgând prin ea, iar picioarele o furnicau îngrozitor. Ar fi vrut să danseze, ar fi vrut să danseze și să nu se oprească niciodată...! Se ridică pe vârfuri, strânse mai tare din pleoape, își lăsă capul și brațele pe spate. Plutind ușor pe cer și peste dealuri...

Nu te căsători, Elise, nu o face, te rog, te rog! Vorbea iar tatăl ei, încet și molcom, ca și când ar fi tors.

Niciodată, niciodată, niciodată...

Nu avea să se căsătorească, niciodată, nicicând... nicicând, niciodată. Un hohot de râs o zgudui toată, făcând-o să își piardă echilibrul în mijlocul unei piruete. Lumina îi explodă în fața ochilor, blondul o prinse de mâini și de picioare, și de gânduri și de suflet. Matthias zâmbea, cu dinții dezveliți, cu buzele mai roșii ca niciodată.

Dar cu mine? Cu mine de ce nu vrei să te căsătorești? părea să o întrebe. Degetele îi cedară; se prăbuși în genunchi, căzând în zăpadă.

Era frig și afară și în ea, numai monedele furate îi ardeau palma, amenințând să îi întipărească profilul împăratului în piele, să o însemneze pe vecie, să arate veșnic că e un copil al Vienei – un eșec vienez veritabil. Mâna îi cădea grea în jos; corpul i se mișca anevoie, pășind împleticit, ca și când păpușarul ar fi renunțat să o mai controleze, lăsând-o în voia ei, de una singură. Tremurând, se ridică din nou în picioare; încă buimacă, realiză că ajunsese departe.

Auzi un sunet straniu, apropiindu-se din ce în ce mai tare de ea. Își trecu degetele peste pleoape, ștergându-și lacrimile, limpezindu-și ochii, și își întoarse capul în spate. O diligență venea încet spre ea, nederanjată, fără să se grăbească. O diligență care avea să o ducă la Viena.

Plutind ușor pe cer și peste dealuri... murmură iar, îndreptându-și pașii într-acolo, lăsând din nou aerul rece să îi invadeze adâncitura sângerândă de pe buză – simţea şi ea că pluteşte, departe de Beethoven, aproape de Matthias, mereu mai aproape... Nici nu ştia dacă avea să îl găsească sau nu acasă, dacă aveau să se împace, dacă aveau să se îmbrăţişeze şi să curme tot trecutul. Mai făcuseră asta; de ce n-ar mai face-o o dată?

Dar cu mine nu vrei să te căsătoreşti? o mai întrebă o dată, hlizindu-se, dar ea scutură din cap, încercând să înlăture vedenia şi oftă apăsat, închizându-şi ochii, atingându-şi fruntea cu două degete reci, ridicând, în acelaşi timp, cealaltă mână, pentru a face semn trăsurii să oprească.

TREIZECI ȘI TREI

O femeie blondă, cu ochii umezi şi rochia aşezată strâmb pe corpul plinuţ fugi afară din cameră, trecând prin faţa lui Elise, care se lipi de perete, trăgând aer în piept.

"Pleacă, pleacă, curvă ordinară ce eşti!" urlă Matthias, izbind uşa de perete, apărând în pragul ei, roşu la faţă, cu ochii bulbucaţi, cu părul ciufulit şi cămaşa descheiată. Fornăia sonor.

O carte groasă, roşie, zbură din mâna lui, alunecând pe scări, căzând chiar lângă femeia care fugea fără să se uite înapoi. *Faust,* gândi Elise, *a citit iar Faust.* Înghiţi în sec. Voia să plece, voia să nu se fi întors.

"Tu!" strigă Matthias când, întorcându-şi brusc capul, dădu cu ochii de ea.

Ea tremura din tot corpul, ţintuită de perete cum era, ca şi când acela ar fi fost singurul ei punct de sprijin.

De ce nu pleca? De ce nu pleca niciodată când tot ce trebuia să facă era să fugă în jos pe scări și să iasă afară în stradă, la lumină, în aerul curat... și să își continue fuga? De ce se întorsese? De ce se întorcea mereu, când știa, de fiecare dată ce o așteaptă, când știa cum avea să o umilească, să o rănească, să o mintă? De ce nu putea, pur și simplu, să renunțe la el?

Pentru că nici el n-a renunțat la tine când erai singură și n-aveai pe nimeni, gândi.

Tremura toată, și totuși se uita la el, rece și aparent impasibilă, la vedenia blondă care îi bântuia viața, vedenia stând brusc vie și palpabilă în fața ei, și știa că îl urăște pentru puterea pe care o avea asupra ei, pentru că o făcea să se întoarcă la el, pentru că încă îl mai iubea puțin, oricât ar fi încercat să se opună. Că îl urăște atât de puternic încât i se strângea pieptul, atât de puternic încât îi era milă de el, atât de puternic încât se ura pe ea. Nici măcar nu-i păsa că o înșală, îi era doar teamă de ce îi putea face ei, de ce își putea face și lui însuși.

"Te-ai întors, deci?" urlă el, plonjând către ea, care abia avu timp să își închidă ochii, înainte ca el să o apuce de mână, să o tragă înăuntru și să îi dea drumul pe podea, chiar lângă piciorul patului.

"Te-ai gândit, în sfârșit, să apari? Ți s-a făcut milă de săracul Matthias și te-ai coborât din *culmile tale*?"

Elise își propti mai bine mâna în podea și se sforță să se ridice în șezut. Cu capul ușor aplecat, îl privi din nou printre firele de păr care îi acopereau ochii, și îl văzu roșu, aproape incandescent în lumina care intra pe fereastră, stând lipit de ușă, cu picioarele depărtate și cu pieptul în spate, cu ochii holbați și cu o grimasă stranie, care nu aducea nici a mânie, nici a durere.

Îl auzea cum gâfâie și cum fornăie și cum murmură, aproape obsesiv: *Ușor strepeziți cu carii de ceară, acum mi-s toți dinții, iar gura mi-e-amară.* Cicatricea de pe încheietură îi lucea ușor. Elise simți un fior săgetându-i întreg corpul: mai auzise acele versuri.

“Cine te-a adus?” strigă el, propulsându-și, odată cu întrebarea, și capul în față.

Elise înghiți în sec, ignorându-l, și își atinse cu degete tremurânde mâna, care, parcă străpunsă de mii de ace veninoase în același timp, începu să o furnice.

“Beethoven, așa-i?” continuă. “Ce, vi s-a făcut milă amândurora de mine și ați zis să vă întoarceți? Sau doar v-ați săturat de luxul de la țară și ați zis să veniți la cel de la oraș?”

Silueta lui Beethoven, mică și neagră pe fondul vast și alb al câmpului de zăpadă, îi apăru lui Elise pentru o clipă în fața ochilor. Un fior o trecu pe șina spinării.

Ce moarte trebuie să aleg ca să pot trăi? se trezi întrebându-se, iar ura pentru ea însăși devenea mai dură și mai grea, fără să știe de ce.

“El unde-i? Unde l-ai lăsat? Trebuia să-l aduci să vadă și el ce-o să-ți fac, să vadă și el spectacolul! Oamenii ca el au mereu nevoie de distracții din astea ieftine.”

Matthias păru că încercă să zâmbească, dar sfârși făcând aceeași grimasă stranie.

“De ce taci?” strigă către ea.

Ce avea să-i facă... ce avea să-i facă? Elise trase aer în piept și își mută privirea asupra ferestrei – *Hoinăream singur ca un nor, plutind ușor...*, gândi din nou și se ridică în picioare. Trebuia să plece și de acolo. Trebuia să plece și atât.

“De ce taci? Vorbește odată!”

Stăteau amândoi în picioare, nemișcați, respirând în tandem, amândoi sacadat, nebunește, ca și când s-ar fi luptat pentru aerul din cameră.

Elise își simțea gândurile măcinate, devenite o cenușă fină, înecăcioasă, sub care zăcea, zbătându-se, impulsul de a fugi de acolo cât mai departe, fără să se oprească, decât atunci când corpul i-ar fi cedat și-ar fi făcut-o să se prăbușească. Gândul era acolo și îi gâdila mintea, dar oricât de mult ar fi încercat, nu îl putea aduce la suprafață.

Voia să fugă... dar știa că n-o va face, știa că va rămâne, ca de fiecare dată, ca înghețată sub privirea lui, prinsă în aceeași veșnică cușcă de sticlă, legată în lanțuri și în frânghii și în lacăte, ferecată în corpul ei încăpățânat, în corpul ei care nu era altceva decât o închisoare.

Se uitau unul în ochii celuilalt și era liniște, înfiorător de liniște, nebunește de liniște...

“De ce taci?!” urlă el din nou, și plonjă asupra ei, prinzând-o de umeri și lipind-o de perete.

Corpul lui se făcu una cu corpul ei, care fu izbit cu toată puterea de lemnul rece. Privirea lui Elise se înnegri pentru o clipă. Gura i se umplu de un gust metalic, scârbos.

“De ce taci și tu? Nu-i de-ajuns că tac toate, Elise? Nu-i

de-ajuns că plâng și se vaită și la final tac și mă lasă să dau în ele?"

Matthias își sprijini o mână de perete, iar cu cealaltă îi prinse încheietura între degete. Elise scuipă saliva care i se adunase în gură chiar pe picioarele lui goale, și încercă să se împingă cu capul în pieptul lui. El păru că nu observă și îi roti brațul într-o poziție inconfortabilă, prinzându-i pielea între unghii și smucind, umplându-i membrul de o durere apoasă, intensă.

"Nu-i de-ajuns că ele par artificiale toate, ca niște păpuși cuminți și spoite? Nu-i de-ajuns că-s toate la fel, de la cea mai urâtă la cea mai frumoasă, de la cea mai tânără la cea mai bătrână?"

Matthias țipa, deschizându-și larg buzele în fața ei, scuturându-și capul, mișcându-și ochii, dar ținându-și trunchiul neclintit, de parcă i-ar fi fost teamă ca ea să nu îi scape. Elise continua să se zbată sub el, dar degetele lui păreau niște clești.

Avea iar să încerce să o omoare, avea iar să încerce să o omoare, avea iar să încerce să o omoare...

"Și nu-i de-ajuns că se uită toate la mine la fel, așa cum se uita și maică-mea? Și că mă strigă toate pe același ton..."

Elise îl privea cu ochii largi, cu buzele ușor întredeschise, simțind cum respirația lui curge în gura ei, făcându-i rana încă proaspătă să o usture.

Nici măcar nu înțelegea ce îi spune: degetele lui amenințau să îi frângă pielea încheieturii, mâna o ardea și îi pulsa nestăpânită, iar ea nu putea decât să se gândească la durerea de a muri goală și ștearsă, cu cupa veșnic pierdută și cu dansul prelingându-i-se de pe buze și printre degete și fugind de ea, durere mai mare, mult mai mare, decât cea a corpului ei.

"Și nu-i de-ajuns, Elise, oare nu-i de-ajuns, că din cauza ta simt de fiecare dată că i-o trag maică-mii?"

Elise se opri pentru o clipă din a se zbate și clipi lent, urmărind tulburarea albastrului din ochii lui. Cuvintele încă erau acolo, cu ei, în cameră, nu ca un ecou, ci ca ceva palpabil, la care se puteau uita și pe care le puteau atinge. Matthias însă, frecându-și spasmodic de față una din mâini, continuă să urle înfundat, mai mult horcăind straniu, ciobit.

"Le-o trag lor, Elise, când nu sunt cu tine, și uneori nici nu îndrăznesc să mă uit la ele și încerc nici să nu le ascult când vorbesc și nici să le răspund... și totuși mama e acolo, lângă mine, sau în ele sau în mine... și apoi le bat, le bat, Elise, și simt că o bat pe mama și e numai vina ta! Numai vina ta!"

Matthias își izbi pumnul în perete, chiar lângă tâmplele ei, de mai multe ori, făcând camera să se zguduie din nou. Elise se încordă și, tremurând, își închise ochii.

"Și de ce-ar fi vina mea?" strigă și ea la rândul ei, lovindu-i din nou pieptul cu umerii.

El gemu și, părând că nu o aude, continuă cu un glas stins, aproape bolnav: "E mereu acolo, mereu acolo, așa cum ești și tu și nu pot scăpa de niciuna... de niciuna... așa că le-o trag lor și le bat pe ele ca să nu te bat pe tine, Elise, ca să nu te omor! Le băteam pe ele, şi nu pe tine, aşa că tu trăiai şi trăiam şi eu... dar ce mai viaţă, Elise! Ce mai viaţă!" urlă şi râse sfâşietor, un râset nelalocul lui, izbind în continuare cu pumnii în perete, lăsându-şi corpul şi mai mult peste corpul ei.

Podeaua scârţâia sub greutatea lor, înserarea cădea peste cameră, un fâlfâit de aripi brăzdă geamul ferestrei, un croncănit umplu liniştea. Mâna părea că îi prinsese flăcări, mărindu-se, îngreunându-se, trăgând-o în jos. Elise nici măcar nu mai respira.

"Mai bine mă lăsai să mor atunci, mai bine mă lăsai să mor şi să scap de toate, de toate! Acum mă înnebuneşte, Elise... mă înnebuneşte şi mă pune să fac lucruri şi eu nu pot s-o refuz! De ce mi-am vândut sufletul, oare, de ce-am pus mâna pe toc şi de ce-am urmat-o când ştiam c-o să-mi fure viaţa?"

Matthias îşi înfipse mâinile în scalpul lui Elise şi îi trase capul mai aproape de faţa lui. O durea totul, dar continua să se zbată, cu ochii închişi, cu respiraţia tăiată. Îl auzi gâfâind nebuneşte, din ce în ce mai tare, şi mârâind printre dinţi:

Şi-mi vine să vărs, tot nu văd nimic... de plumb-mi sunt pleoapele, nu pot să le ridic! "Dar tu înţelegi, nu?" o întrebă, lovindu-şi fruntea de fruntea ei, proptindu-se în ea, ignorându-i gemetele şi spasmele corpului, zbătându-se şi el la rândul lui.

O să mă omoare, o să mă omoare, o să mă omoare, era tot ce Elise mai izbutea să gândească prin pelicula fină de inconştienţă ce se aşeza peste mintea ei. Capul i se învârtea, mâna o ustura teribil, pieptul i se ridica spasmodic, căutând oxigenul care întârzia să apară. Nu putea să moară încă...

“Normal că tu înţelegi! Ai făcut şi tu acelaşi pact cu dracul, şi te ţii de el cu dinţii, aşa cum se ţine el de mine... amândoi o vrem, Elise, amândoi vrem acelaşi lucru, acelaşi lucru!” urlă şi se desprinse brusc de ea, sărind în mijlocul camerei. “Amândoi o vrem, dar n-o putem avea amândoi... oare de ce e aşa crudă?”

Elise se prăbuşi la podea şi văzu cum el începe iar să se rotească pe loc, în semiîntunericul camerei.

Dansează, dansează, dansează, se roteau şi cuvintele în capul ei, nebune, fierbinţi, dureroase.

“De ce ne pune să scriem cu sânge, doar cu sânge?! De ce m-a pus să îi dau sângele meu şi să mă omor pentru ea, dar nu i-a convenit şi acum mi te cere pe tine fără încetare? Da, Elise, pe tine...”

Elise, ameţită, cu camera învârtindu-se în jurul ei, încerca să se ridice, dar cădea mereu înapoi şi îl vedea apropiindu-se de ea, cu gura diformă, îngheţată într-un rânjet demonic, scandând haotic:

“Şi strigi şi mă rogi, dar eu ce pot să fac? Dracul se zbate şi urlă şi mă face să tac...” iar el se aruncă asupra ei, gâfâind iar, cu ochii uşor umeziţi, cu mâinile întinse, lipindu-şi palmele de gâtul ei.

“Ai să-nţelegi, ai să-nţelegi, Elise, ştiu asta, ştiu, ştiu, ştiu!” spunea, strângând, iar Elise, cu ochii închişi, cu tot corpul un spasm mare, neîncetat, nu mai gândea nimic, nu mai simţea nimic, şi abia îl auzi cum îi spune tremurat, sfâşietor: “Ştii că arta nu m-ar pune să-mi fac muză din ceva ce nu iubesc...”

TREIZECI ȘI PATRU

"E inacceptabil, Franz, de-a dreptul inacceptabil!" îl auzea Elise pe Beethoven strigând și, printre pleoapele întredeschise ce îi cădeau greoaie unele peste altele și pe care abia reușea să și le mai țină deschise, îl vedea plimbându-se de colo-colo prin dormitorul lui, luminat doar de câteva lumânări, izbindu-se de mobilier și gesticulând, mereu gesticulând...

Nimeni din încăpere nu răspunse nimic. Cineva îi ridică batista umedă care îi atârnase până atunci grea pe frunte – atât de grea încât ajunsese nici să nu o mai simtă –, iar o mână aspră îi mângâie pielea arzândă. Își mușcă buza – simțea cum tot corpul ei pulsează, cum membrele i se măresc, cum pieptul îi crește din ce în ce mai mult cu fiecare respirație, cum durerea și fierbințeala și usturimea aceea îngrozitoare stau să o umple toată și să o frângă în două...

Pleoscăitul apei umplu liniştea camerei, urmat de o bufnitură.

"Fir-ar..." începu Beethoven, dar fu brusc întrerupt de prinţesa von zu Guttenberg, pe care Elise o vedea cu coada ochiului, pe un scaun lângă geam, înfofolită într-un şal albastru, strălucitor.

"Ludwig, potoleşte-te, nu te mai agita atât!"

Elise trase uşor aer în piept, pe măsură ce răceala compresei umede i se sedimenta în piele, dar sfârşi înnecându-se, iar tusea îi zgudui tot corpul într-atât, încât avu impresia că se va sparge în mii de bucăţi.

Nu vei mai putea dansa, gândi, iar o lacrimă i se prelinse pe obraz. Îşi muşcă buza, strângând între dinţi rana abia cicatrizată, şi lăsă sângele să îi curgă uşor în gură. *Nimeni nu vrea un cadavru viu pe post de solistă...*

"Cum să nu mă agit, Eleonore, cum să nu mă agit când am găsit-o aşa cum am găsit-o, întinsă pe jos, fără vlagă aproape, sub nemernicul ăla, cu sânge pe toată faţa şi cu mâinile lui în jurul gâtului ei!" strigă din nou, iar Elise îl văzu cum izbeşte cu pumnul în perete, lăsându-şi părul să-i fluture în spate şi tot corpul să i se aplece în direcţia opusă, parcă sub presiunea unei amintiri îngrozitoare.

"Probabil doar se certau, iar lucrurile au ieşit de sub control..." începu femeia, iar rochia îi foşni, pe măsură ce încerca să se ridice de pe scaun.

"Probabil era să o omoare!" urlă Beethoven. "Ce zici, Franz, are cum să se facă bine pentru premieră?"

Elise îşi întoarse capul într-o parte şi îşi deschise ochii

larg, privind adânc în ochii întunecați ai doctorului ce stătea pe marginea patului ei. Și ea aștepta răspunsul, și ea voia să știe dacă avea să mai danseze.

Dar dacă îmi spune că nu voi putea? Dacă au să mă înlocuiască? Dacă o să rămân iar o balerină fără balet...? Ce-o să fac atunci cu tot dansul din venele mele? Unde-o să-l pun? Voi sfârși ținându-l veșnic în mâini, având grijă să nu mi se scurgă printre degete, arătându-l oamenilor ca pe ceva ce-ar fi putut fi și totuși n-a fost? Voi ajunge atunci muză?

Își simțea ochii umezi, usturând-o sub pleoapele fierbinți, care nu îndrăzneau să se miște. Doctorul își feri privirea, dregându-și glasul. Beethoven își puse mâinile pe obraji, gâfâind prin gura deschisă.

“Nu pot ști sigur, Ludwig... are nevoie sigur de odihnă, de foarte multă odihnă. Tot corpul îi e slăbit și are o febră îngrozitoare... să nu mai zic de rănile de pe corp.”

Inima lui Elise bătea cu putere, zbătându-i-se între coaste, prinsă de niște spasme teribile. Simțea un gol hidos croindu-și drum către pieptul ei, un gol și o tristețe profundă, căci știa ce avea să îi spună în continuare, știa că avea să o oblige să rămână țintuită la pat, să renunțe la rol. *Dar sunt bine!* își simțea strigătul suspendat în gâtlej, dar aerul din cameră era prea stătut, iar trupul era pe punctul de a-i ceda, așa că sfârși din nou tușind, o tuse sufocantă, jalnică.

“Trebuie să rămână la pat, măcar o săptămână, până își revine complet!”

“Nu se poate!” țipă Beethoven cu un glas sfâșietor,

acoperindu-și urechile cu palmele lui mari, și începând iarăși acel du-te-vino amețitor prin cameră.

Nu se poate! ar fi strigat și Elise, care începuse să se foiască, căutând să se ridice în șezut, să le arate că e bine.

"Ba trebuie," auzi din nou vocea calmă a doctorului. Rochia prințesei foșni. Afară vântul se izbea de cadrul ferestrei, făcând-o să trosnească.

"Și noi ce ne facem? Atâtea repetiții pierdute... și solista plină de răni! Nici nu vreau să mă gândesc, Franz, nu vreau să mă gândesc ce-are să zică Viganò. Dacă vrea s-o înlocuiască? Săraca Elise..." spuse Beethoven în șoaptă și se apropie de ea, mângâind-o pe creștetul capului. Elise tresări, simțind cum se tulbură și mai tare: oare el chiar o iubea, sau voia la rândul lui să o facă muză...? Mai ales că acum nici nu o mai lăsau să danseze.

"Îți vine să crezi, Eleonore, ce-a fost în stare animalul să facă?" strigă el brusc, întorcându-se într-o parte, izbind cu pumnul, în mișcarea sa, în masa de scris.

Își întoarse și Elise capul într-o parte, auzind cum gâtul îi trosnește ușor, și îl privi printre genele umede, același ca de fiecare dată, la fel de roșu la față, cu hainele la fel de neglijent aranjate pe el, cu părul vâlvoi, cu veșnica nebunie din ochii lui.

"Îți vine să crezi cum se ținea de ea când încercam s-o scoatem de sub el? Cum urla ca din gură de șarpe și lovea cu pumnii în gol... Dumnezeule! Știam că poeții sunt nebuni, dar nu credeam că pot fi mai nebuni decât noi ceilalți!"

"Un împătimit..." comentă femeia.

"Un împătimit? Face un om îndrăgostit așa ceva? Nu-ți poți imagina, Eleonore... Mai avea puțin și se prindea de ea cu dinții, când încercam să o luăm de lângă el, și urla încontinuu, urla și suspina: *dați-mi-o înapoi, dați-mi-o înapoi, snobilor!* și amenința că dacă o luăm de acolo o nenorocește."

Pielea de pe gât începu să o usture pe Elise, acolo unde mâinile lui se tot prinseseră pentru a-i lua viața. Începu să tremure, iar imaginea feței lui roșii, contorsionate, pline de lacrimi, îi tremura la rândul ei în minte. Ar fi murit dacă rămânea acolo, ar fi murit și i-ar fi fost luată arta și ar fi fost făcută muză... Făcu o mișcare bruscă cu umerii, încercând să dea mâna doctorului jos de pe ea.

"Lăsați-mă să mă ridic," murmură.

Beethoven se întoarse brusc pe călcâie și îngenunche la marginea patului.

"Stai liniștită, Elise... te vei face bine și nu-l vom lăsa să-ți facă nimic. Nu-l lăsăm să publice nimic despre tine, oricâte pălăvrăgeli fără rost spune că ar ști."

Elise văzu fața prințesei fiind traversată de un zâmbet șters, straniu în lumina gălbuie a lumânării. Ei îi stătu inima în loc. *Deci le spusese, le spusese în sfârșit!*

"Cum adică?" întrebă prințesa.

Beethoven flutură din mână, ca și când s-ar fi ferit de o muscă. "Spunea că dacă nu o lăsăm pe Elise în pace, spune lumii tot despre ea, absolut tot, și îi nenorocește cariera..."

Și apoi mă omoară, gândi Elise, simțind cum camera începe să se învârtă în jurul ei, să se învârtă fără încetare, prinzând-o ca într-un vârtej sufocant.

Avea nevoie de aer; avea nevoie să se ridice; avea nevoie să se întoarcă la Matthias. Nu putea să îl lase să spună nimic, nimănui – avea să se întoarcă la el, să îi arate că îl iartă, să îl iubească, să nu mai plece de lângă el. Avea să îl ia în brațe și să îl lase să îi sărute rănile și să se împace. Să facă totul bine din nou. Orice, numai să nu-l vadă pe el din nou într-o baltă de sânge din cauza ei, sau să afle lumea că era doar o hoață care încerca să îi mintă pe toți că știe să danseze.

"Lăsați-mă să plec..." spuse din nou, în șoaptă.

"Elise, draga mea, nu fi absurdă. Trebuie să te odihnești aici... nu poți pleca nicăieri," auzi vocea mieroasă a prințesei și știa și fără să se uite la ea că zâmbește în continuare.

Încercă să se miște, foindu-se, mișcându-și corpul dintr-o parte în alta, încercând să se ridice. Beethoven o prinse de umeri. Ea continuă se se zbată.

"Nu înțelegeți... nu înțelegeți deloc! Nu-l puteți lăsa să spună nimic! Nimic!"

...altfel toți au să mă urască și n-am să exist pentru societatea voastră și n-am să mai dansez... și mai bine mă duc și mă jertfesc lui, să-l las să mă facă versuri și să mă iubească așa cum știe el, și să dansez prinsă în lanțuri!

"Vă rog...!" spuse din nou, încercând să concentreze toată disperarea pe care o simțea în ea în acele două cuvinte.

Nu voia să moară... dar mai bine moartă decât cu dansul smuls din ea.

Trebuia să se ridice singură, trebuia să scape de strânsoarea mâinilor lor și să iasă pe ușă și să fugă, să fugă fără oprire până acasă... Încercă să își miște picioarele. Încercă să și le tragă sub ea. Încercă, dar, spre disperarea ei, eșuă. Nu și le simțea... nu și le simțea!

Camera se făcu neagră în jurul ei. Un abis păru că se deschide sub ea – un abis fără fund, în care avea să se prăbușească și să rămână pe vecie.

Ce-i o balerină fără piciorul ei? reuși să se întrebe printre suspine.

O simplă muză... veni un răspuns straniu, ca un ecou, ca o sentință.

Îi venea să urle, să urle ca un animal, să își urle suferința – Matthias fusese mai rapid și îi furase arta... Auzi viu, ca și cum ar fi fost lângă ea, râsul lui horcăit, ca de diavol. Îi venea să urle, dar deschidea gura în van, căci sunetele îi alunecau în jos pe gâtlej și nu putea, nu putea, nu putea! Așa că sfârși plângând.

TREIZECI ȘI CINCI

Matthias se prinse mai bine cu mâna de mânerul îmbrăcat în catifea al divanului – se simțea amețit, derutat de atâta strălucire și culoare și fast în jurul lui. Îi era rău, și în corp și în minte, și simțea că avea să se prăbușească oricând pe podea, pe covorul de sub picioarele lui, în fața femeii care îl privea cu o grimasă înghețată, ce ar fi trebuit probabil să aducă a zâmbet, femeie pe care deja o ura, fără să o cunoască. Înghiți în sec și își frecă fruntea. Clinchet de pahare răsări undeva în spatele lui, după aceea sunetul unui lichid curgând peste cristal și niște pași lini, exersați, apropiindu-se de el. Văzu cu coada ochiului majordomul punând paharul pe măsuța de lemn, iar o salivă năclăită îi invadă gura.

Ce dracu' caut aici? se întrebă, dar vocea joasă a femeii îl făcu să tresară.

"Elise e o femeie minunată, nu-i aşa?"

Matthias se încruntă, şi simţi cum aerul dispare din juru-i, iar pieptul i se mişcă în gol. Ochii i se înceţoşară. Degetele i se înfipseră şi mai adânc în canapea, făcându-l să-şi muşte buza, căci încheieturile lor încă îl mai dureau de la forţa cu care încercase să o strângă de gât.

Te văd cum zâmbeşti, de zăbrele te prinzi, încerci să respiri, iar braţu-ţi întinzi... murmură ca pentru sine, fixându-şi privirea pe ceasornicul de lemn de lângă fereastră. *Tic-tac, tic-tac...* erau numărate clipele lui, clipele ei, clipele lor.

"Dar ca balerină... ei bine, ca balerină e altceva. O nimfă... o graţie... o *zeiţă*," spuse prinţesa von zu Guttenberg, apăsând ultimul cuvânt. Matthias atinse cu degetele tremurânde paharul cu băutură. "Nu-i de mirare că o invidiază toate celelalte balerine, că o admiră toţi, că o vor toţi."

Matthias se încordă, şi o ţintui cu privirea, sorbind sonor.

"Mai ales Beethoven, dragul de Beethoven... marele geniu nebun, căruia viaţa i-a fost dată peste cap de o simplă balerină, o balerină care se joacă cu toţi... îi joacă pe toţi, de fapt." Aici se opri, plescăi din buze şi chicoti, un chicot care îl zgârie pe creier. "Dar tu ştii asta mai bine ca oricine, nu...? Cum e să fii jucat şi înjosit de o femeie care nu te vrea."

Respiraţia i se îngreună din ce în ce mai tare, până corpul începu să îl doară de la încercarea de a-şi împrospăta plămânii cu aer, un aer care, însă, nu mai era demult aer, ci o mâzgă fierbinte, usturătoare, care îl umplea de viu, ameninţând să îl înece. Voia să se mintă că femeia se înşală, că Elise încă îl mai iubeşte, că nu îl amăgeşte, dar nu reuşea. O pierduse deja, o pierduse demult şi nu o mai putea ţine lângă el. Nu mai ştia cum, oricât de mult ar fi încercat. Dar nici măcar nu mai merita să încerce.

Trânti pe măsuţă paharul – sunetul ciocnirii dintre cristal şi lemn explodă în camera brusc liniştită. Mâna strânse, într-o vervă mânioasă, marginea divanului, de care trase, trase cu forţă, trase cu poftă, simţind sub pielea lui nu catifeaua moartă, ci gâtul viu al unei fiinţe: al lui Elise, oare? Al femeii care rânjea în fotoliul din faţa-i?

Elise îl înjosise într-adevăr, era incontestabil... îl înjosise şi îl înjosea în continuare. *Curvă nenorocită*, îşi spuse în gând şi se trezi sărind în picioare, căutând uşa din priviri, dorind să plece şi să înceapă să caute. Trebuia să o omoare. Trebuia să o omoare – buricele degetelor îl furnicau, iar inima i se zbătea în piept ca o nebună, părând că vrea să îşi ia zborul, părând că îl îndeamnă să asculte de încâlceala din capul lui. Dacă nu o avea el, nu o avea nimeni – era a lui, şi trebuia să rămână a lui pe vecie.

Uşor strepeziţi, cu carii de ceară, acum mi-s toţi dinţii, iar gura mi-e-amară...

“Aşază-te înapoi, domnule...?” dar glasul ei onctuos, fals, dezgustător, îl izbi în spate şi îl făcu să se întoarcă.

“De ce dracu’ m-ai chemat aici? Nici nu ştiu cine eşti, cucoană...?”

“Prinţesa von zu Guttenberg,” spuse ea, ridicându-se la rându-i, şi se apropie de el cu rochia foşnind. “Nu-i nevoie să te ambalezi așa. Lucrurile sunt cât se poate de simple: cred că pot să-ți fac o propunere care te va ajuta... care ne va ajuta pe amândoi: tu ți-o iei înapoi pe Elise și poți să faci ce vrei cu ea, iar Beethoven va rămâne disp..." aici se opri, iar Matthias o văzu cum inspiră adânc.

El își ținea respirația, ca încremenit acolo, în mijlocul acelei camere străine, înfricoșător de străine, în mijlocul acelei lumi pe care o ura cel mai mult.

"Dar ce-mi iese mie din asta nu contează. Tu zi-mi ce ai de zis, iar eu rezolv totul. Altfel n-o primești înapoi: ea nu vrea să vină, iar el nu vrea să ți-o dea."

Ea nu vrea să vină, gândi. *Și eu ce naiba să spun...? N-am spus destule, n-am urlat destul, nu m-am văitat cât trebuie?* Femeia se uita fix în ochii lui, hipnotizantă, poruncitoare, iar el tremura din tot corpul, mistuit de ură și mânie și teamă, toate puternice, toate dorind să îl biruiască.

Ce naiba putea el să spună în acel moment, când tot ce avea pe vârful limbii nu putea fi scos afară fără să o ucidă pe ea, pe cea care era cerută, pe cea care trebuia să îi devină muză.

"Doar spune-mi... atât trebuie să faci ca s-o ai înapoi: să-mi spui ceea ce-i este frică să afle restul lumii. Atunci nu o va mai vrea nici Beethoven, nici Viganò, nici nimeni, și-o vei avea doar pentru tine," murmură prințesa, apropiindu-se de el, pășind exact în fâșia de apus care alunecase pe covor.

O voia înapoi. O voia înapoi cu toată ființa lui. O voia înapoi, dar ea îl înjosea și îl înjosise și avea să îl înjosească tot restul vieții lui. Închise ochii. Simți cum o venă îi pulsează în spatele gâtului. Mirosul stătut de pudră și lemn îl izbi în nări. Rânjetul bătrânului îi apăru în fața ochilor, orbindu-l. Silueta ei, sprijinită de tejghea, se profila într-un semiîntuneric vâscos.

Va fi secretul nostru, șoptise ea, împingând spre bătrân o broșă aurită, peste care lumina lunii căzuse pieziș, apoi își întorsese capul spre el, făcându-i din ochi. El râsese. Totul păruse ireal. Totul păruse o glumă.

Chiar și-acum iubirea noastră pare doar un simplu joc...

"Ei bine?"

O voia înapoi... o voia înapoi... Dar oare mai avea să îl mai poată privi în ochi după tot ce îi făcuse? *Tic-tac, tic-tac...* îi număra ceasornicul. Oricum nu mai conta – moartă nu putea să mai simtă nimic.

"Fură," spuse simplu, în șoaptă, închizându-și ochii, auzind cum femeia începe să râdă.

O neputință puternică îl înveli de-a-ntregul, împletindu-se cu mânia din sufletul lui: brațele îi cădeau grele pe lângă corp, picioarele stăteau să îi cedeze, capul părea o povară mult prea grea de dus. *Dă-mi-o acum,* ar fi vrut să zică, dar nu putea să deschidă gura, știind că ar fi vomitat pe ea. Gustul de brandy îi veni brusc înapoi în gură. Se întoarse pe călcâie, apucă paharul și îl dădu pe gât. Arsura băuturii îl făcu să geamă.

"Fură, deci..." strigă femeia, continuând să râdă.

"Fură de când a fugit de-acasă, de când și-a lăsat logodnicul, de când stă cu mine... fură și amanetează tot ce strălucește, tot ce crede ea că ar valora ceva, orice lucru de care i se prinde mâna..." se trezi spunând, dar vocea lui nu suna a lui, ci a unui necunoscut care vorbea pentru el.

"Fură de plăcere, zici? Ah, știi tu, Ludwig urăște tot ce e necinstit în lume... Dar mai ales hoții... mai ales hoațele..." și se hlizea în continuare, în timp ce îi întoarse spatele, îndreptându-se către masa de scris de lângă fereastră.

"Mai ales din plăcere..." răspunse.

Simți un fior pe șina spinării, o ură profundă pentru el și pentru ea, și pentru arta care nu îl lăsa în pace și îi bătea puternic în coaste, reamintindu-i că are nevoie de Elise, numai de ea, ca să se împlinească. Să își termine poezia, și să poată muri.

TREIZECI ȘI ȘASE

"Ludwig..." murmură Elise, într-o voce slabă, pe care abia şi-o auzea ea, ridicându-şi lent obrazul de pe genunchii pe care şi-i ţinea la piept.

Beethoven nu schiţă nicio mişcare, ţinându-şi în continuare capul aplecat asupra ziarului întins pe pian. Îl vedea cum bate din picior, într-un ritm neregulat, haotic, iar capul îi tremura, ca şi când ar fi fost lăsat pradă unor convulsii. Îl auzea cum murmură ceva, cum murmură şi citeşte, iritat – fusese iritat, de fapt, toată dimineaţa, de când Ries adusese înăuntru ziarul.

"Ludwig..." mai încercă o dată, mai tare, dar pieptul o duru de la presiunea cuvântului. "Te rog!" spuse înecându-se, înecându-se atât de tare, încât corpul îi fu propulsat în faţă, iar tusea curgea din ea, fierbinte, seacă.

Beethoven se întoarse brusc, iar ochii lui se pironiră în

ai ei, întunecați, cu verdele acela sălbatic vizibil tulburat, asemenea unei jungle în timpul unei furtuni. Ea tresări și își feri capul.

"Citește-mi și mie..." spuse, așezându-se la loc între perne. "Ce scrie acolo?"

"Lieber Himmel, Elise... Elise! N-ai idee ce ți-au făcut! N-ai idee ce ne-au făcut nouă! Au complotat, au complotat așa cum fac mereu împotriva artistului și artei lui, și te-au distrus... te-au distrus, Elise..."

"M-au distrus...?" întrebă cu un glas tremurat, umed, la fel de umed ca obrajii peste care lacrimi începură să îi curgă. *Cine?* ar fi vrut să mai întrebe, dar știa răspunsul, știa și fără să îi zică Beethoven, știa așa cum știuse dintotdeauna că *el* avea să o distrugă.

Matthias o privea de undeva din întunericul minții ei, iar privirea lui o mistuia. *Nu ți-a ajuns să te arzi pe tine,* gândi, *ci-ai vrut să-mi dai și mie foc...*

"Te-au distrus!" strigă Beethoven din nou, izbind fără încetare cu pumnul în pian, izbind și izbind, iar lemnul instrumentului gemea sub forța loviturilor, iar el părea să nu își dea seama ce face. "Și dacă te-au distrus pe tine, m-au distrus și pe mine, Elise... au vrut să-ți ia arta, să-ți ia arta și s-o facă vina ta și să te condamne la urmă pentru că nu-ți recunoști vina."

"Au vrut să-mi ia arta..." murmură ea, dar îi venea să râdă, un râs ruginit, ca o balama veche a unei uși și mai vechi, dintr-un lemn putrezit, mâncat de carii, exact așa cum era și ea, cu dansul ei, care de fapt nu mai exista.

Ce să-mi ia, când n-am nimic să le dau? Nimic, nimic, nimic... chiar și cât am avut nu mai am, chiar și puțina artă din oasele mele s-a scurs când a vrut să mă omoare.

"Dar așa sunt vienezii! Dar așa sunt toți oamenii: toți vor artiști, dar se plâng când nu au, iar atunci când găsesc într-un final unul, tabără pe el ca animalele și îi smulg arta din mâini și îl numesc proscris și nebun..." Beethoven vorbea fără să se oprească, scrâșnind din dinți, fornăind, mișcându-se de colo-colo, ca un animal într-o cușcă.

Elise îi vedea ochii în flăcări, buzele mușcate, cu o urmă de sânge pe ele, ușor depărtate, iar fața întunecată, întunecată cum nu i-o văzuse niciodată.

"Dar ce scrie acolo?"

Beethoven se împiedică de piciorul unui scaun.

"Să se ducă dracului toți!"

"Dar ce scrie?" mai întrebă, și simți cum disperarea îi urcă în gât împreună cu cuvintele. "Spune-mi, Ludwig, ce scrie acolo, ce scrie?"

"Să se ducă dracului, dacă au impresia că pot să te distrugă doar cu niște vorbe goale... cu niște vorbe și cu un articol!"

Elise plângea, și gemea și încerca să țipe, dar nimic nu îi ieșea pe gură, nimic, nimic... dacă Beethoven spunea că au distrus-o, înseamnă că era distrusă cu adevărat. Nici nu mai conta ce scriseseră, nici nu mai conta ce se zicea despre ea.

"Caută numai bârfe, bârfe peste bârfe, pentru că nu-i duce capul să înțeleagă altceva, nu-i lasă frivolitatea și ignoranța lor debordantă să gândească! Vor bârfă, dar nu le place de omul care e sursa lor... Le place scandalul şi le place arta, dar nu le place când le văd combinate... dar e numai opera lor, marele scandal al vremii, de primă pagină! Atât ştiu să creeze animalele, atât ştiu să facă: să îngroape frumosul în noroi şi să-l calce în picioare!"

"Dar ce-au spus despre mine? Ce-au scris?" tot încerca, ţinându-şi bărbia lipită de genunchi şi frământându-şi gambele cu palmele-i transpirate. Totul în jurul ei pălise – camera nu mai exista, ci doar Beethoven, care se oprise pe neaşteptate în loc, gâfâind, uitându-se drept în sufletul ei.

"Numai să nu te dea afară! Numai să nu îndrăznească... să nu îndrăznească nenorociţii să arunce în stradă singura lor scăpare, singura balerină care a dat vălul la o parte şi priveşte în spatele lui şi poate dansa ce vede! O să se nenorocească şi pe ei atunci!" aici râse, un râset forţat, înspăimântător. "Dar deja sunt nenorociţi, deja au pierdut aproape orice speranţă!" urlă şi se năpusti spre patul ei, căzând în genunchi.

Tremura tot, din cap până-n picioare, şi simţea şi ea că tremură împreună cu el, el care o privea pierdut, cu nişte cearcăne îngrozitoare sub ochii umflaţi, cu faţa căzută şi plină de cute şi cu buze palide, uscate. Arăta bătrân; arăta extenuat – şi ea se simţea extenuată.

"Iartă-mă, Elise... dar încerc, încerc!"

"Ce scr...?"

Uşa se deschise cu un scârţâit, iar Ries se năpusti în cameră, plin de zăpadă, fluturând în aer o telegramă.

"Dumnezeule!" ţipă Beethoven, sărind şi el în picioare.

"De la teatru."

Elise închise ochii și trase aer în piept. Niciunul nu îndrăznea să vorbească. Niciunul nu îndrăznea să respire. Elise auzea numai vântul de afară și scârțâitul lemnului și sunetul hârtiei fiind rupte și apoi frământate între degete și un chicot slab, răgușit. Simțea că nici inima nu îi mai bate, că nici gândurile nu i se mai încheagă, că nici durerea nu i se mai zbate în corp. Doar aștepta, dar aștepta degeaba, căci știa, știau toți trei ce scria în telegrama aceea.

Mai bine m-ai fi omorât, murmură și își mușcă buza. Auzi cum Beethoven mototolește hârtia și o aruncă în perete.

"Cum și-au permis? Cum și-a permis tâmpitul ăla de von Braun? Cum să spună că din cauza publicității negative care a căzut asupra ta nu mai dorește să fii asociată cu prețiosul lui teatru? Teatrul lui e prețios tocmai pentru că există artă în el... și dacă i-a ucis arta, cu ce mai rămâne?"

Elise deschise ochii molcom și răsuflă adânc. Beethoven luă scaunul de paie între mâini și îl izbi cu toată puterea în peretele opus, chiar de lângă capul lui Elise, rupându-l, lăsând bucățile să cadă pe podea. Elise tresări violent și gemu, gemu prelung, un geamăt grav, plin de durere. Îi uciseseră arta, dar ea era încă în viață și îi era frică să trăiască în continuare știind că pășește zilnic pe mormântul dansului ei. Simțea că nu mai știe să danseze; simțea că nu mai știe să trăiască. Era un gol în ea, un gol rece, negricios.

"Mai bine m-ar fi omorât..." șopti, iar Ries veni ușor lângă ea, cu privirea în pământ. "Mai bine m-ar fi omorât!"

încercă să țipe, să țipe peste urletele lui Beethoven.

"Mereu fac asta... mereu fac asta!"

Ries îi întinse lui Elise o batistă.

"Mergem să vorbim cu Salvatore, Elise! Mergem acum! Franz a zis că te vindeci... poți să vii cu noi atunci! Trebuie să vii, da... da!"

"De ce-au făcut asta, Ferdinand?" murmură ea, sleită de puteri, strângându-și și mai tare între brațe picioarele slăbite, care o furnicau ușor.

Ries oftă, scuturându-și capul blond, care se profila în fața ferestrei. "Au scris în ziare că furi, Elise. Te-au făcut hoață, o hoață de primă clasă. Dumnezeule, nu te lasă nicio clipă să respiri Brenner ăsta, nu-i așa?" șoptise ultima parte, dar Elise o auzi și ar fi vrut să îi spună că nu mai avea aer de mulți, mulți ani, dar nu găsi cuvintele să o facă.

TREIZECI ȘI ȘAPTE

"Cum îmi permit? Cum adică *cum îmi permit?*"

Gâfâiau amândoi atât de tare, încât Elise îi putea auzi din anticamera unde Beethoven o pusese să rămână.

Mă duc să mă cert cu ei, Elise, îi spusese, *nu plec de-aici până nu le-nchid gura și până nu-ți dau înapoi rolul. Tu stai aici, într-un colț. Nu trebuie să știe că te-am adus. Doar așteaptă.*

Iar ea asta făcea. Aştepta.

"Aşa bine! Cum îţi permiţi să demiţi protagonista *mea*, din baletul *meu*?" urlă el, izbindu-şi pumnii în lemnul biroului, aplecându-se şi mai tare peste acesta.

Von Braun se apleca şi el. Elise nu le vedea feţele, dar ştia că sunt roşii şi distorsionate, ştia că cei doi se priveau în ochi fără să clipească, ştia că mai aveau puţin şi se luau la bătaie. Înghiţi în sec – de ce acceptase într-un final să fie adusă acolo? De ce nu opusese mai multă rezistență? De ce îi lăsa să o umilească și mai tare?

Ries stătea lângă ea tăcut, respirând și el greoi, cu ochii în pământ.

"Baletul tău zici? Dar faptul că ăsta-i *teatrul meu*, nu-ți pasă? Teatrul meu, balerinele mele... până și coregrafia e-a lui Salvatore! Tu n-aveai dreptul oricum să alegi cine dansează acum, așa cum n-ai dreptul să te plângi c-am demis-o pe Wallner... Tot ce trebuia tu să faci era să scrii muzica și să nu ne mai stai în cale!"

"Să nu vă mai stau în cale? Să nu vă mai stau în cale? Dar dacă nu eram eu, ați mai fi avut spectacol, mișeilor? Dacă nu eram eu să vă scriu muzica și să vă dau, ca pe tavă, bucata mea de artă, voi n-ați mai fi fost nimic."

"Nu ești singurul artist din lumea asta!" urlă von Braun înapoi.

"Într-adevăr, nu sunt... dar pe majoritatea îi călcați în picioare, și îi stoarceți de vlagă sub tocurile voastre argintate și-i ridicați la final în slăvi pe cei mediocri! Pentru că sunteți chiori, chiori, chiori și nici nu vedeți și nici nu simțiți! De-asta Elise nu vă mai place acum... e prea aproape de artă ca să vă mai puteți voi ridica ochii către ea."

"N-o mai vrem pe Wallner, Ludwig, pentru că fură! Fură din case mici și din case mari și de oriunde apucă. Cine crezi c-ar vrea să vină să vadă o hoață dansând în rolul principal? Cine crezi c-ar mai vrea să danseze pe aceeași scenă cu una ca ea?" spuse Viganò, iar Elise reuși să îl vadă, prin crăpătura ușii întredeschise, cum se plimba dintr-o parte în alta, cu mâinile încrucișate. "Nu da cu piciorul și la asta, te rog. Deja știi câți bani ai pierdut cu concertele tale. Nu-i cazul să pierzi și cu baletul ăsta. Nu acum, când îți merge atât de bine. Ascultă-ne și pe noi, doar suntem între vechi prieteni."

"Vechi prieteni? De când, mă rog? Cu von Braun, niciodată! Eu sunt prieten doar cu cei ce se ridică la nivelul meu. Și-un amărât de director de teatru nici n-ar putea să viseze una ca asta!" vocea lui Beethoven tremura, sunând de parcă toată mânia care îi curgea din gură, prinsă de vorbe, era pe cale să îl frângă în două.

"Afară, afară acum! Cum îți permiți să mă jignești? Nici să nu te mai văd călcând pe-aici, nebun ce ești! Murim toți de foame cu tine, și eu, și compania, și orchestra, și tot! Mi-am semnat sentința când am acceptat contractul ăla nenorocit!"

Și ea își semnase sentința când acceptase să danseze baletul, când acceptase să fie protagonistă, când acceptase să fie muza lui Beethoven. Îi fusese mai bine înainte, când se credea veșnic blocată în linia din spate, când nu venea la repetiții, când lui Viganò nu îi păsa cum dansează – când ei înseși nu îi păsa cum dansează. Când Matthias o bătea noaptea, după care îi dădea câte un sărut umed pe fiecare vânătaie și pe fiecare rană, când adormeau împreună beți, în frigul încăperii, când era acolo, în lumea ei, în lumea *lor*, la adăpostul vulgarului, iar arta încă n-o văzuse, încă nu îndrăznise să se apropie și să-i curme sufletul. Îi fusese mai bine când nu știa că există mai bine.

Nu mai putea să respire. Își lipi mâna rece de gât, iar un

fior o străbătu pe șira spinării, în timp ce, tremurând, își întoarse grăbită capul într-o parte, și în cealaltă – era atât de întuneric acolo și atât de îmbâcsit, și, dintr-odată, atât de fără sens totul, încât nu mai știa unde era ieșirea.

Ries încercă să o atingă pe umăr, dar ea se feri cu o mișcare bruscă, dându-se cu un pas mai departe de el.

“Dacă i-ați da o șansă, Dumnezeule!”

“Dar i-am dat! Câte nu i-am dat! Dar tot ce faceți e să le dați cu piciorul... nu mai pot risca să pierd timp, Ludwig...” Viganò ridică glasul.

“Nu pe banii mei cel puțin!” spuse von Braun.

“Nici tu nu mai poți risca să-ți pierzi timpul. Înțelege, admite că ai greșit...”

“Vezi să nu,” pufni directorul, iar trosnetul scaunului, în care probabil se prăbușise, reverberă ostentativ, ajungând până la ea.

“N-are-n ea geniul pe care ai crezut că-l are. Deschide și tu ochii și uită-te mai bine: se pierde de fiecare dată, nu e constantă și nu-și dă voie să devină complet muzica și personajul. E-o... simplă balerină obișnuită,” Viganò își înmuie glasul, cum făcea mereu când voia să îl convingă pe Beethoven să îl asculte.

“Și nici nu vrei să știi ce făcea înainte... ce-i de capul ei! Noroc că nu scrie în articolul ăsta, altfel am fi fost nevoiți să închidem teatrul.”

Beethoven apăru în cadrul ușii, stând cu spatele încordat către ea, cu cămașa pătată, scoasă din pantaloni, cu capul ușor dat pe spate.

"Ce spune, mă rog?" urlă. "Ce-ar fi putut să spună rău despre aşa făptură, despre o fiică a artei? Spuneţi! Spuneţi acum!"

Elise simţi nevoia să se prindă de perete. Picioarele îi tremurau sub greutatea corpului brusc prea greu, care nu vrea nimic altceva decât să se aplece şi să se prăbuşească la pământ. Îi era frică, o frică fluidă, pe care o simţea curgându-i pe obraji împreună cu lacrimile, agăţându-i-se de gulerul rochiei, picurându-i de pe manşete.

Îi era frică, şi ar fi putut să culeagă picăturile de frică, să le culeagă şi să le zdrobească între degete, dar nu putea să se mişte, nu putea decât să stea acolo, în întuneric, ascultându-i vorbind, ca şi cum ea nici nu ar fi fost acolo, în camera vecină, vorbind şi părând că stau să îi decidă soarta. Se simţea suspendată deasupra unei prăpăstii, suspendată de un fir de aţă pe care Beethoven îl ţinea tremurând între degete, pe care von Braun sau Viganò sau Beethoven îl puteau tăia în orice moment.

Sau chiar eu... gândi şi îşi muşcă buza cu putere.

Eşuase. Se simţea ofilită, rămasă fără dans.

"Nu venea niciodată la repetiţii şi când venea, venea beată!" începu să urle von Braun, iar sunet de pumni lovind fără încetare în lemn răsună iar de undeva din încăpere. "Mereu beată! Şi înainte de spectacole trebuia să trimitem s-o caute şi s-o aducă să danseze, cât mai în spate ca să nu pară goală scena şi să nu ne facem de râs..."

"Nici nu-nvăţa coregrafia, Ludwig... niciodată! Dansa pe lângă şi le deranja pe toate şi strica formaţia..." adăugă şi Viganò.

"Şi-a vomitat pe scenă! Preţioasa ta făptură a vomitat pe scena mea!"

"Mereu prin cârciumi... cu poetul ăla al ei!"

"Ţi se pare normal s-o mai iau, după toate astea? După ce am şi aflat că fură..." conchise directorul, strigând cât îl ţineau rărunchii.

Fiecare cuvânt era pentru Elise ca un ciob ascuţit de trecut care i se izbea în trup, sfâşiind-o. Îl vedea cu coada ochiului pe Ries cum se uita la ea, cu gura uşor deschisă, cu ochii mari, de copil. Nu mai putea sta nicio clipă acolo.

"Şi voi beţi! Şi voi mergeţi prin cârciumi!" ţipă Beethoven, iar Elise auzi o urmă de disperare în strigătul lui.

Şi ea era disperată. *Unde dracu-i uşa aia?* Se întrebă şi încercă să se desprindă de la locul ei, dar corpul i se mişca lent, de parcă uitase cum se face.

Eşuase. Abia mai reuşea să respire.

"Noi suntem bărbaţi!"

"Voi sunteţi nişte nimeni! Iar ea doar s-a rătăcit, auziţi? S-a rătăcit! Voi aţi făcut-o să se rătăcească! Urâtul din voi şi din cei ca voi! Urâtul din voi a ros, ca nişte carii dezgustătoare, frumosul din ea!"

"Nu cred să aibă vreun pic de frumos în ea. Renunţă. Spre binele tău. Spre binele nostru. Treaba ei s-a încheiat aici."

Elise îşi scutură capul, tremurând din toţi rărunchii, şi se desprinse cu forţă din loc, alergând orbeşte către un perete, pipăindu-l disperată, găsind uşa şi fugind afară, în coridorul groaznic de întunecat şi groaznic de lung, ca acela pe care mai fugise de atâtea ori. Eşuase. Eşuase şi îi era frică.

Sau chiar eu aş putea tăia firul... gândi din nou, dar îi era frică de ecoul acelor vorbe, frică să mai gândească, frică să închidă ochii.

"Elise!" strigă Ries după ea, iar strigătul lui fu urmat de tropăitul unor papuci, de o uşă trântindu-se şi de alte voci care se învălmăşeau în mintea lui Elise, devenind doar nişte sunete şterse, difuze, scufundate în întuneric.

Îl dezamăgise pe Beethoven. Și pe Frau Dietrich. Şi pe tatăl ei. Și pe ea.

"Lăsaţi-o. Mereu fuge... mereu va fugi. E pierdută."

Numai de-aş găsi un foarfece, gândi, iar pielea gâtului începu din nou să usture, o usturime fină, ca un inel.

TREIZECI ȘI OPT

Dansează, dansează, dansează! răsună iar în ea veșnicul refren, veșnica chemare.

Își strânse pleoapele unele de altele, scuturându-și energic capul, continuând să meargă grăbită prin străduțele înguste, întunecate, mizerabile, pe care corpul ei ajunsese să le cunoască atât de bine. Simțea că stă să se prăbușească, că o forță meschină o mai ține încă laolaltă, mai leagă încă cioburi răzlețe, așezate în ea la întâmplare, de mâna nesigură, amatoare, a providenței. Căci nu se simțea întreagă: se simțea fragmentată, un conglomerat de oameni și de roluri și opere și note, toate lipite între ele de dans, de dansul pe care acum îl pierduse definitiv.

Vântul adia ușor, cu miros rece de ianuarie. O fereastră se deschise deasupra ei cu un scârțâit sonor, urmat de fredonatul unei voci subțiri, ca de soprană. Elise nu îndrăzni să se uite în sus. Simțea că are lacrimi în ochi.

Treaba ei s-a încheiat aici! îi spuseseră, care din ei nu își mai aducea aminte, fără să fie o amenințare sau un avertisment. Era o sentință. O sentință crudă, gravată în ea, pe ea, prin ea. Nu avea să mai danseze niciodată... nu aveau să o mai lase. Părea că se îndrepta spre eșafod.

Își simțea tot corpul moale, iar fiecare pas, fiecare atingere a vântului, fiecare voce aspră și fiecare fascicul de lumină reverberau prin ea, zguduind-o. Ar fi vrut să se oprească, să se oprească și să se prăbușească la pământ, să se întindă în zloata aceea mizerabilă și să-i lase pe oamenii de la ferestre să o privească cum moare. Ar fi fost ultimul ei spectacol. Poate cel mai sincer, poate cel mai rapid, poate cel mai puțin dureros.

Ar fi vrut să se oprească, dar nu putea. Mergea înainte, clătinându-se, cu ochii întredeschiși, cu buzele depărtate, prin care aerul intra sforțându-se, făcându-i gura și gâtul și măruntaiele să o usture și să geamă de acea răceală otrăvitoare. Mergea înainte, cu mantaua desfăcută, atârnându-i în părți, căzându-i aproape de pe umeri, cu mâinile atârnându-i blege în aer, ca și când nu ar mai fi știut unde să le pună, ca și când nici nu ar mai fi avut nevoie de ele. Mergea orbește, fără să aibă habar unde se îndreaptă.

Ba știi, susură o voce, ca o amintire amară, în apropierea urechii. Tresări și, ridicându-și mecanic brațul, își atinse tâmpla cu degete înghețate. *Știi, și eu te aștept, s-o termin, s-o terminăm, să murim împreună*, zise începând să horcăie, aruncându-și chipul blond pe spate și prinzând toată lumina și toată seninătatea aceea stranie a zilei.

Începu iar să își scuture capul. Cele câteva fire care îi atârnau pe frunte îi gâdilau pielea.

Știm amândoi că vii să mă lași să te ucid în sfârșit. Pentru că tu nu poți s-o faci singură. N-ai curaj. Ești prea lașă. Prea speriată de moarte ca să poți să-nțelegi că de ea ai nevoie ca să-ți faci arta. Dar tu ești o muză, Elise. N-ai fost niciodată artistă în sufletul tău. Ai fost mereu o simplă muză.

"Din cauza ta!" urlă și, gemând, își freca fața cu mâinile. Începu să calce mai apăsat, mai repede, afundându-se din ce în ce mai mult în zăpada fleșcăită. "Numai din cauza ta...!"

...și pentru că te iubesc și te urăsc în același timp, ar fi vrut să continue, dar rămăsese fără glas, *și pentru că mă ții legată în lanțuri și nu pot să respir când sunt lângă tine și pentru că mi-ai furat arta, mi-ai furat-o acum mult timp, când te-am cunoscut și-ai început să mă pui și pe mine să fur, să nu mai fii tu hoțul ordinar, ci eu, eu, eu! Și nu mă lăsai să dansez și să merg la repetiții, și strângeai din ce în ce mai mult lațul în jurul gâtului meu și-mi dădeai aer cu porția și mă durea, Matthias, mă durea teribil, și nici măcar durerea asta nenorocită n-o puteam înțelege, pentru că eu nu văd și nu înțeleg și nu simt nimic. Nu l-ai auzit pe Viganò? Nici când am crezut c-am înțeles, n-am înțeles de fapt, ci doar m-am mințit, pentru că n-aveam ce înțelege, pentru că tu te-ai asigurat că scormonești în mine și că sfâșii și că furi tot ce ar fi putut fi de înțeles.*

O balerină de mâna a doua. O balerină eșuată, ofilită chiar dinainte să înflorească, care spunea că dansează, dar n-avea picioare și nici brațe și nici nu-și știa dansul, pentru că nu-l învățase niciodată cu adevărat... Tu, cu poeziile tale, vei ști vreodată ce se-alege de o balerină care nu-și știe dansul? Sau care-și uită mișcările? Sau care nu înțelege coregrafia? Și dacă nu-nțeleg și nu simt și nu văd, cum aș putea eu să am curajul și puterea să țin o lamă în mână și să mi-o înfig în piept? Cum ar putea o muză sleită de puteri și stoarsă de viață să îndrăznească să termine opera artistului?

Tu nu-nțelegi c-am fost din prima clipă foaia ta albă, pe care să scrii cu sânge? Și tot cu sânge ai să-ți termini poemul... cu sângele muzei, care oricum e sortită morții din clipa în care voi puneți ochii pe ea, pentru că voi știți doar să iubiți și să urâți și să ucideți. Și tu, și Beethoven, și toți! Măcar de-ai fi avut puterea să mă omori mai repede! Măcar de nu m-ai fi lăsat să trăiesc! Și cum ai putut să spui că sacrificiul e arta muzei? Tu chiar nu-nțelegi că nimic din ce-i al muzei nu mai e al muzei când ea devine arta voastră?!

Nu mai pot, Matthias, nu mai pot! Ai câștigat... ai câștigat. Doar omoară-mă, termină-mă... pentru că nu pot fără dans, fără artă... De ce n-o găsesc? Unde-i? Arătă-mi-o, Matthias, măcar arată-mi-o înainte să mă omori...

Alerga șchiopătând, cu mâna lipită de zidul umed de piatră care îi străjuia calea. Tălpile îi înghețaseră. Buzele o usturau, limba îi amorțise. Tot corpul îi părea amorțit de fapt, și o durea, ca și când întreaga piele i-ar fi fost împroșcată cu apă clocotită din toate părțile.

Voia să se încheie, să se termine toată acea mascaradă mai repede, să nu mai fie nevoită să facă măcar un pas, simțind golul din membrele ei, găurile lăsate în oase și în mușchi de la dansul pe care îl crezuse acolo, dar care atunci nu mai era și nu mai avea să fie niciodată.

Ce naivă fusese! Ce naivă era și atunci, fugind către apartamentul lor, către el, către final. Simțea că devine elastică, că membrele, rămase fără suport, i se arcuiesc în lături, iar ea abia mai poate să se miște. Fredonatul acela al femeii, pe care îl simțea vibrând în piatra de sub mâna ei, pe care îl auzea ca un ecou în piept, o făcea să geamă și să scheaune ca un câine lovit, pierdut, dezorientat, așa cum și era. Ar fi încercat să salte, să își unduiască trupul, să facă o ultimă piruetă, dar știa că nu mai are rost și știa că uitase și nu mai avea să își amintească niciodată.

Nu-și mai amintea nimic, nici măcar când dansase ultima oară. La Heiligenstadt, pesemne? Sub privirea lui Beethoven? Între zăpezi nemărginite, albe, imaculate?

De ce îi era frică? De ce se simțea paralizată? De ce tot ce îi zisese *lui* adineauri devenise în acel moment atât de străin de ea, încât vorbele îi sunau ca ale unei alte persoane? De ce părea totul spus atât de de demult, încât simțea că un strat gros de praf se lăsase peste confesiunea ei? De ce nu voia să creadă în ce spusese, de ce totuși fugea către moarte?

Și de ce, de ce, de ce nu mai putea să danseze în acel moment? Era atâta zăpadă în jurul ei, atâta zăpadă, încât doar imaginea ei ar fi trebuit să-i amintească dansul.

Zăpada aceea era, însă, murdară ca ea, murdară așa cum nu trebuia să îi fie arta. De asta Viganò nu o mai voia solistă. De asta Beethoven avea să înceapă să o urască. De asta nu mai avea să fie balerină decât în adâncul amintirii ei, sub straturi și straturi de cenușă groasă, neagră: pentru că era murdară și uitase să danseze.

"M-ai nenorocit!" suspină și înfipse unghiile în zid și lăsă sunetul acela dezgustător să umple aerul din jurul ei, înțepându-i auzul și distrugându-i degetele, care se umplură de un sânge cald, cleios. "M-ai nenorocit!" urlă, iar presiunea urletului o făcu să se îndoaie de mijloc și să se prăbușească pe jos, în zăpadă.

O cioară ateriză lângă ea, croncănind. Elise plângea, holbându-și ochii către vitrina unei prăvălii, cea a bătrânului, care își pierdea acoperișul în cerul albastru, complet gol și complet albastru, făcând restul culorilor să pălească, să nu mai fie culori.

Mi-au tăiat firul care încă mă mai ținea, gândi. *Mi-ați tăiat firul, iar eu nu mă voi mai putea ridica. Și voi muri așa, ca un nimeni, singură, în stradă. E vina voastră... numai vina voastră! De ce mă lăsați să mor...?*

Și atunci i se făcu frică din nou. Începu să își zbată picioarele și brațele și capul. Văzu în vitrină multe din lucrurile pe care le furase și pe care i le dăduse bătrânului. Mâinile păcătoase începură să o furnice. Scoase un vaier care făcu cioara de lângă capul ei să mai croncăne o dată și să își ia zborul.

Văzu atunci în vitrină balerina de la Beethoven, zâmbind către ea, o formă nedefinită de licăriri fantasmagorice. Inima îi stătu în loc. Își văzu și propria reflexie diformă în sticla întunecată a geamului, o formă nedefinită de vulgaritate cenușie. Gândi că mai bine ar rămâne acolo, că mai bine s-ar opri din spasmele acelea disperate și fără rost, dar văzu un pumnal ruginit pe unul din rafturi și zâmbi strâmb cu colțul gurii. Se ridică anevoie și privi înăuntru, către încăperea goală, unde bătrânul nu era de văzut. Își trase mai bine mantia pe umeri. Clipi o dată apăsat. Își șterse nasul și ochii, încercând să ignore umezeala dc pe spatele ei. Și deschise ușa.

TREIZECI ȘI NOUĂ

Elise strânse balerina de porțelan în mână, cu ochii închiși, cu corpul drept, încordat, tremurând. Respiră adânc, mângâind curburile fine ale trupului micuț, încolăcindu-și degetele în jurul brațelor, trasând urma volanelor și a fundelor. Simțea că se sparge și mai tare în bucăți – *dacă au mai lăsat în mine ceva să se spargă*, gândi și deschise ochii. Afară ningea gros, învăluind fereastra camerei ei ca într-un văl dens. Era frig și cenușiu, iar totul părea șters, teribil de șters...

Își ridică brațul, împreună cu el și balerina, și începu să o rotească până simți că nu mai poate, până simți că porțelanul stă să se frângă sub atingerea ei. O așeză lin pe masă și îi dădu drumul. O melodie firavă, un sunet nedefinit, mai mult ca un geamăt, ca o lamentație, umplu liniștea încăperii. Balerina începu să facă piruete, piruetele pe care ar fi trebuit să le facă de fapt *ea*, clătinându-se, rotindu-se lent, anevoios. Era o priveliște deplorabilă. Îi venea să urle, simțea cum țipătul îi îngreunează limba și îi strepezește dinții, dar nu își putea aduna puterile să își deschidă gura. Să își încordeze mușchii. Și să îl scuipe afară.

Pumnalul zăcea pe masă, părând că o privește, iar ea îl privea înapoi, frântă. Nu îl găsise pe Matthias când intrase în casă și nu știa ce să facă, nu știa unde să îl caute. Mâna în care ținuse cutiuța muzicală îi atârna grea, umflată, așteptând să țină altceva, altceva... O putea oare face singură?

Muzica aceea jalnică torcea în continuare, iar balerina se rotea, se rotea, se rotea... Ochii o usturau, dar nu îndrăznea să clipească. Ea ar fi vrut să fie aceea care dansa. Ea ar fi trebuit să fie aceea care dansa, ea, ea, ea!

Dar o uciseseră. O sacrificaseră. O storseseră de artă și de dans. Apucă pumnalul de pe masă.

Trebuie să te omori pe tine...

Înghiți în sec și își mișcă, ca și când ar fi încercat să îndoaie un mâner vechi, ruginit, încheietura unui picior.

Pe-aceea ce-ai fost...

O durere pulsantă, deja devenită omniprezentă, o mistuia toată.

Pe-aceea ce vei fi...

Încercă să atingă podeaua cu vârful degetelor, întâi un picior, apoi celălalt, să își ridice brațele deasupra capului și să se închidă ca într-o aureolă. Balerina scârțâia, iar muzica se înăbușea treptat, sufocată de frig și de izul acela putred de sfârșit.

Dar, cel mai important, pe-aceea ce ești.

Picioarele îi cedară, greutatea trupului ei câștigă, iar ea se prăbuși în genunchi și se simțea lovită și șfichiuită din toate părțile. Începu să plângă iar.

"Dar nu pot... nu pot! Cum să omor ceva ce-i deja mort demult...? Au ajuns la mine înaintea mea, Frau Dietrich, iar mie nu mi-a mai rămas nimic..." șopti și suspină prelung, strângând mai bine mânerul pumnalului între degete.

Melodia păli cu un scârțâit, care sună ca un vaier și ca o invitație. Țipătul încă îi năclăia gura și n-o lăsa decât să șoptească și să suspine. Brațele începură să i se miște fără voia ei. Închise ochii – nu voia să mai vadă nimic, nicio urmă de lumină, nicio urmă de culoare, nu voia să privească cum acestea se scurg din fața ei și lasă în urmă un gol adânc în care să cadă ea, să cadă după ce ar fi ucis și trupul acela atât de gol fără dans.

Și tatăl ei închisese ochii cu câteva clipe înainte să moară, pe când sunetele pianului umpleau camera, iar ea, mică și firavă ca bibeloul, cu obrajii umezi și arzând și durând-o, încerca să danseze ultimul dans pe care el i-l ceruse.

Dansează, copila mea... era tot ce putuse murmura, iar ea își făcuse salturile și piruetele, fără să fi avut nevoie de muzica instrumentului, căci gemetele și suspinele și vaierele ei i-ar fi fost de ajuns.

Dar ea de acum nu mai putea să danseze, nu mai putea să geamă sau să suspine sau să țipe, și știa că îl dezamăgise, că îi dezamăgise pe toți și că eșuase, și că lama rece avea să sărute, în câteva clipe, pielea pieptului ei.

Mâinile împingeau lent, parcă comandate de același păpușar care îi ridicase sforile la loc, pregătind-o pentru ultimul ei solo, un solo al liniștii, al unei liniști adânci transformate în beznă, iar ea respira greoi, tremurând, încă fiindu-i frică și de moarte și de viață, și de dansul care fusese în ea, și de golul lăsat în urmă-i, și de Matthias și de Beethoven și de tatăl ei, și de amintiri și de vedenii, și de tot și de nimic.

Și de liniște. Și de izbiturile care începură să zguduie întreaga încăpere.

Podeaua scârțâia, pereții scârțâiau, fereastra scârțâia. Auzi ceva căzând de pe o poliță. Masa se clătina din cauza unui picior prea scurt. Avu impresia că și ea începe să scârțâie.

Lama îi despică ușor pielea pieptului. Ea trase aer adânc în piept și își descleștă, în sfârșit, maxilarele. Țipătul curgea afară, împreună cu firicelul de sânge care i se prelingea pe abdomen. Ar fi vrut să se oprească, dar era prea târziu.

"Elise!" auzi o voce strigând și ușa izbindu-se de perete, și nu își dădu seama dacă era adevărat sau doar un vis, sau dacă deja murise.

Larma nu încetă în jurul ei. Părea prinsă în sânul haosului. Își pierduse, definitiv arta. Era pierdută.

Se simți cuprinsă în brațe.

Dansează, copila mea...

PATRUZECI

"Cenușa a-negrit cu patimi purul albului stindard..." murmură Matthias, în timp ce deschise ușor ușa, clătinându-se, sprijinindu-se cu umărul de peretele înghețat al încăperii. "Purul albului stindard..."

Avea ochii închiși și gura uscată, iar mâinile îl usturau și îl ardeau de la frigul îngrozitor. Nu mai simțea nimic, nu mai știa nimic – nici de el, nici de lume, nici de nimeni. Trase aer în piept, dar avu impresia că nu vrea să intre și că i se blochează între dinți. *Ușor strepeziți cu carii de ceară, acum mi-s toți dinții, iar gura mi-amară,* gândi, dar, în același timp, își izbi capul de perete o dată, de două ori, până durerea îi goli mintea de gânduri și lăsă loc unei pulsații fleșcăite, calde.

"Nu, nu, nu!" strigă și lovi cu călcâiul în podeaua de lemn. "Concentrează-te! Concentrează-te!" și începu să respire sacadat. "Purul albului stindard... ochii tăi speriați... speriați?!"

Făcu un pas în față, prinzându-și capul între mâini, înfigându-și degetele în păr și trăgând. Nici nu mai simțea durerea. Voia doar să își termine versurile, să le termine, așa cum mai încercase și atunci, demult, tare demult. Își deschise ochii și văzu cu coada ochiului cicatricile de pe mână – frigul păru că se lipește și mai tare de el. Hainele îi atârnau jilave pe corp. Picioarele păreau că îi stau afundate în noroi. Cum sfârșise versurile atunci? Ce-i fusese șoptit în ureche?

"Ochii tăi speriați..."

Și el fusese speriat, și el fusese îngrozit de ideea morții, dar fusese nevoit să o facă, fusese nevoit să își atingă lama de mână și să sfâșie pielea și carnea și membrul în două. Și lui îi fusese frică de moarte, dar trebuise – trebuie încă! – să o răzbească. Elise de ce nu înțelegea asta?

Inima începu să îi bată mai tare. Încă o vedea în fața lui, cu ochii roșii și umflați de plâns și albă la față, albă, albă, albă, ca și când ar fi văzut o stafie. Dar se uita la el, la el cel întins în bălțile din strada aceea întunecată, cu brațele sfârtecate și cu foi pline de versuri roșii împrăștiate lângă el. Elise îl salvase atunci de la moarte. Acum de ce nu mai voia să îl salveze?

Simți o lovitură puternică în piept, venită de undeva din el. Își ținu respirația.

"Ochii tăi speriați de moarte sufletul încet mi-l ard!" strigă, și plonjă către măsuța de lângă fereastră.

Trebuia să găsească ceva de scris... trebuia să scrie, să scrie până nu uită. Dar nu găsi nimic. Lovi masa cu pumnii, o lovi tare, până o dărâmă, până balerina de porţelan de pe ea se prăbuşi pe podea, frângându-se în bucăţi. Tresări şi rămase locului.

"Elise?" murmură şi începu să tremure, privind cum o rază de lună alunecă pe căpşorul frânt al bibeloului. "Elise?" strigă, de data aceasta, şi căzu în genunchi, întinzându-şi mâinile, încercând să adune bucăţile. Le duse către buze, pe fiecare în parte, şi le sărută, încet, tacticos, tandru. "Când ai fost aici, Elise? Şi de ce nu mă laşi? De ce nu mă laşi să îmi termin poemul... ultimul meu poem?"

Strânse între degete braţul catifelat, dar mort, al balerinei. Îl privi cu jind, simţind că o ţine pe ea în braţe, şi că o strânge până o face una cu el, şi o priveşte înăuntru şi o face poezie. Porţelanul se frânse între degetele lui. Ridică bucăţile din nou la gură.

"Iar pe cărnurile-nvoalate cerc să pun sărut de foc," murmură. "Chiar şi-acum iubirea noastră pare doar un simplu joc."

Se lăsă extenuat pe spate, cu buzele întredeschise, cu părul venindu-i în ochi, cu cioburile de porţelan prinse în palma lui. Se uita la tavanul întunecat, şi simţi cum timpul stă şi cum ceva din el stă. O voce începu să îi susure în ureche şoapte, din ce în ce mai multe şoapte, groase, groteşti, vulgare. Nu mai putea. Nu mai putea fără să o aibă pe ea; şi de câte ori ar fi putut să o aibă! De câte ori ar fi putut să o rupă în două...

"Dar nu vreau..." încercă să suspine. "Mă omor doar pe mine! Doar pe mine!" dar vocile nu conteneau să scandeze în cameră, să scandeze și să îl înconjoare ca pe un prizonier.

Doar iubirea îți poate fi muză... doar iubirea îți poate fi făcută artă.

Își întoarse capul într-o parte, parcă încercând să se ferească de ceva ce venea spre el. Își întoarse capul și văzu, lângă piciorul patului, strălucind timid, sub vălul lunii ce aluneca pe fereastră, lama unui pumnal, un pumnal ruginit și vechi și puțin pătat de sânge.

Omoar-o. Termină poemul. Omoar-o și fă-o veșnic a ta...

PATRUZECI ȘI UNU

"Nu, nu, nu!" strigă Elise și se ridică precipitată de pe divan, unde stătuse până atunci. *Nu, nu, nu,* răsună apoi și ca un ecou în mintea ei, mai slab, mai ca un suspin. *Nu din nou, nu și el.*

"Elise, liniștește-te!" strigă Beethoven la rândul lui, sărind din fotoliu, începând să se plimbe agitat prin fața ei. Un fior o trecu pe șina spinării – verdele din ochii lui era iar des și impenetrabil. "Te-am rugat doar să asculți ce-am compus. Am numit-o după tine. Ai nevoie să o asculți, după... după..."

"După ce am încercat să îmi iau viața?" Elise pufni și își lipi palmele de spatele gâtului. "De ce crezi că muzica ta m-ar ajuta?"

"Arta e vindecătoare, Elise. Te rog să asculți!"

"Cum ar putea să mă vindece să ascult ceva despre mine?

Când eu trebuie să fac arta, dar mă încâlcesc și mă pierd în arta altora! Ludwig, Dumnezeule, te-am rugat să nu mă faci muză, te-am rugat sa nu mă omori scriindu-mă in operele tale!"

"Și tatăl tău o scria pe mama ta... Ea i-a inspirat toate op..."

"Pe mama mea!" urlă Elise. "Și vezi unde a adus-o asta!"

"Mama ta a murit de cauze naturale..."

"Mama mea a fost moartă toată viața ei! O balerină mediocră care nu putea face nimic, nimic... și eu trebuia să fiu diferită, așa mi-au zis, așa m-au pus să fiu, să strălucesc și să fiu ce n-a fost ea niciodată! Și uite-mă, uite-mă acum!" începu să plângă și se prăbuși iar pe divan, lovindu-și cotul de mânerul de lemn.

Își strânse pleoapele, cu putere, până începură să o doară. *Și așa toată lumea asta e doar durere,* gândi, suspinând prelung, și începu să se concentreze pe întunericul din mintea și dinafara ei: nu mai voia să se gândească la tatăl ei, galben și uscat printre așternuturi sau la poza pătată și mototolită a mamei ei, o balerină cu un zâmbet fals, cadaveric, sau la arătătorul lui Frau Dietrich și la rănile ei de pe picioare sau la zgârietura de pe pieptul ei, care începuse sa prindă coajă...

"Și-acum... cum mai pot eu sa fiu asta? Când nu știu să dansez, pentru că m-ați făcut toți să uit! Cu fiecare notă sau cuvânt pe care-l scrieți îmi mai luați puțin din dans... e vina voastră! Numai vina voastră! A tuturor!"

Beethoven se ridică și se așeză lângă ea, între pernele

canapelei.

“Numai vina voastră... de ce crezi că am vrut să mă omor? Pentru că nu mai e cale de întoarcere, din locul ăsta în care am ajuns condusă de voi!”

Beethoven oftă.

“Nu e vina noastră, Elise. Ca să rezolvi, trebuie să îţi asumi. Tot ce ţi s-a întâmplat a fost, dacă există vreo vină, din vina ta pentru că ai permis şi nu te-ai luptat. Şi totuşi, nici măcar nu există vreo vină... cel puţin nu pentru artist. El trebuie să observe şi să simtă şi să absoarbă şi să transforme totul în iubire. Pentru că arta se naşte din iubire. Şi trăieşte prin oameni care iubesc.”

Elise îşi ridică ochii din pământ. Întreg trupul îi tremura pe interior. *Arta se naşte din iubire.* Ea dacă iubise, de ce nu putuse să facă artă? Gâtul o ustura şi gura vorbi fără acordul ei:

“Care iubesc ce? Pe ceilalţi?”

“Pe ceilalţi, da. Sau pe ei înşişi. Sau arta. Sau natura. Care iubesc, pur şi simplu.”

“Şi când nu iubesc?”

“Nu există artă din ură şi vulgar.”

Elise lăsă ochii în pământ şi atinse pieptul, exact în locul în care pumnalul ar fi trebuit să o străpungă cu câteva zile în urmă – nici nu îşi mai amintea câte – să o străpungă şi să o curme. Îşi lăsă apoi degetele moi să îi alunece în jos pe abdomen, trasând o urmă imaginară a unor vânătăi trecute, dar pe care încă le simţea vii pe şi în ea.

“Şi când porţi ura pe tine ca nişte dâre de noroi?”

Beethoven îi atinse lin obrazul și îi șterse cu o mișcare fugară o lacrimă aninată de pleoape. Elise văzu umbra unui zâmbet pe chipul lui, ascunzându-se în spatele obscurității.

"Omori ceea ce urăști. Apoi te cureți și te ridici și începi să dansezi din nou."

Focul pâlpâia în șemineu, iar lemnele trosneau, iar întunericul nopții părea nederanjat nici de lumina lui, nici de lumina lumânărilor, nici de lumina lunii. Roșeața flăcărilor cădea pieziș, într-o fâșie subțire, pe spațiul dintre ei doi.

"Sau ceea ce te urăște pe tine."

Și dacă mă urăsc eu pe mine? ar fi vrut Elise să îl întrebe, dar Beethoven oftă și se ridică de pe divan, împingând cu piciorul un vraf de foi și cărți și partituri, și îndreptându-se spre pian.

"Important e să recunoști că există ură. S-o vezi că e acolo, s-o vezi cu adevărat. S-o iei în mână, s-o întorci pe toate părțile. Să te-ntrebi dacă ce ai în fața ochilor chiar e ură sau dacă n-o confunzi cu altceva," Beethoven o privi peste umăr, din întuneric, cu niște ochi lucioși, iar ea îl privi înapoi, cu inima bătându-i în gât.

Elise deschise gura, dar era prea uscată să scoată vreun cuvânt. Încă simțea în mână atingerea ruginită a mânerului și pe piept răceala metalică a lamei. Se foi puțin, nedezlipindu-și încă ochii din ochii lui, își lipi picioarele goale pe lemnul cald al podelei din fața divanului, proptindu-se în mâini, și încercă să se ridice.

"Stai!" strigă el, așezându-se pe scaunul de la pian cu o

mişcare precipitată. Un alt teanc de foi se prăbuşi undeva la picioarele lui, cu un sunet surd. "Vreau să-ţi..."

"De ce să mai stau, Ludwig?" strigă ea răguşită şi simţi că gâtul o ustură groaznic şi că se îneacă şi că ar vrea să tuşească, dar nu poate. "Ce mai ai să-mi spui? Am înţeles deja... trebuie să mă duc să omor ce urăsc sau ce mă urăşte, ca să pot să simt iubirea şi să fac artă! Dar cine mă urăşte? Matthias? E Matthias cel care chiar mă urăşte? Sau sunt eu aceea? Ce fac când sunt eu cea care mă urăşte?"

"De cele mai multe ori ura faţă de noi e doar tristeţe." Beethoven apăsă pe una din clapele pianului. Sunetul izbucni clar şi singur şi tărăgănat ca un ecou. "Iar tristeţea îi e şi ea poate indispensabilă artistului," spuse şi, întorcându-se fără niciun alt cuvânt către instrument, tăbărî asupra claviaturii, cocoşându-şi spatele, mişcându-se dintr-o parte într-alta, aşa cum Elise îl tot văzuse făcând.

Notele se închegau una după alta, legate, şiroind ca şuvoiul unui izvor, iar ea stătea acolo, în picioare, ascultând, şi părându-i-se totul atât de familiar, atât de intim, şi atât de crunt, încât rana de pe piept începu să o usture, iar ea îşi puse mâinile la urechi, şi începu să ţipe.

O compoziţie despre ea... o compoziţie în care Beethoven o scrisese, în care făcuse din bucăţi, din sufletul şi trupul şi dansul ei, note şi muzică... o compoziţie care o consacra ca pe o muză. Ea încă nu putea să danseze, iar Matthias încă abia aştepta să o omoare, iar Beethoven încă insista să o facă muza lui.

"Opreşte-te, Ludwig! Opreşte-te odată!" ţipă, şi îşi

înfipse unghiile în tâmple, făcând câțiva pași spre ușă – trebuia să plece iar, să fugă, chiar dacă nu avea unde. "De ce nu-nțelegi...?"

"Tu nu-nțelegi, Elise! Tu! Unde pleci acum? Pentru numele lui Dumnezeu, încetează să mai fugi! Unde dracu' te-a adus tot fugitul ăsta al tău? Cu ce te-a ajutat?"

Beethoven se ridicase și începuse să țipe, în timp ce se mișca greoi prin cameră. Întunericul curgea în valuri peste el. Lumânarea se stinsese. Șemineul mai arunca doar o lumină roșie, bizară.

"Ca să scap!" strigă și ea, dându-se câțiva pași înapoi, respirând anevoie, simțind că amețește.

"Să scapi de ce, mai exact? Nu vezi că oriunde fugi sfârșești în aceeași vulgaritate și mizerie? Nu mai fugi, Elise, draga mea Elise! Nu te ajută la nimic... Trebuie să lupți și să înfrunți. Nu există artă fără vărsare de sânge."

Elise înghiți în sec și se dădu iar în spate, prinzându-se de colțul sculptat, zgrunțuros, al unui dulap.

"Nu există artă fără vărsare de sânge?" șopti, dar Beethoven păru că nu o aude. Îl văzu oprindu-se în loc, întinzând mâinile către ea, chemând-o, așa cum ai chema un copil mic, neascultător.

"Un artist trebuie să *omoare* tot din jurul lui, tot ce amenință să îl piardă și să îl biruie. Nu lumea trebuie să câștige, Elise, ci el. În numele artei. În numele frumosului. În numele iubirii. E datoria lui. Un artist care se lasă biruit e un artist eșuat."

Elise își izbi palmele de față și începu să și le frece energic, să tragă de tot chipul ei, de bărbie, de buze, de nas, de ochi, împungându-şi fruntea cu buricele degetelor.

"Ştiu că sunt un artist eşuat, Ludwig! Ştiu! De ce dracu' ţii să mi-o mai aminteşti şi tu?!" gemu, iar vorbele i se rostogoliră afară din gură, bulucindu-se parcă, unele peste altele, fără să sune a cuvinte, fără să sune a nimic.

"Ce-ai spus?" întrebă Beethoven, făcând iar câţiva paşi în faţă. "Ştii că eu nu prea..."

"De ce ţii să-mi reaminteşti că sunt un artist eşuat, asta am spus!" urlă şi începu să plângă, iar Beethoven făcu un salt lângă ea şi o prinse chiar înainte să se prelingă pe podea. "De ce... de ce?"

"Dar pentru tine mai există o şansă, Elise... numai dacă... Dumnezeule! Numai dacă ai înceta să fugi! Rămâi, te rog, te rog, te rog! Rămâi şi ascultă ce-am compus..."

"Ce-ai compus despre mine? Ţi-am zis că nu vreau s-aud cum ai făcut o muză din mine. Cum poţi să spui că mai am o şansă să fiu artist când tu deja m-ai făcut muză?" spuse şi începu iar să se zbată, dar strânsoarea lui devenea din ce în ce mai puternică, iar ea deschise gura, să lase aerul să îi intre în plămâni, să o răcorească.

Era prea cald, mult prea cald acolo, iar umerii care se izbeau în pieptul lui Beethoven o ardeau, alături de braţe şi de picioare, şi de tot corpul.

Beethoven o mângâie pe cap încet, netezindu-i părul, şi începu să se legene împreună cu ea, să se legene molcom, dintr-o parte în alta, fredonând melodia pe care Elise îl auzise cântând-o cu câteva clipe înainte. Vedea cu coada ochiului umbrele lor lungindu-se pe pereții de pe care tapetul se desprindea, pe pata roșiatică de lumină aruncată de ultimele scântei ale focului. Brațul lui Beethoven o ținea strâns la pieptul care îi vibra ușor, iar melodia înainta, iar Elise încetase să se mai opună și respira încet, cu ochii închiși, cu trupul relaxat.

Pentru mine mai există o șansă, gândi și avu impresia că se crede cu adevărat.

"Nu e despre tine melodia, Elise... e pentru tine. Ca o promisiune. Sau ca un omagiu. Sau ca un îndemn," spuse Beethoven, oprindu-se. "Mereu a fost *pentru* tine. Acum lasă-mă să ți-o cânt și la pian și-ai s-auzi că geniul din muzica mea e și în dansul tău."

Elise își închise ochii și își ținu respirația. Dacă asculta și realiza că n-o să scape niciodată de ce-i e cel mai frică? Dacă, dacă, dacă...?

PATRUZECI ȘI DOI

Beethoven mergea în faţa ei, aproape fugind, călcând apăsat în zăpada fleşcăită, făcând stropi murdari să sară în lături la fiecare pas. Elise fugea şi ea, clădirile Vienei şi oamenii, şi soldaţii, şi trăsurile, şi caii ei derulându-se pe lângă ea ca personaje dintr-un vis. Ea însăşi se simţea ca dintr-un vis. Îşi atinse pieptul din nou, răsuflând prelung.

"Ludwig, aşteaptă!" strigă şi, încordându-se, se avântă înainte încă şi mai tare, dar corpul ei refuza să mai alerge, păstrându-şi puterile pentru ce avea să urmeze.

Dansează, dansează, dansează... fredonă în capul ei şi se lăsă învăluită de muzică şi mirosul de talc, de scenă, de parfumuri, de pantofi de balet, de un solo reuşit. Trupul îi părea readus la viaţă. Braţele îi păreau readuse la viaţă, picioarele la fel. Avea să danseze în curând...

"Maestro, zău!" Elise auzi din spate şi strigătul gâtuit al

lui Ries. Gâfâia. “Cine-ar fi crezut că...”

“Că un moşneag poate să fugă mai repede ca doi tineri?” Beethoven se întoarse cu faţa spre ei, fără a se opri din mers, şi le zâmbi, cu gura până la urechi. Elise zâmbi şi ea. “Grăbiţi-vă voi! De ce staţi, de ce nu alergaţi? Oraşul aleargă pe lângă voi şi timpul şi *arta*... trebuie să le prindeţi ritmul!” spuse şi îşi întinse mâinile în lături, dându-şi capul pe spate, fluturându-şi părul în vântul calm, rece, de ianuarie.

Arăta ca inima oraşului, ca axul timpului, ca singurul pilon al artei. Elise închise ochii şi ascultă larma din jurul ei. Făcu o piruetă, apoi un salt, apoi încă unul, strigând:

“Haide, Ferdinand!”

“Haide, dragul meu prieten. Elise va dansa azi din nou, în premieră, în faţa întregii Viene. O vor primi înapoi şi ea va fi solista mea, solista noastră chiar, şi va dansa, va dansa, de trei ori va dansa!”

“Voi dansa...” şopti Elise, înfăşurându-şi braţele în jurul corpului, lipindu-şi rochia şi mantaua mai bine de piele. “Pentru că atât mi-a mai rămas de făcut ca să pot găsi cupa şi să pot bea şi să fiu, să fiu...”

Artist, gândi, dar nu cu vocea ei, ci cu o alta, mai apăsată, mai ironică, mai blondă.

Îşi scutură capul. Un fulg îi căzu încet pe nas. Beethoven râdea, în hohote, trecând printre trecători, şi i-ar fi venit şi ei să râdă cu el, dar trebuia să îşi păstreze până şi râsetul pentru dans, să-l rupă din ea, să-l pună acolo, printre paşii ei. Lumea se uita la ei cu coada ochiului, încruntată, cu priviri sau mormăieli dezaprobatoare. Ferdinand o ajunse din urmă.

"Îl cred nebun," îi şopti, iar respiraţia lui caldă îi izbi lobul urechii.

"Poate chiar e," răspunse ea, încercând să se ferească de trecători şi să se strecoare prin mulţimea care, cu cât se apropiau mai mult de teatru, devenea mai deasă. "Poate şi noi suntem. Poate toţi artiştii sunt."

Cuvântul o duru, iar limba parcă ezitase să îl spună cu voce tare. Un chicot gros păru că se aude din spate, iar ea tresări şi se întoarse brusc, dar nu văzu nimic.

"Haide, Elise, ce mai aştepţi?" mai strigă o dată Beethoven, oprit la câţiva paşi în faţa ei, chiar înainte să cotească la dreapta şi să intre în gangul unde se afla uşa către culisele teatrului. "Nu trebuie să te mai uiţi înapoi. Nu trebuie să mai fugi."

Elise trase aer în piept şi îşi ţinu respiraţia. Totul pălise. Seara încetase să se mai transforme în noapte, soarele se oprise în loc, iar mulţimea se oprise, la rândul ei, special pentru ea. Numai dansul şi pofta de dans îi mai vibra în vine, ca un călău care aşteaptă să dea foc deţinutului de pe rug.

"Ai dansul în tine. Iar scena se află aici, după toate uşile astea."

"Vino," zise Ries, ajungând lângă ea, şi o trase după el.

PATRUZECI ȘI TREI

Beethoven deschise ușa teatrului, care se dădu în lături scârțâind din balamalele ruginite. Elise păși înăuntru, ținându-și respirația, scrutând cu privirea coridorul lung, întunecat. Dintr-o parte în alta, ba ieșind, ba intrând în camerele cu uși larg deschide, mișunau balerinele îmbrăcate în costumele lor gălbejite, machiate pe jumătate, cu părul desprins, cu cizme în picioare. Țipau toate una la cealaltă. Sunetele unui instrument în curs de acordare se auzeau de undeva din culise.

"Trebuie să-ți găsim costumul... numai să-mi amintesc unde îl puseseră, să-mi amintesc unde era garderoba. Tu nu mai știi, Elise?" bâiguia Beethoven, mergând înainte, încercând să-și facă loc prin valurile de oameni.

Elise deschise gura, încercând să-i răspundă, să-i spună că desigur că știa unde e garderoba, că știa de unde trebuia să-şi ia costum, şi că nici măcar nu-i păsa ce costum avea, atât timp cât ajungea pe scenă şi începea să danseze. Dar nu apucă să scoată niciun cuvânt, căci Beethoven continuă:

"Şi trebuie să-l găsim pe Salvatore. Trebuie să-i spunem c-ai ajuns, că eşti aici. Să nu se supere din nou, să nu creadă c-ai fugit... Oare cât e ceasul? Mai avem timp? Nici nu mai ştiu la cât trebuia să înceapă, la cât trebuie să fii pe scenă. Dar sigur mai avem timp, sigur! Ei şi dacă nu mai avem timp, ne facem, îl oprim pe Salvatore în loc şi-l obligăm să amâne începutul până când solista noastră are costum şi e gata de spectacol... dar oare cât să fie totuşi ceasul? Ferdinand, n-ai vreun ceas la tine?" vorbi, fără să se întoarcă.

Ries se scotoci prin buzunare, mergând şi el înainte, chiar lângă Elise, coatele lor atingându-se unul de celălalt. Balerinele treceau pe lângă ea, râzând pe sub mustăţi, arătând-o cu degetul.

Lăsă capul în pământ, înfigându-şi unghia în podul palmei.

Dansează, dansează, dansează.

"Ştii ceva, nici nu contează cât e ceasul. Important e să-l găsim pe Salvatore. Oare unde-o fi?" vorbea Beethoven în continuare.

"Poate e pe scenă," spuse ea, dorind să traverseze mai repede coridorul, să se depărteze cât mai tare de uşă, să scape de tentaţia de a se întoarce pe călcâie şi a fugi afară.

Cineva chicoti lângă ea. Ries oftă puternic.

Balerinele se dădeau în lături din drumul lui Beethoven, lăsându-l să înainteze nestingherit, dar le închideau lor calea imediat ce trecea el. Elise simţea că se sufocă.

"Grăbiţi-vă!" le striga compozitorul, iar ei erau nevoiţi să se strecoare anevoie printre oameni.

"Ne grăbim, dar..." începu Elise, gâtuită, dar cineva ieşind dintr-una din încăperi se izbi din plin în ea.

"Elise!" se auzi glasul mirat al lui Josephine, care se dăduse câţiva paşi în spate, oprindu-se în pragul uşii.

Ea îşi închise ochii, strângând cu putere din ei. Ries o apucă de umăr, trăgând-o înapoi. Totul începuse să se învârtă în jur, iar veşnicul îndemn *dansează, dansează, dansează!* părea murmurat de o soprană răguşită.

Josephine purta rochia albă, rochia de solistă, rochia *ei*.

"Maestro!" strigă Ries.

"Nu e timp, Ferdinand, nu e timp!" răspunse Beethoven, din nou fără să se oprească.

"Ludwig?" ţipă Viganò, cu un glas aprins, piţigăiat, ivindu-se din spatele lui Josephine. "Ce cauţi cu *asta* aici?"

Ries o strânse pe Elise şi mai tare de mână. Beethoven se întoarse vijelios pe călcâie şi, dând cu ochii de Josephine, tăbărî ca turbat asupra lui Viganò. Îl apucă de gulerul cămăşii, strângând materialul în pumn, zguduindu-l.

"Ce-i asta, Salvatore? De ce poartă Gottfried costumul de solistă, costumul lui Elise? Mi-ai promis, mi-ai promis, nu-ţi mai aduci aminte, mişelule? N-am vorbit noi zilele trecute, n-am complotat împreună..."

"Elise pe dracu'! E baletul meu şi coregrafia mea şi nu las aşa o... o creatură să-mi stâlcească mişcările! Cum ai putut să crezi c-o aduci aici, după atâta timp, în seara premierei, iar ea va fi solista mea? N-ai pic de respect pentru mine, pentru teatrul ăsta, pentru artă!"

"Dar n-ai zis tu? Nu mi-ai promis?" vorbea Beethoven cu glas tremurat, arzător.

"Numai ca să accepţi să ţinem baletul din nou! Numai ca să poată stabili von Braun o dată!"

Lumea mişuna în continuare pe coridor în jurul lor, înghesuind-o pe Elise aproape de perete. Un violonist trecu vijelios, cu vioara ridicată deasupra capului, drept printre ea şi Ries, izbind-o în umăr, lipindu-l pe el de celălalt perete. Încercă să se ridice pe vârfuri, să vadă ceva prin acea mare de oameni forfotitoare, dar nu reuşi să vadă nimic. Nu putea trece de bariera de oameni, nu putea ajunge la scenă. Iar timpul trecea, începerea baletului se apropia ameninţătoare, parcă râzându-i în faţă.

"Nu va dansa Elise baletul, Ludwig, înţelege! Oamenii au citit în ziar, oamenii ştiu... şi nu dansează îndeajuns de bine încât să le ia ochii şi să le fure gândurile şi să-i facă să nu se mai gândească nicio clipă la... păcatele ei! E-o hoaţă, Ludwig," urlă Viganò.

"O hoaţă cu geniu, cu un geniu pe care teatrul ăsta amărât nu l-a mai văzut niciodată." Elise îl văzu pe Beethoven cum se ridică pe vârfuri, înfoindu-şi pieptul, scuturându-şi abia perceptibil coama întunecată de păr. Stând aşa, părea mai înalt decât coregraful. "Şi cum probabil nici n-o să mai vadă prea curând. O s-o laşi să danseze, o s-o laşi, de nu...!"

"De nu, ce? Ce poţi să-mi faci? Nu poţi să-mi faci nimic mai rău, decât dacă ai lăsa o hoaţă să danseze coregrafia mea pe scena lui von Braun. Nu vreau să cred c-ai înnebunit într-un asemenea hal, nu vreau, nu pot! Stai cu o hoață! Dumnezeule!”

“De ce dracu’ vă pasă atât de mult de viața artistului! Lăsați-l să facă artă și să trăiască!”

Elise închise ochii și trase adânc aer în piept. Simțea că se sufocă. Simțea că podeaua îi alunecă de sub picioare, îngrămădindu-se toată sub pragul ușii de la capătul coridorului. Ar fi vrut să se întoarcă pe călcâie și să fugă, să fugă și să nu mai audă nimic.

“N-o urc pe scenă! Ia-o de-aici și du-o... să n-o mai văd în compania mea!”

Ia-mă de-aici și du-mă! gândi și îl căută din priviri pe Ries, pe care îl văzu făcându-și loc printre oameni și venind către ea. *Ia-mă și du-mă!* ar fi vrut să îi spună, dar ceva nu o lăsa, dar ceva îi fremăta în piept, îi apăsa plămânii și o făcea să se sufoce.

“Nu-ți dau muzica mea dacă n-o pui pe ea să danseze! Mă duc acolo și rup toate partiturile! Le rup, le sfârtec, le fac bucățele și ți le arunc în față... dacă Elise danseaz-atât de prost!” strigă Beethoven și făcu doi pași spre Viganò, obligându-l să se dea și el în spate.

“Ludwig...”

O balerină venea fugind din fața lor, cu părul desprins, fluturându-i în spate.

“Faceți loc, faceți loc!” striga, mergând cu mâinile înainte, săpându-și culoar prin forfota culiselor.

Elise simți atingerea degetelor lui Ries în jurul

încheieturii mâinii ei și își ridică ochii spre el. El dădu din cap, sporindu-și strânsoarea. Ea se lipi de el, și lăsă balerina să treacă pe lângă ea, atingându-i spatele cu cotul.

"Acum!" șopti Ries și, prin golul lăsat de fată în urmă, porni înainte, trăgând-o și pe Elise după el, înainte printre balerine și balerini, și membrii orchestrei și instrumentele lor, înainte către scenă, înainte, cât mai departe de ieșire.

"Unde pleacă?" țipă Viganò, așa cum țipa mereu când Elise reușea să găsească o cale să fugă. "Tu ai pus asta la cale! Tu, numai tu ești de vină! Tu o să-mi aduci sfârșitul, nebun ce ești! Dement! Opriți-o! S-o oprească cineva, să n-o lase să-mi ajungă pe scenă."

Elise își întoarse capul pentru o clipă, lăsându-l pe Ries să o tragă după el. Viganò începu să fugă după ei, Beethoven și el, rânjind, iar ea le zâmbi scurt amândurora.

Avea să danseze baletul ăsta. Trebuia să îl danseze. Nu era altă soluție.

Dacă îți place ce compun, trebuie să îți placă și cum dansezi, îi spusese el, în timp ce îi cântase compoziția pentru ea, *pentru că tu ești în muzica mea.*

Nu, ar fi vrut să îi strige Elise acum. *Muzica ta este în mine. Așa că voi dansa.*

Se lovi cu șoldul într-un violoncel sprijinit de pragul unei uși deschise. Lăsă în urmă bufnitura lemnului pe lemn și scâncetul țipetelor peste alte țipete.

"Nici dac-ajungi la scenă n-o să poți face nimic. Coregrafia e alta, repetițiile s-au făcut fără tine. Costum nu ai. Compania te urăște. Oprește-te și ieși din teatrul meu!" auzea, mai ales ţipetele lui Viganò peste cele ale lui Beethoven.

"Mai avem puţin," îi strigă Ries, fără să se întoarcă, privind numai înainte, încercând să acopere larma din jurul lor.

Ea îi strânse mai tare degetele între degetele ei, urmându-l, deşi ar fi putut merge şi singură, şi cu ochii închişi, şi cu mâinile legate, prin acel coridor. Culisele erau aproape, iar ea îşi simţea picioarele cum stau să îi explodeze, cum aşteaptă să lase dansul să curgă din ele şi să îl arate lumii.

Nu avea nici costum, nu mai ştia nici toată coregrafia, nu-şi mai amintea nici întreg baletul. Dar ştia că avea în ea ceva ce trebuia modelat în dans, indiferent de ce o aştepta pe scenă.

"Salvatore, Elise va dansa, numai Elise poate să danseze pe muzica mea!" îl auzi pe Beethoven strigând în spatele ei.

"Opriţi-o, opriţi-o!" urla şi Viganò printre gâfâituri.

Dar Elise ştia că era de neoprit.

PATRUZECI ȘI PATRU

"Uitaţi cine-a venit la noi!" vorbi balerinul din rolul principal, rânjind, un rânjet negricios, zeflemitor.

Elise păşi în culisele scenei, punând precaută un picior în faţa celuilalt, uitându-se în jurul ei la dansatorii adunaţi acolo. Toţi întorceau capetele către ea, privind-o cu ochi bulbucaţi, pe măsură ce înainta către ei.

"Ascundeţi-vă lucrurile!" strigă o altă balerină şi începu să râdă. "Hainele, broşele, papucii... luaţi totul din calea ei, nu care cumva să i se prindă de mână. Altfel, aţi rămas fără ele."

Ries rămăsese în spate cu mâna întinsă, parcă într-o altă lume, lăsând-o să intre singură în acea bulă sticloasă de batjocură şi dezgust. Toţi râdeau în jurul ei, încercuind-o.

"Nu-i aici locul tău. Pleacă. Lasă-ne să ne dansăm baletul," spuse acelaşi balerin, făcând un pas către ea.

"Unde-i Josephine?" întrebă cu un glas calm, atât de calm încât se surprinse până și pe ea — fără să schițeze niciun gest, fără să clipească, fără să se agite.

De fapt ar fi vrut doar să le urle în față: *voi ar trebui să mă lăsați pe mine să îmi dansez baletul, voi ar trebui să plecați din calea mea, voi ar trebui să-mi faceți loc pe scenă!*

"Unde s-a dus?" mai întrebă o dată, făcând și ea un pas către omul ce trebuia să-i fie partener.

Avea nevoie de rochia aceea, avea nevoie să o îmbrace, avea nevoie să urce pe scenă. Nu mai putea fugi, nu mai putea face nimic altceva decât să danseze.

"Ce, nu ți-a ajuns cât ai furat obiecte? Acum vrei să-i furi și rolul? Vrei să-i furi șansa să fie consacrată ca solista celui mai bun balet al timpului nostru? Nu te-oprești niciodată?"

"Lăsați-mă să trec," zise, împingându-se în zidul pe care îl creaseră, zid de trupuri, de brațe și de suflete ferecate, lovind cu coatele și cu pumnii.

Voia să își facă loc, să treacă de ei, să ajungă la scenă. Auzea orchestra cântând în valuri de sunete dezacordate, haotic fără dirijor în fața lor. Auzea agitația mulțimii din spatele cortinei. Își auzea suspinele minții ei, care urla și plângea după scenă, după dans. Trebuia să danseze, viața ei depindea de baletul acesta. Și totuși era prinsă acolo, ținută captivă.

Întoarse capul, căutându-l pe Ries din priviri, dar nu văzu decât negru și fețe încruntate privind-o cu ură. De pe coridor veneau în fiecare clipă mai mulți dansatori, umplând micul spațiu al culiselor, îngroșând fortificația, făcându-i cușca inexpugnabilă.

Și continuau să râdă în jurul ei, să râdă și să nu o lase să treacă.

"Lăsați-mă să trec..." striga în zadar. "Și ce dac-am furat? Ce vă pasă vouă? Fiecare își dansează dansul lui, în legea lui, în bula lui de artă... doar coregrafia e aceeași."

"Și ce-o să zică lumea văzându-ne dansând lângă tine? Lângă o hoață? Lângă una care ar trebui să fie închisă?" o întrebau toți parcă în cor, ca un ecou sinistru, distorsionat al melodiei gândurilor ei.

"De ce i-ar păsa lumii? De ce v-ar păsa vouă?"

Se învârtea în cerc, mergând de la un dansator la altul, trăgându-i de haine, de brațe, de trup, împingându-se în pieptul lor. Simțea că amețește, că acel du-te vino isteric stă să o sece de puteri.

"Arta e mai presus de viciu, mai presus de vulgarul mundanului! Lăsați-mă să trec, dați-mi drumul!"

"Opriți-o, opriți-o!" se auzea de departe vocea disperată a lui Viganò.

Baletul stătea să înceapă. Iar ea nu era încă pe scenă. Zidul de oameni se strângea în jurul ei. Era atât de întuneric încât nici nu mai reușea să le vadă fețele.

Dansează, dansează, dansează.

"Faceți-mi loc! Trebuie să îmi iau rochia și să fug pe scenă!" urlă și prinse între degete două antebrațe. "Vreau doar să vorbesc cu Josephine!"

"Sunt aici," vorbi Josephine simplu, ridicând mâna de undeva dintr-o laterală, scuturând o bucată de material.

Toți amuțiră, întorcându-și capetele către ea, și dându-se în lături, unul câte unul. Elise rămase locului, cu capul țintuit înainte, privind-o cum înaintează către ea, molcom, fluid.

"Lăsați-o să treacă. E baletul ei. Mereu a fost. De ce-i jucați jocul lui Viganò? De ce nu vreți să vedeți dansul adevărat? Voi ar trebui să înțelegi mai bine ca oricine."

Elise se simți trasă la aer, trasă la lumină. Zidul se surpă în jurul ei, scena îi apăru în fața ochilor, luminată gălbui. Picioarele o furnicau, abia dacă mai aveau stare.

"Poftim," îi întinse Josephine rochia în mână. "E-a ta."

"Ce?" lui Elise nu îi venea să creadă.

"Ia-o, îmbrac-o, fă ce vrei cu ea. E rochia ta. E soloul tău. E lupta ta. Eu nu pot decât să fac un pas în spate și să te privesc," spuse ea, împingând-o pe Elise în spatele unui paravan. "Îmbracă-te."

Cu setea curgându-i prin întreg trupul, setea de dans, își desfăcu șnururile rochiei, care căzu cu un fâșâit pe lemn.

"Viganò e... doar un mare snob, Elise. Știi asta. El n-o să vadă niciodată ce vede Beethoven. Ce văd și eu. Ce-o să vadă și ceilalți în momentul în care-o să începi să dansezi," Josephine o ajuta pe Elise să își tragă rochia peste cap. "El vede doar banii din artă... nu spun că-l contrazic în totalitate, dar... uneori e necesar să-ți mai asumi și riscuri."

Elise se aplecă, tremurând toată, cu capul vâjâindu-i. Abia vedea în negura din spatele paravanului să-și lege panglicile pantofilor de balet.

"Riscul e muza artistului, să știi. Cine nu-și asumă

riscuri e în ochii mei doar o caricatură proastă." Josephine râse amar.

Elise căuta în disperare panglicile celui de-al doilea pantof. Agitația de glasuri se înteți în jurul ei. Orchestra cântă un acord lung, limpede, perfect.

E timpul, gândi.

"Unde-i Wallner?" se auzi urletul animalic al lui Viganò. "De ce-ați lăsat-o să treacă? Chiar vreți să împărțiți scena cu ea?"

Elise sări din spatele paravanului, văzându-l cum îi împinge pe toți în lături, făcându-și loc, postându-se în fața intrării pe scenă.

Primul gong sună brusc, ca din neant, cu ecou. Timpul pendula deasupra lor, ca o sabie agățată în tavan, stând să se prăbușească.

"Gottfried, îmbracă mai repede rochia aia și treci pe scenă. N-o las pe Wallner să danseze, nu pot, nu vreau!" urla, dând din mâini frenetic, roșu la față.

"Salvatore, dă-te din drum!" striga și Beethoven, încercând să tragă de el. Ceilalți balerini stăteau muți în spatele lor.

Al doilea gong bătu, parcă și mai sonor, căzând ca o ploaie de sticlă peste ei.

"Mai știi cum începe?" îi șopti Josephine, apropiindu-se de ea.

Elise o privi cu coada ochiului și dădu simplu din cap. Își amintea tot. Trupul ei își amintea tot. Baletul îi era imprimat în mușchi. Și cu iubire în suflet, și fără fugă în minte, putea să danseze.

"Nu vreau, nu accept!" striga în continuare Viganò, ţinându-şi mâinile desfăcute, oprind-o pe Elise. "Te distrug dacă păşeşti pe scenă acum, te distrug. Vă distrug pe amândoi. Pe toţi, de fapt, pe absolut toţi! Treceţi mai repede pe scenă, treceţi şi dansaţi!"

Balerinii şi balerinele începură să se mişte în spate. Josephine se dădu în lături, lăsând-o pe Elise să înainteze. Viganò încercă să o împingă în spate, dar Beethoven, cu ochii sclipindu-i în lumină şi râzându-i batjocoritor, îl trase de guler, cu o ultimă sforţare.

Al treilea gong sună în sfârşit, mulţimea tăcu, iar orchestra izbucni brusc într-o arie lentă. Cortina începu să se ridice lent.

"Nu poţi să dansezi! Nu poţi! Nu ştii!" Viganò se zbătea în braţele lui Beethoven.

Balerinii trecură pe lângă Elise, luându-şi locurile pe scenă.

"Ba pot," spuse ea zâmbind şi intră în faţa publicului pe vârfuri.

PATRUZECI ȘI CINCI

Zece... numără în gând, mușcându-și buza, lăsând atingerea mâinilor partenerului ei să i se afunde în piele, să devină parte din ea. Îi simțea dansul vibrându-i și lui în degete, așa cum vibra în tot corpul ei, așa cum vibra și în toată sala. Aerul îi părea cleios, translucid, fierbinte, iar lumina lumânărilor îi bătea în față, orbind-o. Nu putea vedea publicul. Nu vedea nimic altceva decât cioburi de imagini. Fărâme de culori și frânturi din culise, cu coada ochiului.

Își balansă piciorul. Își luă avânt pentru a unsprezecea piruetă, acolo, în vârful stâncii improvizate, lângă cadavrul lui Promoteu, lângă fantoma tatălui ei. Termina suita, o dusese la capăt, o călcase în picioare, făcuse să curgă din ea nectarul artei.

Partenerul ei respira sacadat. Ea nu mai respira deloc.

Nici publicul nu mai respira, pesemne, nici culisele, nici sala, nici teatrul. Simţea că toţi voiau să o vadă, să o vadă numai pe ea.

Căci dansa, şi ştia că dansează, pentru că se deschisese, pentru că îşi stropise pânza singură cu propriile-i lacrimi, cu propriul sânge. Pentru că încetase să mai fugă. Pentru că îşi devenise muză sieşi, numai sieşi.

"Haide, Elise..." şopti balerinul, slăbindu-şi strânsoarea din jurul taliei ei, făcând un pas în spate, lăsându-o să-şi facă ultima piruetă singură, în faţa tuturor, în faţa ochilor aţintiţi numai asupra ei.

Părul de pe mână i se ridică uşor când ajunse din nou cu faţa spre sală, prinzând unul din acordurile muzicii, căzând în genunchi. Se apleca asupra cadavrului, ca un boboc ofilit şi suspină lung, mişcându-şi gâtul pentru încă o secundă. Rămase nemişcată, îmbrăţişând corpul neînsufleţit cu poftă, terminându-şi dansul, aşteptând ca publicul să realizeze şi el că şi-l terminase. Respira greoi. Muşchii, încordaţi până acum, se relaxară deodată cu un oftat dureros.

Dansase, dansase pentru public, dansase pentru ea. Simţea că are două cuie bătute în oasele feţei, pironindu-i gura într-un zâmbet bleg, ca de fetiţă îndrăgostită. Dar era îndrăgostită, poate cea mai înflăcărată şi mai sinceră dragoste ce poate mistui o inimă: dragostea pentru artă şi pentru gustul divin al celor câtorva picături care umezesc buzele unui om atunci când înalţă cupa la gură.

Publicul izbucni pe neaşteptate într-un rând de aplauze

care zgudui scena. Ea se ridică încet, zâmbindu-le, trăgând în plămâni aerul parfumat de rezonanța numelui ei pe buzele atâtor oameni. Toți o strigau, toți o aplaudau, toți o felicitau pe ea.

Dansase.

Partenerul ei o apucă de mână, rotind-o o dată într-o parte, apoi se aplecară amândoi într-o plecăciune până la pământ.

"I-ai dat gata," șopti el din nou, rotind-o încă o dată.

Îi dăduse gata.

Viganò intră pe scenă, cu pas egal, mărunt, privind când la public, când către ea. Aplauda și el, zâmbind cu gura până la urechi. Le făcu semn să coboare lângă el, și îi așteptă pe marginea scenei, cu spatele la culise.

"Aplaudați-o din nou pe marea mea solistă, a mea și a lui Herr Beethoven, Elise Wallner!" spuse el, apucând-o de încheietura mâinii. "Elise Wallner!"

Beethoven veni și el pe scenă, în spatele lor, urmat de întregul corp de balerine.

"Cum ai dansat, Elise, cum ai dansat!" îi zise el, strângându-i în mâini umerii, mângâindu-i pielea. "Ți-am zis eu că așa avea să fie!"

Publicul nu înceta să aplaude și să țipe, ca și când toată emoția cursă din pieptul ei în timpul baletului curgea acum înapoi către ei din pieptul mulțimii.

"Aplaudați toată compania de balet a teatrului nostru! Și orchestra. Și pe compozitorul nostru. Și pe renumitul coregraf..." vorbea Viganò în continuare, dar nimeni nu mai stătea să îl asculte.

Toţi mai făcură o plecăciune, neavând ce altceva să facă, în disperarea de a prelungi momentul aplauzelor, momentul gloriei. Îi fusese dor de sunetul uralelor în urechile ei, dor de clipele petrecute pe scenă, în lumină, după ce dansase, de ameţeala de după piruete, de gustul dulceag al salivei ei după un solo bun.

Clipi apăsat şi privi cum lumina se îndreaptă spre public, cum scena se cufundă uşor în întuneric. În primul rând o văzu pe mătuşa ei, care îi făcu cu ochiul; îi făcu şi ea înapoi, dând din cap.

În public, sute de feţe necunoscute, feţe ale burghezimii.

În fundul sălii, sprijinit de o coloană, el, cu un palton ponosit, o claie de păr blond şi acelaşi rânjet straniu. Ridică mâna, parcă salutând-o, şi se întoarse pe călcâie brusc, ieşind pe uşă.

Trebuie să omori tot ce urăşti sau tot ce te urăşte pe tine...

Îşi scutură capul, se desprinse din strânsoarea partenerului ei şi, după ce făcu o ultimă plecăciune, fugi către culise, căci trebuia neapărat să vorbească cu Matthias şi să scape de el, ca să se poată primi înapoi, şi ca să poată trăi veşnic în dans.

"Elise!" auzi glasul mirat al lui Beethoven, care încercă să o apuce de mână. Ea se feri, însă, făcându-şi loc pe lângă Viganò, şi Josephine, şi întregul corp de balerine, pe lângă toţi cei care o priveau cu ochi sticloşi, nedumeriţi, de parcă ar fi fost o nebună.

"Trebuie, Ludwig...!" îi strigă peste umăr. "Ai să-nţelegi...

ai să-nțelegi cândva!"

Trecu pe lângă Ries, care aștepta în culise, atingându-l cu umărul, fără să îl privească. Apoi dispăru în negura coridorului.

PATRUZECI ȘI ȘASE

Norii se buluceau cenușii deasupra capului ei, fulgii cădeau șiroind, vântul bătea din toate direcțiile, izbind-o când în piept, când în umeri, când în creștetul capului. Simțea că stă să se prăbușească, dar își ținea dinții încleștați și corpul rigid, iar mâinile lipite de zidurile de piatră, de o parte și de alta a ei. Abia dacă vedea la câțiva pași în față. Abia dacă mai auzea altceva decât foșnetul vântului, scârțâitul înaintării și bubuitul inimii ei.

Și aplauzele publicului, toate pentru ea, doar pentru ea și pentru arta ei.

Strada principală, cu lumină, larmă și viață, rămăsese mult în spate – acolo, pe străduța aceea, întunericul serii părea mai întuneric, liniștea părea mai liniște și frigul – mai frig. Nici nu îndrăznea să respire. Un picior în fața celuilalt. Degetele trasându-i drumul pe pereții din stânga și din dreapta ei. Ochii pironiți înainte.

Trebuia să îl găsească. Să nu se piardă prin labirintul acela amețitor de străduțe înguste, identice, devenite invizibile sub întunericul pudrat. Să ajungă acasă, dacă o mai putea numi acasă. Să vorbească cu el. Să îi spună. Să-l facă să înțeleagă. Și chiar dacă n-o înțelege, chiar dacă n-o ascultă, chiar dacă încearcă să o tragă iar în hăuri după el, ea să se zbată totuși fără oprire și să scape de el, odată pentru totdeauna, ca să poată dansa, cum dorise toată viață, cum se așteptaseră toți să o facă, cum îi arătase Beethoven că poate. De ce venise să o vadă?

Străduța se îngustă și mai mult. Ninsoarea se întețise, vântul sufla mai tare, iar furtuna ce avea să vină se imprima treptat în aer, rece și uleioasă, ca vopselele pe pânza unui pictor.

Elise încetini și, rotindu-și capul în toate părțile, mai înaintă câțiva pași. Degetele ei atinseră colțul unei clădiri, rămânând suspendate în aer, iar ea fu nevoită să se oprească, căci drumul se deschidea în fața ei, bifurcându-se. Privi lung în amândouă direcțiile, încercând să treacă de vălul ninsorii, încercând să își dea seama pe unde să o ia, dar totul arăta la fel, aceeași piatră uzată, aceleași geamuri cu zăbrele ruginite, aceeași zăpadă proaspătă acoperind pământul.

El pe unde a luat-o? se întrebă și încercă să cerceteze zăpada după urme de pași, dar era intactă și imaculată, iar albul acela intens rânjea înapoi către ea.

“Matthias!” strigă, dar singurul răspuns fu trosnetul unei bucăți de zăpadă care se desprinse de pe un acoperiș şi căzu la picioarele ei.

Închise ochii şi încercă să ignore frigul. Îşi ridică piciorul să o apuce către stânga, dar se simţi trasă în direcţia opusă de o mână puternică şi îngheţată, care părea că o aşteptase acolo. Mirosul lui tipic de alcool, de haine murdare şi umezeală stătută, o izbi pe neaşteptate, iar îmbrăţişarea aceea aspră îi înăbuşi tot aerul curat din jur. Înghiţi în sec, o salivă acră, acidă. O barbă ţepoasă îi atinse molcom, aproape tandru, obrajii, părând că încearcă să o mângâie, că încearcă, dar nu mai ţine minte cum.

"Ştiam c-ai să vii dacă mă vezi..." îi şopti Matthias în ureche, uşor gâtuit, sărutând-o apoi umed undeva pe tâmple. "Ştiam că n-ai să mă laşi. Ştiam că mă iubeşti."

Elise se împinse tare în pieptul lui, iar amândoi, desprinzându-se unul de celălalt, se loviră cu spatele de zidurile clădirilor. Degetele o furnicau de la atingerea lânii aspre pe pielea ei îngheţată. Umerii o dureau uşor. Matthias o privea înapoi, moale, pierdut.

"N-am venit din cauza asta."

"Ştiam că mă iubeşti..." mai repetă el o dată, ca un ecou, de parcă n-ar fi auzit-o.

Ceva din ea urla necontenit *nu, nu, nu!*, avertizând-o să nu se mai apropie niciodată de el, să fugă şi să nu se mai întoarcă. *Nu, nu, nu!* îi era aninat de buze, iar fuga aninată de degetele picioarelor, şi totuşi ea făcu un pas în faţă, scuturându-şi capul.

"Nu, Matthias... nu, nu cred că te mai iubesc. Nu cred că te mai iubesc de mult timp."

"Şi-atunci... şi atunci...?" Matthias se înecă şi nu mai putu să termine întrebarea, dar liniştea ce urmă cuvintelor părea să spună: Şi-atunci de ce-ai rămas atâta timp lângă mine, de ce-ai mai venit şi acum?

Elise ridică din umeri, simţindu-şi oasele grele, dar mintea, în sfârşit, limpede.

"Cred că mi-era doar frică."

"Frică de ce?"

Elise simţi că se încruntă, Matthias făcu la fel, iar ea realiză că el chiar nu îşi dă seama, că el chiar nu ştie. De-ar fi putut toate rănile şi vânătăile şi cicatricile de pe pielea ei să vorbească. Să-şi lepede cojile şi să se deschidă şi să urle. Să-i zică ce-i aceea frica cu adevărat, frica de moarte, şi să-l facă să înţeleagă. El se întinse şi îi apucă mâna în mâna lui. Elise abia dacă îi vedea faţa prin vijelia care se stârnise în jurul lor.

"Îţi tremură mâna, tremur şi eu, căci tu te-ai ascuns în sufletul meu..." şopti el, chiar înainte ca ea să deschidă gura şi să zică simplu:

"De tine." Fulgii se izbeau lacom de umerii lor. Matthias făcu ochii mari. "De ce puteai... de ce poţi să-mi faci. De faptul c-ai să mă baţi, până..."

"Dar eu te iubesc, Elise! Şi încă cum te iubesc! Şi te-am iubit încă dinainte să fiu, şi-o s-o fac şi dincolo de mormânt..."

"Dar mi-ai făcut atât de mult rău, Matthias!" strigă, şi încercă să îşi tragă mâna din strânsoarea lui.

O pasăre neagră fâlfâi deasupra capului lor, plonjând aproape de sol, ridicându-se iar înapoi în înalt, aşezându-se pe grilajul unei ferestre; începu să țipe, țipăt strident, nebun, de necuvântătoare. Matthias gemu și el.

"Dar... ce să mai fac ca să-ți arăt că am nevoie de tine ca să trăiesc? Ce să mai fac ca să-ți dovedesc că nu știu cum altfel să te iubesc și să te țin aproape, decât bătându-te, așa cum nu știu nici să mai fac artă fără să..." vorbi încâlcit, scuipând afară cuvintele, iar Elise îl văzu cum își duce mâna către buzunarul hainei sale și strânge ceva acolo. Fața îi fu brăzdată de o grimasă de durere. "Am toată iubirea asta și nu știu ce să fac cu ea și tu pleci și nu vreau să te pierd și mai e și *ea* care a început să îmi șoptească și să tragă de mine și câteodată văd doar întuneric și crede-mă, Elise, crede-mă pe cuvânt, n-ai de unde să știi cât de îngrozitor e acolo, în întuneric!"

"Dar n-o faci doar de-acum..."

"Pentru că m-am născut în întuneric, ce dracu'! Copil de prostituată și om sărac, cum crezi că poți să devii poet în țara asta tâmpită? M-am născut în întuneric și am crescut înghițind smoală și cenușă, și de asta am nevoie de tine ca să văd, de asta trebuie să te fac una cu mine, pentru că în toate tenebrele astea tu ești singurul meu adevăr, singura mea lumină, și... te rog, te rog, te rog, înțelege!" Matthias începu să gâfâie, vijelia se lamenta în jurul lor, iar totul, absolut totul, fusese cuprins de spasme.

Elise se mai smuci o dată, dar mâna lui se încleștă mai tare în jurul mâinii ei.

"Dă-mi drumul!" îi spuse, cu o voce răspicată, sonoră, pe care o simți reverberându-i în piept, deși se trezi gândindu-se că mai bine ar fi fugit când avusese ocazia, că mai bine nu s-ar mai fi văzut cu el niciodată.

“Singura mea lumină, înţelege odată! Iar tu... iar tu... te-afunzi şi dispari, o, unde eşti? Din smoala abisului pierdută priveşti...”

O strângea de mână şi o trăgea către el, iar vântul aluneca printre onduleurile de metal, ţesând în aer o muzică stranie.

“Încetează!” ţipă ea; versurile îi erau cunoscute, ciudat de cunoscute. “Încetează, şi pleacă şi dă-mi drumul!”

“Şi strigi şi mă rogi, dar eu ce pot să fac? Ura se zbate şi urlă şi mă face să tac.”

“Taci, Matthias, pentru numele lui Dumnezeu, taci odată! Am fost muza ta, ştiu asta... dar acum nu mai pot fi, acum s-a terminat. Definitiv.”

“Uşor strepeziţi cu carii de ceară, acum mi-s toţi dinţii, iar gura mi-amară!” continua el, strigând şi văitându-se împreună cu furtuna care îşi desfăşura infernul, fredonând în jurul lor. O trăgea neîncetat mai aproape de el, parcă disperat să nu care cumva să îi scape. Întunericul era solid în jurul lor. Elise nu mai vedea nimic altceva decât ochii lui albaştri ţintuind-o, fără să clipească, ca ochii unui nebun.

“A venit timpul să mă laşi să trăiesc, Matthias. Să pleci şi să-mi salvezi şi tu mie viaţa, aşa cum ţi-am salvat-o eu... atunci.”

“Elise... Elise!” se tânguia el, lipindu-şi fruntea de fruntea ei. “Nu înţelegi... Nu pot fără tine, nu se poate. Nu pot să respir, nu pot să trăiesc. M-ai lăsat atunci să trăiesc, dar acum... acum ce faci? Te-am văzut dansându-ţi baletul, te-am văzut ţinându-ţi arta la buze şi sărutând-o... pe mine de ce nu mai vrei să mă săruţi, de ce nu vrei să-mi dai şi mie din ce-ai găsit? Spune-mi, spune-mi pentru numele lui Dumnezeu de ce m-ai salvat atunci, dacă ştiai că n-o să mă mai salvezi niciodată, că n-o să mă laşi să-mi termin poemul?"

"Ba te salvez, Matthias. Şi mă salvez şi pe mine. Am stat lipiţi unul de altul prea mult timp; prea mult din tine se află în mine, şi invers, iar tu nu poţi să scrii şi eu nu pot să dansez!"

Elise tăcu, Matthias tăcu şi el, iar respiraţiile lor se izbeau una de cealaltă, precipitându-se.

"Mai bine mă lăsai să mor!" urlă Matthias, ca din neant, în acelaşi timp în care furtuna gemu şi rotocoale de zăpadă se ridicară de la pământ. O apucă pe Elise cu ambele mâini de trup, se roti cu ea aşa, suspendată în aer, şi o izbi de perete. Durerea şi răceala pietrei o înjunghiară în spate. Îl privi printre ochii întredeschişi, cum o grimasă palidă îi încunună chipul.

"Mai bine... mai bine te-ai fi întins lângă mine atunci şi mi-ai fi ascultat versurile şi-ai fi murit cu mine. Sau mai bine-ai înceta dracului să mai încerci să mă salvezi acum. Nu vezi că nu mai există salvare pentru mine? Nu vezi că-s deja pierdut? Mori împreună cu mine, Elise... Te rog... te rog! Lasă-mă să te omor şi să mă omor pe mine după şi... şi..."

Matthias începu să suspine, şi îşi lipi iar capul de capul lui Elise, iar lacrimile lui se prelinseră şi pe obrajii ei. Ea îi prinse ceafa cu mâinile şi îl trase mai aproape de ea, într-o îmbrăţişare incomodă. El îi mai suspină o dată în păr, lipindu-şi uşor buzele de vârful frunţii ei.

"Te rog! Nu am un final, Elise, nu am un final! Fără final totul pare atât de gol, atât de... abisal! Până și eu mă simt neterminat. Și tu... și tu ești neterminată, muza mea!" Îi mângâie pielea tâmplelor, şi, lăsându-şi mâinile să îi alunece până pe pieptul lui, îl împinse uşor.

"Curmă-mi suferinţa, las-o să câştige şi să nu mă mai roadă!" continuă el, fără să se clintească.

"Dă-mi drumul..." zise ea, încercând să se zbată, încercând să îl dea la o parte. Îi simţea degetele apăsându-i pielea şoldului. "Matthias, încetează!" urlă iar, încercând să-l împingă de pe ea.

Furtuna îi râdea sinistru în urechi. Își mișcă picioarele și brațele și pieptul și tot trupul, ca și când ar fi fost un pește pe uscat căutând apa, Matthias însă nu schița nicio mișcare.

"Cum să încetez, când tu ești peste tot în viața mea? Peste tot în viață, și-n coșmarurile mele, și-n toate poeziile! Oriunde întorc capul ești tu, și-n spatele tău e *ea*, rânjind, ținând un cuțit ridicat în brațe si chemându-mă, chemându-ne! De ce dracu' nu pot să-mi termin poezia?! Chiar nu recunoşti versurile, chiar nu-ţi dai seama că-s aceleaşi, că stau în mine de atunci ca o otravă? Pe tine nu te bântuie clipa aceea în fiecare zi? Nu vezi, oriunde întorci capul, poezia de sânge şi pe mine în braţele morţii?"

Matthias urla, iar Elise nu îşi dădu seama dacă ce scosese pe gură era un răget care aducea a suspin, sau un suspin care aducea a răget.

Își amintea și îl vedea întins în zăpadă, aproape mort, iar fantoma acelei zile încă o bântuia pe ea și pe tot acel labirint de străduțe, și că mai bine l-ar fi lăsat să moară atunci ca să poată trăi ea mai încolo. Gâfâiau amândoi, cu frunțile lipite, cu viforul parcă înfășurându-i într-un cocon alb, sufocant. Elise se zbătea în continuare, dar era prinsă în strânsoarea lui Matthias, imobilizată de frig, de durere și de nebunia lui.

"De ce dracu' nu mă iubești îndeajuns de mult încât să mi te dai de bună voie?... Știi ce ușor ar fi fost pentru amândoi dacă mă iubeai așa? De ce mă pui să fac asta? De ce mă pui mereu să-ți fac rău? Înțelege că te iubesc și... și..."

Matthias se dădu în spate, sfâșiind coconul, iar un roi de fulgi o învălui doar pe ea, căutând direcția în care să fugă, în care să se întoarcă de unde venise. Dar totul era întuneric și vijelie și nu putea să vadă nimic, nici în față, nici în spate, nici pe unde să o ia ca să se salveze și să scape de mania lui.

"Doar stai pe loc, Elise... va fi rapid. Mai rapid decât ai putea crede," șopti el, iar ea văzu în mâna lui pumnalul cu care încercase și ea să-și ia viața, și simți în piept o durere străfulgerătoare, în timp ce același *nu, nu, nu*! îi suna ca un gong în minte, iar picioarele ei o luară, la întâmplare, la fugă.

PATRUZECI ȘI ȘAPTE

"Oprește-te, Elise! Doar oprește-te odată!" răsună vocea lui Matthias, sunând mai degrabă ca urletul unui animal sălbatic urmărindu-și prada, decât ca un glas de om. "Știi că n-ai unde să te-ascunzi, știi c-am să te găsesc mai devreme sau mai târziu; niciodată nu te-ai descurcat la fel de bine ca mine prin partea asta a orașului!"

Fulgii cădeau grei pe umerii lui Elise, acoperiți doar de voalurile rochiei și materialul ponosit al mantalei. Zăpada îi scârțâia sub pantofii fleșcăiți, pe care îi simțea că stau să se rupă. Cerul trosnea deasupra ei, gemând și lamentându-se, parcă încercând să se desprindă de la locul lui și să se prăbușească peste pământ.

"De ce ești atât de dificilă? De ce ți-e frică de moarte? N-o să faci artă dacă ți-e frică de moarte."

Nu există artă fără vărsare de sânge, gândi, dar îi venea

să urle, căci nu trebuia să fie sângele artistului cel sacrificat, nu trebuia să fie sângele ei, mai ales acum, când găsise în sfârşit cupa şi gustase în sfârşit arta...

Întoarse capul, iar urgia o izbi direct în obraji. Nu mai auzea nimic altceva decât un huruit violent şi reuşea să vadă doar alb... alb, alb, alb oriunde se întorcea. Încercă să îşi încordeze privirea, să vadă prin acel giulgiu de zăpadă care îi despărţea. Îi era teamă ca el să nu o ajungă şi ca ea să nu se piardă prin viscol şi printre acele străduţe întortocheate, care nu duceau nicăieri şi, totuşi, peste tot, care o învârteau şi o ameţeau şi păreau că fuseseră puse acolo mai mult în zeflemea.

Reuşi să vadă, undeva mai în spate, o siluetă neagră, alergând şchiopătat către ea, puţin înclinată într-o parte, ca şi când s-ar fi sprijinit de ziduri. Elise îşi ţinu respiraţia şi o coti, fără să ştie încotro se îndreaptă, fără să îi pese, atât timp cât ajungea la Beethoven sau la teatru sau la orice alt adăpost. Atât timp cât scăpa de Matthias.

Fugi, fugi, fugi! striga o voce în capul ei, în timp ce fugea pe străduţa care se alungea necontenit. Avea impresia că dintr-o clipă în alta avea să alunece şi să se prăbuşească în zăpada aproape îngheţată, rămânând la mila lui, milă care nu mai exista demult. Răsufla greoi, zăpada o trăgea înapoi, iar ţipetele lui, care deveniseră neinteligibile reverberau în ea, făcând-o să tremure mai tare decât însuşi frigul. Dacă nu fugea, avea să fie pierdută...

Păşi pe o bucată de gheaţă, iar piciorul ei rămase în urmă, în timp ce trupul, propulsat înainte, căuta încă fuga.

Se lovi cu ceafa de un morman de zăpadă, cu fața îndreptată în sus, către cerul întunecat, către fulgii care cădeau ca niște fantasme drept pe pielea, prin părul și în ochii ei.

"Unde ești, Elise?" strigă Matthias, iar ea avu impresia că îi aude pașii, bubuind pe piatra înghețată, venind din ce în ce mai aproape de ea. "Unde fugi? Nu mai fugi de mine... totul ar putea fi așa de ușor! Totul ar putea să se termine așa de repede...! Nu mai fugi!"

Nu mai fugi... șopti în mintea ei și Beethoven, *niciodată nu rezolvi nimic fugind.*

De ce fugea? De ce stătea întinsă în zăpadă, tremurând, venindu-i să plângă, uitându-se la întunericul viscolului din jurul ei? De ce nu era în picioare? De ce nu fugea spre el, absorbind simfonia vijeliei și dansând, dansând în jurul lui și înfruntându-l, arătându-i că și ea își avea arta, că nu ea era cea care trebuia sacrificată?

Se ridică în picioare, udă și zgribulită, scrută întunericul și îl văzu la câțiva pași de ea, stând nemișcat, arătând ca o statuie sau ca o fantasmă sau ca un demon. Avea impresia că îl vede rânjind. Avea impresia că îl vede ținând pumnalul ridicat deasupra capului, pregătit să lovească. Șuieratul vântului, și zornăitul metalului, scârțâitul zăpezii, și pleoscăitul surd al pietrei umede se ridicau în jurul ei, părând să sune mai mult a muzică decât toate compozițiile pe care dansase până atunci.

Înfruntă-l! striga Beethoven.

"Lasă-mă, Elise!" striga Matthias în fața ei.

"Nu, nu, nu!" striga și ea, cât o țineau puterile.

"Dar trebuie s-o scot mai repede din mine! Arta asta nenorocită! Mă joacă şi mă trage şi mă rupe şi mă sfârtecă! Am ţinut-o închisă prea mult timp... am ignorat-o prea mult timp. Dar s-a răzbunat şi n-a mai rămas nimic din mine. Ţi-am tot zis că tu eşti aceea pe care o vrea – de-ai înţelege asta!"

"Pleacă! Am terminat-o, Matthias, noi doi... tu ai nevoie de tine ca să-ţi scrii poezia şi eu de mine ca să-mi fac dansul. Atât! Încetează să ne mai distrugi."

"*Ea* ne distruge, Elise..."

"Dar *tu* vrei să mă omori."

"Pentru că nu mai am de ales, pentru că... Cenuşa a-nnegrit cu patimi purul albului stindard..."

"Opreşte-te! Nu vreau să-ţi mai aud poezia!" strigă Elise şi îşi puse mâinile la urechi, făcând un pas în faţă, pregătită să îl înfrunte. *Dar cum?* întrebă. *Doar înfruntă-l*, veni răspunsul.

"Trebuie să asculţi, Elise! Altfel nu se poate. Ascultă, te rog! Lasă-mă să ţi-o spun şi apoi să te omor..."

Șopti ultima parte, dar ea, în ciuda furtunii, tot reuși să îl audă. Îl văzu cum se apropie de ea şi îşi ridică pumnalul deasupra capului. Îndemnul animalic veni în mintea ei mai vijelios ca viforul de afară, mai vijelios decât îi venise pe scenă, scuturându-i întreg trupul, făcând-o parcă să prindă flăcări: *dansează, dansează, dansează!*

"Cenușa a-nnegrit cu patimi purul albului stindard," începu Matthias să îşi recite poezia, "ochii tăi speriaţi de moarte sufletul încet mi-l ard, iar pe cărnurile voalate cerc să pun sărut de foc, chiar și-acum iubirea noastră-ți pare doar un simplu joc."

Elise se ridică pe vârfuri. Își lipi brațele de piept. Se aplecă ușor în față. Se gândi la Prometeu, care murise, la copii lui care îi plângeau moartea, moartea artistului suprem, și apoi la ea, copilul lui, care avea, poate, să trăiască. Inspiră adânc. Și începu să danseze.

Se frânse de mijloc, unduindu-și trupul, până aproape atinse zăpada cu umerii, și apoi săltă brusc în sus, o dată, de două ori până ajunse lângă el. Acolo făcu o piruetă, văzându-l cu coada ochiului cum o privește cu ochii mari și cu pumnalul înghețat și el în aer, și se dădu în spate, pășind rapid pe vârfuri, lăsându-și brațele să îi formeze onduleuri în jurul capului. Furtuna fredona. Fulgii dansau împreună cu ea. Corpul ei părea că aproape stă să se trezească din amorțire – își amintea dansul, iar muzica prindea viață din mânia urgiei și din mișcările ei.

"Te văd cum zâmbești, de zăbrele te prinzi,

încerci să respiri iar brațu-ți întinzi," urlă el, și plonjă către ea, dar Elise mai făcu un salt, depărtându-se de el și ateriză pe tălpile picioarelor, flexându-și genunchii.

Aceleași mișcări, aceleași ca dintotdeauna... Își roti un picior în aer, sări apoi pe celălalt și mai făcu o piruetă. Matthias venea iar spre ea, urlând de data aceasta, ca urletul unui războinic pregătit de luptă. Ar fi urlat și ea, dar știa că soloul ei este singurul urlet și singurul atac și singura luptă pe care trebuie să o poarte. Se mai feri o dată din calea lui, dându-se iar în spate, tot pe vârfuri, bătătorind zăpada sub degetele ei înghețate, care nu o mai dureau, care nu mai stăteau să sângereze sau să o usture sau să o furnice, care simțeau doar dansul, fiind doar instrumentele dansului și armele ei.

"Și sper că te-ntorci... dar tu vrei să mă-neci,

în trecutul iubirii, în mormântul de veci."

Matthias gemea, iar vijelia părea că ia și din mânia lui și din dansul ei, și îi împinge din ce în ce mai aproape unul de celălalt. Urma coda ei, seria de piruete. Avea să se rotească până le termină, să se rotească până când Matthias înțelege și o lasă în viață.

"În trecutul iubirii, în mormântul de veci!" se auzi iar ca un ecou, iar ea își propti mai bine piciorul în zăpadă și începu să și-l balanseze pe celălalt din nou, luându-și avânt și rotindu-se, rotindu-se cu brațele deasupra capului și cu corpul parcă lucindu-i în noapte, simțindu-se ca balerina ei de porțelan, urcată pe acel piedestal mic, pe masa de lemn șubred din dormitorul lor.

Cinci, șase, șapte... număra, și se rotea fără încetare, simțind cum vijelia o mângâie pe piele, cum zăpada dispare din jurul ei, cum nu mai vede nimic, căci și lumea se rotea cu ea, iar totul, absolut totul, se prăbușea în juru-i, lăsând-o doar pe ea, pe artistă, să iasă biruitoare.

Opt, nouă, zece... mai avea puțin, atât de puțin. Își ținea respirația și încerca să se concentreze pe muzica viforului, să nu își piardă echilibrul și să își înfigă mai bine piciorul care îi susținea întreaga greutate în zăpadă. Simți o răsuflare caldă pe ceafa ei. Era momentul să înceapă a unsprezecea piruetă, iar partenerul ei să vină lângă ea, să o cuprindă pe la spate, să se salte apoi împreună, către marginea stâncii unde murise tatăl lor.

"Unsprezece!" țipă și simți două mâini cum o apucă de talie, ușor, să nu îi oprească mișcarea, iar ea își închise ochii, lăsând haosul să explodeze în jurul ei, iar niște buze fierbinți să i se lipească de ureche și să-i zică:

"Dar stindardul s-a rupt, printre ruine-acum cazi..."

Își mai avântă corpul pentru o ultimă oară, descriind cercul complet, terminându-și ultima piruetă, și își lăsă apoi mușchii să i se relaxeze, să se umple cu seva reușitei, de bucuria dansului.

Își făcuse soloul a doua oară și era artistă și îl dansase mai bine decât pe scenă și era sigură că ar mai putea dansa orice, oricând, la fel de desăvârșit – pentru că era artist cu adevărat, artist cum își dorise să fie toată viața ei. Mâinile din jurul taliei ei o strânseră mai tare, lipind-o de corpul care i se strecurase în spate. Simți iar barba țepoasă frecându-se de obrazul ei. Privi în sus și reuși să vadă ochii lui Matthias, lucind demenți în orbite.

"Tu m-ai ucis ieri, iar eu te ucid azi..." termină el, aplecându-se asupra ei, sărutând-o pe buze, lung, tandru, fără să se grăbească. Pumnalul o străpunse în mijlocul pieptului, acolo unde mai intrase o dată, marcând, ca o profeție, locul.

"Iar eu te ucid azi." Mai auzi o dată, înainte să se prelingă pe jos și să vadă, printre ochii întredeschiși, cum Matthias își înfige și lui lama în inimă.

PATRUZECI ȘI OPT

Respira greoi, încercând să se mai prindă cu degetele transpirate de ultimul colț al unei sfori suspendate deasupra hăului. Matthias horcăia lângă ea. Fulgii cădeau mai domol. Noaptea se întindea, lungă, infinită, înfiorătoare, în ea și în afara ei.

Închise ochii, relaxându-și trupul și simți o căldură dulce, ca o gură de vin, asaltându-i întreg corpul. Era lumină în jurul ei. Și țipete. O aclamau pe ea, îi strigau numele, o chemau la ei, iar ea fugea printre coridoarele de la subsolul teatrului. Dansase, dansase, dansase!

Matthias îi atinse mâna, încolăcindu-și degetele în jurul degetelor ei. Elise nu mai avea puterea să și-o retragă sau să se zbată sau să țipe. Oftă, oftă și el, și-l auzi cum mormăie ceva, ceva ce îi părea adresat ei. Îl ignoră, simțind cum rochia și mantaua i se udă, îmbibându-i-se în viața care se scurgea din ea.

Ignoră și greutatea materialului ud pe pielea ei rece. Ignoră și sunetul surd pe care zăpada îl făcea topindu-se sub capul ei. Nu mai putea deschide ochii. Se concentră pe căldura din ea și pe miile de lumânări aprinse care îi ghidau calea.

"Elise..." vorbi cineva, o voce goală, care luă forma mai multor voci, pe rând.

"M-ai lăsat... m-ai lăsat în sfârșit!" părea Matthias să îi spună.

"Ai dansat, copila mea, ai dansat și ți-am văzut ultimul dans," îi zicea tatăl ei.

"Și ne-ai făcut mândri," vorbi Therese.

"Și încă cum ai dansat!" râdeau Frau Dietrich și Viganò în același ton.

"Și n-ai mai fugit..." spuseră toți în cor, formând iar o singură voce, ciobită, dar parcă incompletă, căci Beethoven nu era nicăieri de găsit.

Își întoarse capul într-o parte. Gemu. Vedea doar lumina orbitoare a lumânărilor și chipuri incerte roind în jurul ei. Unde era Beethoven? Pe el trebuia să îl găsească...

Își întredeschise ochii și văzu cum ninsoarea se oprise, cum viscolul stătea, iar norii, dispersându-se puțin, făcură loc lunii să se zărească printre ei, înaltă și albă și departe, tronând pe cer ca într-un alcov al veșniciei. Totul în jur devenise liniștit sub o pânză fină de lumină argintie. Îl văzu cu coada ochiului pe Matthias cum se uită la ea și zâmbește.

Elise își închise iar ochii – o durea să și-i țină deschiși, o durea să mai respire, o durea totul. Știa că trebuie să se termine curând. Matthias îi spusese demult că odată cu momentul de artă supremă începe declinul artistului. Nu voia să îl creadă, deși simțea cum piedestalul stă să se sfărâme sub picioarele ei. Dar dansase și era liberă. Dansase și va dansa acum și în veșnicie. Era un artist, care zăcea într-o baltă de sânge.

Oftă iar, și continuă să pășească grăbită pe coridor, către ușa din capăt, în costumul ei de balerină, în pantofii de balet. Părul îi atârna greu pe spate, trăgând-o înapoi, dar ea nu mai fugea. Se hotărâse să nu mai fugă. Așa că mergea înainte.

Încercă să tragă aer în piept, dar simțea că se sufocă. Renunță. Mai făcu un pas, își întinse mâna și prinse bine între degete mânerul. Trase de el cu putere, zguduindu-l în toate direcțiile, bruscând ușa. De ce nu se deschidea dacă dansase? De ce, de ce, de ce? Avea buzele întredeschise, iar frigul se sforța să i se strecoare printre dinți, să îi intre în gură, dar le lăsă așa. Nu mai avea energia să le închidă.

Capul i se afundă mai tare în zăpadă. Mâna lui Matthias își deșcleștă strânsoarea, zăcând moale peste palma ei.

Mai încercă o dată ușa, care se deschise cu un scârțâit. O rafală de vânt, alături de notele orchestrei, o izbiră în față. Beethoven apăru în prag, arătând la fel ca întotdeauna, cu brațele deschise, un zâmbet pe buze și părul vâlvoi. Doar ochii îi păreau goi, mai goi decât îi văzuse ea vreodată.

"Ți-am zis eu, Elise... ți-am zis eu că dacă nu mai fugi, reușești. Ți-am zis eu că totul, dintotdeauna, a fost, *pentru tine.* Da, Elise, pentru tine. Şi arta mea şi arta lui şi dansul tău şi tot ce e frumos şi iubire şi tandreţe în lumea asta au fost pentru Elise..."

Sfârșit

Applaus, Freunde, die Komödie ist beendet![7]

Beethoven

7 Aplauze, prieteni, comedia s-a încheiat!

MULȚUMIRI

Vreau să îi mulțumesc Roxanei Popa, editorul meu, care, deși are deja acasă propriii copii, nu a ezitat nicicând să își facă timp pentru un altul. A fost alături de mine la fiecare pas în procesul de revizuire, la orice oră, pentru orice întrebare oricât de minoră, convingându-mă, prin comentariile ei vesele și pline de entuziasm, să mă bucur împreună cu ea și să mă reîndrăgostesc de scris și de această carte. Mai ales în momentele în care simțeam că munca mea nu este destul de bună. Roxo, această cartea îți este, într-o măsură, dedicată și ție.

Îi mulțumesc lui Daniel, echivalentul contemporan al lui Heliade-Rădulescu, cel care m-a descoperit, care mi-a oferit șansa să intru în această lume fascinantă (la care visam de mult timp) a scriitorilor și care a avut încredere în mine și în manuscrisul meu mai mult decât oricine. Le mulțumesc și lui Radu și lui Cătălin, pe care i-am considerat, alături de Daniel, mentorii mei încă de la începuturi.

Mamei mele, Livia, cel mai feroce, mai sincer, și mai bine intenționat critic al meu. Îi mulțumesc pentru că m-a încurajat dintotdeauna să citesc și să scriu, pentru că mi-a ascultat timidele încercări de proză și de poezie, dar mai ales pentru că m-a lăsat să îi citesc și recitesc de zeci de ori scene din această carte, dându-mi sfaturi, sugestii și iubire. Tatălui meu, Viorel, îi mulțumesc pur și simplu pentru că este tatăl meu. Această carte nu ar fi putut fi scrisă fără fructele tăiate în cubulețe, aduse pe biroul meu în mijlocul vreunui sprint, fără îmbrățișările din fiecare dimineață și fără promisiunea că îmi va citi cartea dintr-o suflare atunci când va fi gata. El se va regăsi iar și iar în fiecare figură paternă care se întâmplă să existe în poveștile mele. Îi mulțumesc și familiei mele, care mă iubește și mă susține, fără să ezite să mi-o arate, dar mai ales unchiului meu, Mihai, și mătușii mele, Iuliana, cei ce mi-au fost ca a doua pereche de părinți.

Le mulțumesc prietenilor mei, care m-au suportat vorbindu-le despre obsesia mea în legătură cu baletul, Beethoven, viața lui și misterul din jurul faimoasei bagatele, arătându-și de fiecare dată entuziasmul, entuziasm pe care îl sorbeam din plin, reîmprospătându-mi energia necesară să continui să scriu: Jojo, Costel, Karina, Alexia, Nadia, Mira, Matei, Bianca, Oana. Geovanei, pentru sprijinul moral, pentru cuvintele frumoase spuse în timpul apelurilor disperate de la miezul nopții, și pentru că este mereu acolo, chiar și când nu am nevoie de ea. Martei, care m-a învățat să nu mă las doborâtă de critici, și să le accept, atunci când sunt constructive. Prietenei mele din Istanbul, Sude, care, deși nu înțelege limba română, mi-a promis că va citi, într-un fel sau altul, romanul, și care îmi spune de fiecare dată când vorbim că are încredere în mine că voi ajunge mare.

Și nu în ultimul rând, le mulțumesc tuturor oamenilor din comunitatea editurii, dar mai ales Biei și Alexandrei.

Și vouă, cititorilor.

RECOMANDĂRI STORYCRAFT

DANIEL ZĂRNESCU

* **Intersecţii - ficţiune realistă, psihologic**

Un mare antreprenor şi un om al străzii. Poveştile lor se intersectează într-un mod neprevăzut.

* **Bastardul - ficţiune istorică, family saga**

Fiul bastard al guvernatorului roman în Dacia pune în pericol cea mai mare acţiune militară a Romei.

RADU OCTAVIAN

* **Şapte Porţi - dark fantasy**

Un tânăr student e obsedat de ideea de a deveni supraom. Un individ misterios pare că îi poate oferi uneltele necesare.

* **Liceul 13 - horror, paranormal**
Maria Stanciu se sinucide. Imediat după incident, colegii săi de clasă încep să moară pe rând în moduri înspăimântătoare.

CĂTĂLIN IONIȚĂ

* **Bătălia de la Socola - comedie, contemporan**
Un nebun de la Spitalul Socola se crede Ștefan cel Mare și vrea să recucerească Moldova din mâinile turcilor, începând cu spitalul.
* **Prețul Sângelui - mister & crimă - detectiv**
Un detectiv trebuie să rezolve un caz contracronometru pentru a face rost de banii necesari pentru operația fiicei lui.
* **Asasinul Siberian - thriller, acțiune**
Jack Wyler, a cărui soție a fost ucisă de un asasin aflat în slujba mafiei, trăiește doar cu speranța răzbunării. În momentul în care acesta se întoarce în oraș, va face tot ce ține de el ca să își obțină dreptatea.

CORNELIA VOICULESCU

* **Inutilii - distopie, control guvernamental**
Norvegia după al Treilea Război Mondial. Pe vremuri, cea mai prosperă țară a Europei, acum își ucide bătrânii pentru a putea supraviețui. Adolescenții sunt nevoiți să facă asta în Ritualul de Primenire, prin care "inutilii societății" sunt eliminați, iar tinerii le iau locul.

DANIELA DUMITRU

* **Atingeri de vanilie - romance, erotic**

O tânără corporatistă rebelă e prinsă într-un joc de atracție cu noul său șef. Pasiunea dintre ei scoate la iveală traumele trecutului și nevoia lor viscerală de a fi iubiți.

O'NEIL HEREGO

* **Compoziție pentru Lorena - comedie romantică**

O prostituată se îndrăgostește de un student la Conservator și hotărăște să își recucerească libertatea.

RADU CHIVULESCU

* **Tati, nu pleca! - ficțiune realistă, psihologic**

Ficțiune realistă, psihologic: un băiețel de șapte ani desenează într-o zi, la școală, pe tatăl și pe bona lui făcând sex în bucătărie, așa cum i-a văzut el pe gaura cheii. Etapele psihologice prin care trece un copil, când părinții se despart.

ALEXANDRA BULAC

* **Baiețelul care nu a primit cadou - ficțiune realistă, social**

Între obsesia sa pentru bani, conflictele dese cu soția și cuvintele greoaie ale tatălui său, Rareș Modoranu încearcă să lase trecutul în urmă și să descopere, în sfârșit, care sunt lucrurile care contează cu adevărat în viață.

ÎN CURÂND

*Dezvoltare personală, de Cornelia Voiculescu
Ficțiune realistă, psihologic: *Un agent imobiliar întâlnește la o conferință un guru al dezvoltării personale și devine fascinat de ce se întâmplă în trainingurile lui. Își dorește să învețe de la el cum să manipuleze oamenii pentru a câștiga bani frumoși din asta.*

*Răscoala de la Tatarbunar, de Andrei Țigănaș
Ficțiune istorică, saga familială: *Un tânăr basarabean de origine rusă, bătăuș, impulsiv și cu un simț al dreptății exacerbat, primește invitația de a se alătura unei revolte care să desprindă Basarabia de regatul României.*

*Pe urmele mele, de Cristina Dobrescu
Romance, thriller: *Kerra fuge de un trecut violent și*

plin de trădare. În ciuda rezistenței sale, toate zidurile ei cad, unul câte unul, atunci când întâlnește un bărbat care se încăpățânează să îi capete încrederea, cu orice preț.

* **Fabrica de nori, de Mirela Teodorescu**
Fantasy, magic (middle grade): *După ce tatăl ei dispare misterios, o puștoaică de 14 ani află că face parte dintr-o profeție și că trebuie să plece într-o aventură pentru a salva lumea de vrăjitoarea care a pus stăpânire pe Tărâmul Peșterilor.*

* **Doren, un hoț neobișnuit, de Cătălin Ioniță**
Fantasy, comedie: *Un tânăr vampir lipsit de orice experiență se aruncă în vâltoarea Bucureștiului pentru a recupera averea tatălui său, cu speranța că astfel îi va căpăta încrederea. Problema este că el nu știe absolut nimic despre oameni și cum funcționează societatea lor.*

* **Jukai, întunericul deplin, de Adriana Agache**
Horror, paranormal (young adult): *Yuki, o adolescentă de 17 ani, se alătură catorva colegi de clasa într-o excursie în pădurea Aokigahara, pentru a descoperi dacă este într-adevăr bantuită, așa cum se spune. Yuki însă are propriul plan pentru excursie: își caută sora dispărută de mai bine de un an.*

* **Monstrul din oglinda, de Alin Ariton**
Thriller, actiune: *Alex, un militar retras din Afghanistan*

este singur, alcoolic și închis emoțional. Când Julie, jurnalista cu care a avut o relație strânsă în timpul ultimei sale misiuni, este luată ostatică de către talibani, Alex este nevoit să se întoarcă la sursa coșmarurilor sale.

Devino susținător al titlului tău preferat și urmărește procesul de publicare în timp real pe www.bookstarter.ro.

DE CE SĂ CITEȘTI CĂRȚI STORYCRAFT?

Storycraft este o agenție care se ocupă cu meșteșugul poveștilor (story + craft). În cea mai mică piață de carte din Uniunea Europeană, singurul răspuns cu care putem veni este cel al calității, în cazul nostru.

Când pui mâna pe o carte cu sigla Storycraft, știi că între paginile ei vei găsi o poveste pe care o vei savura, dar și că, pentru a ajunge aici, a fost nevoie de o echipă de oameni educați și pasionați care au depus toată energia lor pentru a scoate la lumină cea mai bună variantă a poveștii.

Ce face Storycraft?

Știm că procesul de scriere și publicare al unei cărți începe chiar înainte ca ea să fie concepută în imaginația autorului.

Aşa că, pentru a oferi cele mai imersive şi profunde poveşti, urmărim firul încă de la începutul lui.

1. Prima etapă este educarea şi formarea autorilor pe care îi publicăm.

Toţi scriitorii, fără excepţie, urmează un curs intensiv, Şcoala de scris cu Daniel Zărnescu, în care învaţă cum se construieşte o carte, pornind de la o idee şi până la execuţia întregului manuscris;

Înainte de a scrie primul cuvânt în roman, scriitorul beneficiază de şedinţe consultative pe ceea ce înseamnă concept şi structură a poveştii.

2. La fel cum e nevoie de un trib pentru a creşte un copil, aşa e nevoie de o echipă întreagă pentru a scrie o carte (bună).

Dovadă o fac paginile întregi de nume trecute la secţiunea Mulţumiri a cărţilor străine.

Autorii noştri au parte de monitorizare constantă în procesul de scriere;

Odată ce prima versiune a manuscrisului este finalizată, autorul primeşte un editor dedicat.

3. Pentru că ştim că un diamant este mai valoros dacă este şlefuit, am învăţat de la cei mai buni şi am imitat procesul de revizuire al marilor edituri din industria de carte străină.

Editorul citeşte manuscrisul, oferă feedback tehnic, notiţe şi propune o schemă de revizuire;

Editarea în sine este consultativă. Autorul lucrează împreună cu editorul și revizuiește ori rescrie manuscrisul până acesta devine cea mai bună variantă a sa.

4. Lansarea cărții

Împachetarea și lansarea cărții se fac în regie proprie sau în colaborare cu alte edituri din România.

Ce înseamnă asta pentru tine?

Dacă ești cititor, înseamnă că faci parte dintr-o generație care dă o nouă șansă literaturii române contemporane și, pentru asta, îți mulțumim. Dacă vrei să te convingi de calitatea cărților noastre și să te alături mișcării, te invităm pe **www.storycraft.ro** să-ți alegi următoarea carte de citit și să lași o recenzie pe Goodreads.

Dacă ești scriitor și vrei să se spună și despre tine că ești unul dintre autorii români care merită citiți, intră pe www.scoaladescris.ro și înscrie-te la curs.

Dacă ești editură și dorești manuscrise românești bune, editate și revizuite la standarde occidentale, scrie-ne un e-mail la **agentie@storycraft.ro**

Dacă activezi în piața de film din România și ai vrea să colaborăm sau ești interesat să ecranizezi una dintre cărțile noastre, scrie-ne un e-mail la **agentie@storycraft.ro**

Dacă ești influencer și vrei să promovezi misiunea noastră și cărțile pe care le scriem, scrie-ne un e-mail la **agentie@storycraft.ro**.

Cum să scrii o carte ficțională, cap coadă, care să se citească pagină după pagină

Intră într-o comunitate frenetică de scriitori, editori, pasionați de storytelling - care te vor ajuta să îți scrii cartea și să o publici!

Știi că este pentru tine:

* **Dacă ți-ai dorit dintotdeauna să scrii o carte,** dar nu ai reușit să duci procesul până la capăt;
* **Dacă ai o poveste** pe care o vrei scrisă și transmisă mai departe;
* **Dacă ești pasionat de scris** și vrei să înveți tot procesul prin care poți scrie, pornind de la o idee, până în punctul în care scrii Sfârșit pe manuscris;
* **Dacă vrei să faci parte dintr-o comunitate incredibilă** de scriitori aspiranți sau publicați.

Ce conţine formarea Şcolii de Scris:

* **cinci module de formare,** online-live, în care înveţi procesul complet de planificare al unei cărţi, cum să o scrii, dar şi cum să o revizuieşti;

* **ateliere de scris săptămânale, gratuite, pe viaţă!** - în care îţi exersezi abilitatea de a scrie, sub supervizarea unui mentor al Şcolii de Scris;

* **acces gratuit la Pro30,** o provocare ghidată, cu teme video şi suport al comunităţii - cu scopul de a termina un prim manuscris de carte (este secretul prin care poţi scrie, primind ajutor din partea noastră);

* **interviuri online-live cu autorii Storycraft,** în care extragem procesul lor creativ;

* **vei primi asistenţă în procesul de scriere:** consultanţă 1 la 1 pe ideea ta de poveste şi un mentor dedicat pe structura de poveste, astfel încât să crească şansele ca să ajungi la final;

* **plus editor dedicat, care îţi va citi manuscrisul,** îţi va oferi notiţe cu feedback tehnic şi o fişă de revizuire (urmând ca să îţi ofere consultanţă, pe partea de revizuire, până în punctul în care manuscrisul devine publicabil);

* **oferta de publicare,** la finalul procesului de revizuire (din partea Storycraft Publishing sau a unei edituri partenere - asta implicând un pachet de servicii gratuite, cum ar fi: coperta, DTP, corectura gramaticală, tipar, campanie de marketing şi distribuirea cărţilor în lanţurile de librării partenere).

Intră acum pe www.scoaladescris.ro și rezervă-ți un loc!

Misiunea noastră este să schimbăm piața de carte din România și să sprijinim autorii români, ca să devină cât mai cunoscuți.

Ce spun studenții noștri:

Pentru mine a fost o experientă cu adevărat "lifechanging". La Școala de Scris am învățat totul despre storytelling: cum să generezi idei, care sunt structurile de poveste, cum să depășești blocaje, cum să creezi personaje credibile, tehnici de productivitate. Pe scurt, de toate. Eu am devenit autor astfel, și aș recomanda Școala de Scris oricui are o pasiune cât de mică pentru cărți și storytelling.

Alexandra Bulac

Daniel Zărnescu e un nebun :)) după scris, obsedat de progres cu orice preț, în loc de etichete și ștampile. E singurul om pe care îl știu care are capacitatea și determinarea să transforme în realitate orice vis din mintea lui, oricât de fantastic.

Monica Drosu

Școala de Scris este o gașcă de nebuni care se ambiționează să scrie povești și să le publice într-o țară care nu citește.

Alin Ariton

Școala de Scris e ca o brutărie. Întâi e făcut aluatul, apoi frământat și răsfrământat cu grijă, lăsat la dospit, aranjat frumos în tavă, băgat la cuptor și, după o perioadă de așteptare, se transformă într-o mână de scriitori de cea mai înaltă calitate.

Teodora Smântancă-Strugariu

În Școala de Scris pe lângă faptul că înveți teoria de storytelling, fiecare modul este ca un spectacol de prezentare a unor informații fascinante legate de carte și film, în cadrul căruia absolut toți spectatorii sunt captivați până la final.

Iuliana Ionescu

@ colecție coordonată de Daniel Zărnescu